지혜로 세계 최우수

한국인 개척사

국제정치학박사　사무실 개소 기념 2020.10.21

제20대 대통령선거 대통령예비후보 선거사무소 개소 기념

2021.9.14

지혜로 세계 최우수
한국인 개척사

•

이원식 국제정치학 박사 / 제20대 대선 대통령 예비후보 지음

나눔사

　　저자는 1944년 10월의 가을 강릉시 임당동 167번지에서 태어났습니다. 해방 한 해 전의 시절이었습니다.

　　광대하게 드넓은 동해 바다는 어린 나에게 정서적으로 많은 영향을 끼쳤습니다.

　　1950년 4월 강릉시 소재 초등학교에 입학하고 3개월째인 6월 25일 북한군의 전면 남침 전쟁 발생으로 강릉에서 경북 봉화군 춘양면을 거쳐 남쪽 지방까지 부모님을 따라 피난 갔습니다. 국군과 UN군의 북진 뒤를 이어 강릉으로 돌아오면서 전쟁의 고통을 경험하였고 집안에서도 국군 장교였던 셋째 외삼촌께서 전사하셔서 어느 날 국군 3명이 전사자 통지서와 유골함을 외갓집으로 인계하자 전 가족이 대성통곡하는 전쟁의 아픈 장면을 목격하기도 했습니다.

　　저자는 외갓집에 대한 기억이 많은데 특히 외할아버지께서는 한문 지식이 풍부하셔서 온갖 경전들과 책들을 섭렵하시고 특히 정감록 등의 비기(祕記)에 관심이 많아 통달의 경지까지 도달하셨기에 일제시대 때 강릉에서 외할아버지께서는 외삼촌들에게 머지않아 일본은 과학이 엄청나게 발달한 서양의 나라에게 전쟁에서 지며 그런 이유로 조선은 둘로 나누어지며 남쪽에는 미군이 들어오고 북쪽에는 로서아군(소련군)이 들어오게 되어 분단이 된다고 말씀하시면서 강릉이 어느 쪽으로 포함될지에 무척 관심을 가지고 계셨고 만약 북쪽으로 포함된다면 즉시 강릉에서 계룡산 쪽으로 옮기려는 계획까지 세워 놓으셨다는 외삼촌님의 말씀을 들었는데 어린 나이에도 외갓집이 특별한 집안이라고 느꼈습니다.

　　이러한 영향으로 저자도 정감록, 주역, 명리학 등을 심도 있게 연구하게 되었습니다.

성인이 되어 군입영 영장을 받고 바로 군입대하여 '66년, '67년 육군방첩부대 검열에서 최우수 육군 제1야전군사령부 방첩대 표창 주역으로 공헌하였으며 뒤를 이어 공무원 신분으로 국방부방위사업청 사무관으로 퇴직할 때까지 창안하여 효율적인 제도 개선을 이끌고 수차의 표창 수상도 했습니다.

학업에 대한 열정도 있어 70대에 국제정치학 박사 학위를 취득하게 되었습니다.

지금 대한민국은 인구감소로 소멸되어가고 있고 매년 5만 명의 청소년 학생들은 학습이 힘들어 학교를 떠나고 있다는 비극적인 소식이 들려오고 있어 충격을 받았으며 이러한 비극적인 사태에서 저자는 대한민국을 구해야 되겠다는 결심을 하게 되었습니다.

저자가 지혜의 학습비법으로 초등학교 수석졸업(전과목 '수', 전과목 100점, 도지사 표창 수상), 중학교 수석입학(400점 만점)으로 시작한 경험을 바탕으로 먼저 세계 최우수 한국인 양성은 미국과 중국의 언어 정복부터이므로 영어, 중국어 연설문, 교재 암기, 발표비법과 누구나 명필가 될 수 있는 2,000자 자필 필기체 한자교본 및 학습비법을 수록하여 세계 최우수 한국인이 되길 원하는 누구나 이룰 수 있고 국민 가보가 되게 저술하였습니다.

이번 자서전 출간에는 남기수 작가 선생님이 저자에게 어린 시절부터 지혜와 총명을 가지셨다고 격려해 주심에 힘입어 이번에 "지혜로 세계 최우수 한국인 개척사" 자서전 발간되었음에 감사드립니다.

(위 암기비법과 명필가 될 수 있는 비법은 특허 출원 중-특허청 출원번호: 10-2024-0051046)

紫頂 李元飾

목차

머리말   • 4

제1부

대한민국 강릉

나는 1944년 10월의 가을, 강릉시 임당동 167번지에서 태어났다. 해방 한해 전의 시절이다.

역사적인 사건을 목도하기 위해 그래서인가, 나는 가끔씩 운명이라는 것의 존재에 대해 사색한다.

운명은 숙명의 다른 이름이다.

왜 대한민국의 강릉인가.

강릉은 아름다운 도시다.

동해바다를 바로 눈앞에 두고 많은 명승고적이 산재해 있는 유서 깊은 곳이다.

나는 동해바다를 사랑한다. 그 기개가 고스란히 가슴에 남아 있다. 곧바로 나아가면 그대로 태평양이 아닌가. 사람이라면 무릇 그 정도의 포부는 안고 살아야 한다고 나는 늘 생각한다.

그런가 하면 설악산은 또 어떠한가. 동해의 찬바람에 의연하게 맞서며 굳건한 세월을 완성하고 있다. 대양(大洋)의 찬바람을 산맥(山脈)으로 넘기며 정화하고 순화시켜 내륙으로 보내는 험한 역할을 마다하지 않았다. 동인(同人)이고 대유(大有)라 하지 않을 수 없다. 요즈음 난세의 시장에 회자되는 말로 그 의미가 약간은 오염이 되었다고는 하나, 그 본래의 뜻은 너무나 향기롭고 깊은 뜻을 지닌 말이다. 동인과 대유는 주역의 제13괘와 14괘의 말이다. 이러한 바다와 산의 은혜로운 조화 속에서 오롯이 역사적 시간을 지킨 곳이 나의 고향 강릉이다.

강릉은 율곡 이이 선생이 태어난 곳이기도 하거니와 역사상 유례가 없는 현모양처의 본보기인 선생의 어머님이신 신사임당의 본가가 있는 곳이다. 다소 본질에 어긋난 말이기는 하지만 화폐는 그 나라의 정신을 관통하는 인물들을 등장시켜 많은 사람들에게 정신적인 영향력을 끼친다. 그 두 분이 우리나라의 화폐에 이렇게 현존하는 것은 무엇을 말함인가.

나중의 일이기는 하지만 굳이 강조하자면 율곡 이이 선생과의 나의 인연도 무관하지 만은 않다고 나는 생각한다.

율곡은 성장하면서 아홉 번의 장원급제를 한 신동이었다. 나역시 참으로 부지런하게 공부하여 늘 선두의 자리를 놓치지 않았다. 부단한 노력의 결과였다.

　요즈음 나라가 많이 시끄럽다. 국론은 분열되고 민심은 사분오열이다. 율곡은 끊임없이 탕평을 주장하고 개혁의 의지를 드러냈다. 그는 나라와 민심을 항상 걱정하며 현실을 직시하고자 했다. 1583년 선조에게 올린 〈시무육조(始務六條)〉라는 장계에서 '십만양병설(十萬養兵說)'을 주장하며 나라의 안위를 걱정했다. 국가의 초석인 튼튼한 국방을 다지려 애를 써며 선제적인 방어와 자주적인 국력을 강조했다. 이러한 혜안은 거저 주어지는 것이 아니었다. 우국(憂國)과 충정(忠情)의 발로였다. 나 역시 군에서 복무하며 오직 나라와 국민의 앞날만을 생각하며 끊임없이 나를 혹독하게 다스리며 공부했다. 그 결과가 어떠하든 참으로 보람으로 가득한 나날이었다.

　신사임당은 또 어떤 어른이신가. 역사를 관통하는 많은 여류(女流)들이 계셨지만 사임당만한 인물도 없을 것이다. 선덕여왕과 유관순 열사 등 수없이 명멸해간 많은 훌륭한 인물들도 있지만 사임당만큼 다섯 세기가 지나도록 국민들의 가슴에 명확하게 각인되어 사랑받는 사람도 없을 것이다. 돈의 가치로 환산할 수는 없지만 가장 고액의 지폐에 그 초상이 실려 그 정신적 가치를 동시대에 느끼게 하는 것은 그만큼 그분의 끼친 영향이 실로 지대하기 때문일 것이다. 사임당은 강릉 북평촌(현 죽헌동)에서 태어나셨다. 오죽헌의 대숲을 지나는 바람소리가 아직도 귀에 선하다.

강원도 강릉시
강릉항커피거리
2015.11.5

제2부

외가집

　광대하게 드넓은 동해바다는 어린 나에게 정서적으로 많은 영향을 끼쳤다.

　바다는 모든 것을 포용한다. 넓다는 것은 무엇인가? 받아들임을 의미한다. 사람과 자연의 현상을 그대로 느끼고 배우며 인격을 형성해 나간다는 의미에서 강릉 동해바다는 심성의 표상(表象)이었다. 폭넓게 배우고 따스하게 배려하며 냉철하게 사고하는 법을 동해는 가르쳐 주었다.

　설악산은 또 어떤 의미가 있는가.

　설악산은 우리나라에서 한라산(1,950m)·지리산(1,915m)에 이어 1,708m 높이의 세 번째로 높은 산이다. 그 아름다움으로 인

하여 제2의 금강산이라 불린다. 음력 8월 한가위에 덮이기 시작한
눈이 하지에 이르러서야 녹는다 하여 설악이라 했다 하니 그 고
고함과 청량함을 짐작할 만하다. 수려하면서도 웅장한 산세, 울산
바위를 비롯한 기암괴석, 계곡의 맑은 물과 수많은 폭포 및 숲, 그
리고 백담사를 비롯한 여러 사찰 등이 조화를 이루어 사시사철
뛰어난 경관을 자랑한다. 명상과 관광, 건강과 힐링의 모든 요소
를 고루 갖춘 종합공간이라 할 만하다.

　이러한 사실들은 나의 호연지기와 올곧은 기상의 형성에 알
게 모르게 스며들어 오늘의 나를 있게 했다고 나는 스스로 자부
하고 있다.

　나는 외갓집에 대한 기억이 많다.

　누구나 그렇겠지만 외갓집에 대한 기억을 떠올리면 그 푸근함
과 다정함을 지울 수가 없다. 축복을 받았다고 해야 마땅할 정도의
넓은 집과 많은 사람들이 나의 기억에 빼곡히 자리 잡고 있다.

　외할아버지께서는 한문지식이 풍부하셨다. 온갖 경전들과
책들을 섭렵하시고 특히 정감록 등의 비기(祕記)에 관심이 많아
통달의 경지까지 도달했다고 사람들은 말했다. 외할아버지께서
비기에 관심이 많았던 것은 이유가 있었다.

　하루는 시장에 나가 일을 보고 있는데 웬 백발노인이 외할아
버지 곁에 오셔서 이렇게 말씀하셨다고 한다.

　"범이 호랑이의 허리를 낚아 챌 운세니 오늘 하루는 조심하

시는 게 좋을 듯 싶소이다."

마침 그날 외할아버지는 잘 아는 일본인 포수와 함께 사냥을 나가실 계획이 있었다. 아니나 다를까 깊은 산중에서 범을 만난 것이었다. 급히 일본인 포수가 총을 쐈지만 약간 빗나가고 말았다. 상처 입은 범이 천지가 진동할 정도의 굉음으로 울부짖으며 두 사람에게로 달려들었다. 외할아버지는 있는 힘껏 범의 머리와 가슴에 개머리판으로 정신없이 휘두르며 대항하고 있었다. 다행히도 범은 비록 빗맞았지만 큰 상처를 입은 상태라 크게 힘을 쓰지는 못했다는 것이다.

그렇게 정신없이 싸우고 있는 와중에 기절한 일본인 포수가 깨어나서 다시 사격을 했는데, 불행히도 범과 외할아버지 모두를 맞히고 말았다. 범은 죽고 외할아버지는 다리를 크게 다쳐 병원에서 발목을 절단할 정도의 중상을 입으신 것이었다. 외할아버지는 병원에 누워서 그 백발의 할아버지의 말을 문득 떠올리고는, 운명이라는 것이, 미래라는 것이, 그런 학문이 있다는 것을 깨달았다고 하셨다. 이후로 외할아버지는 풍부한 한문 실력을 바탕으로 비기(祕記)를 익히고 공부하기에 몰두하셨다고 한다. 재미있는 것은 맹수를 사냥하여 박제하기를 좋아하는 일본인들의 취미에 부합하여 그 범을 박제하여 큰 돈을 만지셨다고 한다. 일본인 포수는 사냥가기 전에 좋은 결과가 있으면 반반을 나누자는 약속을 그대로 지킨 것이다. 외삼촌 두 분의 이야기는 계속 되었다.

두 분은 일제 강점기의 어려운 여건에도 불구하고 광산업에 뛰어들어 엄청나게 많은 돈을 버셨다. 그 당시 현금으로만 일화로 80만원까지 다량의 금도 보유하여, 당시의 사정으로 은행 하나를 설립할 수 있는 자금이 일화로 50만원이었다고 하니 가히 그 경제적인 규모를 미루어 짐작할 수 있었다. 강릉 제일의 부자임은 물론 전국을 통털어도 두 번째로 부자였다고 한다.

집도 상당히 컸던 것으로 기억이 된다. 당시로는 상상하기 힘든 상당한 금액으로 꽤나 큰 저택을 구입하여 외갓집 식구들이 살고 있었다. 외삼촌들의 가족을 위한 애정이 차고 넘치셨다. 또한 넓은 대지에는 많은 종류의 과수 나무들이 심어져 있어 풍광은 물론 모든 면에서 부족함이 없었다. 종류가 많다 보니 온갖 과실이 열려 사시사철 제철과일을 마음껏 먹을 수 있었다. 어린 나이이다 보니 먹는 것만큼 즐거운 일이 또 있었을까. 그렇게 향기로운 냄새로 내 유년시절은 가득 차있었다.

셋째 외삼촌은 국군 장교로 복무하면서 별도의 방에 거주하고 계셨다. 셋째 외삼촌은 강릉에 주둔한 국군8사단 본부로 출퇴근을 하셨다. 제복을 입은 모습은 늘 나에게 설레임을 주었다. 나에게 무척 잘해 주셨지만 한편으로는 근엄하시기도 했다. 훗날 나의 진로에 직,간접적으로 지대한 영향을 끼치신 분으로 지금 생각해도 눈이 부시기만 하다.

한번은 외할아버지께서 외삼촌들에게 머지않아 일본은 과

학이 엄청나게 발달한 서양의 나라에게 전쟁에서 지며, 그런 이유로 조선은 둘로 나누어지게 된다고 말씀하셨다고 한다. 남쪽에는 미군이 들어오고, 북쪽에는 로서아군(소련군)이 들어오게 되어 분단이 될 수도 있다고 하시며, 그리하면 지금의 강릉이 위태로울 수도 있으니 외삼촌들을 시켜서 피난처로 계룡산을 현지 답사해 오라고 분부하셨다고 하셨다. 일제 강점기 때인데도 불구하고 계룡산으로 현지답사를 가보고 상황을 미리 파악하고자 하신 것이었다. 외삼촌들이 돌아와 보고 하기를, 모두 갓을 쓰고 살고 있을 정도로 사정이 넉넉하지 못한 것 같아 훗날 계룡산으로의 피난은 철회하였다고 하셨다.

훗날 내가 성인이 되어 정감록과 관련된 책을 수집하고 공부할 때 외할아버지께서 외삼촌들에게 하신 말씀들을 확인해보았더니 실제 그와 같은 내용이 수록되어 있음을 알 수 있었다.

우리나라에서는 중국에서의 음양도참사상의 유입과 동시에 수많은 비기가 만들어져 전해오고 오는데, 몇 가지 대표적인 저술이 지금까지 전해져온다. 그 대표적인 것이 정감록, 격암유록, 토정비결 등등이다. 외할아버지께서 말씀하신 내용은 대략 다음의 책에서 확인할 수 있었다.

〈동세기(東世記)〉라는 책에는 이렇게 기록되어 있다. 이성계의 28대 후에 조선이 망한다는 점과 일본의 침략을 받아 개화한다는 점을 예언하고, 남북 분단으로 민족의 비극이 생기며 통일의 대업을 이루어 계룡산에 정씨가 도읍할 내용, 〈정북창비기(鄭北窓祕記)〉라는 책에서는 앞에 열거한 내용은 물론 조선 말기의 혼란을 피하기 위해서 십승지지(十勝之地)를 찾아야 된다는 내용과 남북이 분열되어 미군과 소련군이 주둔한다는 것, 그리고 계룡산에 정씨의 도읍이 들어서게 된다는 것 등의 예언이 기록되어 있었다.

십승지지에 관한 기록은 『정감록』을 비롯하여 여러 책에서 거의 대동소이하게 나타나 있다. 대체적으로 공통된 장소는 영월의 정동(正東)쪽 상류, 풍기의 금계촌(金鷄村), 성주 가야산 남쪽 만수동, 부안 호암(壺巖) 아래, 보은 속리산 아래의 증항(甑項) 근처, 남원 운봉 지리산 아래의 동점촌(銅店村), 안동의 화곡(華谷, 현 봉화읍), 단양의 영춘, 무주의 무풍 북동쪽 등이다.

개인적인 생각으로 미루어 보건대 1980년대 후반기인 당시 제5화국시절에 3군본부가 계룡산의 계룡대로 모두 이전한 것은 정감록 사상을 반영한 것이라고 생각해 볼 수도 있을 것이다.

1990년초 나는 수도 서울에 있던 3군본부가 정감록이나 동세기, 정북창비기에서 언급한 계룡산 계룡대로 옮겨간 곳으로 국방부 공무원일 때 방문해 보았다.

그때를 놓치면 평생 가볼 수 없는 곳이기 때문에 휴가를 받았을 때 어느 일정에 앞서 먼저 가볼 계획이었다. 대전에 도착하여 하루를 묵고 다음날 출근 통근버스가 정차하는 지점에서 탑승을 했다. 국방부 출입증 표찰을 달고 그대로 3군본부 통근차 주차에서 내려서 평소 알고 지내던 육군, 해군, 공군 장교들을 모두 만났다. 군사보안에 저촉되지 않은 수준과 범위에서 목격한 바를 기술하면 이랬다.

계룡산맥을 병풍 삼아 그 아래 이어진 드넓은 지역에 건물은 미국의 펜타곤 건물과 같은 형태로 지어져 있었다. 넓은 면적에 층수도 높게 신축되어 있었고 3군이 합동으로 근무하는 곳이므로 어느 층으로 이동해도 3군 군복의 장병들이 동시에 움직이고 있었다. 깨끗한 구내에 스마트한 차림의 군인들이 일사불란하게 움직이는 모습은 가슴을 설레이게 했다. 좋은 환경에서 근무하면서 자긍심을 고취할 수 있다면 이보다 더한 자부심과 보람이 없을 거라는 확신이 들었다. 군인들은 타군이라도 상관이면 예외없이 깍듯하게 경례를 하였고, 넓은 식당에서는 3군이 함께 식사를 하며 다양한 정보를 나누는 것처럼 보였다.

그 당시 나의 판단으로는 1950년 6월 25일 북한군의 기습 전면 남침에 허겁지겁 육군본부가 철수하였던 경험에 비추어 거리상으로 여유가 있는 곳으로 이전한 것으로 판단이 되었다. 그리고 지극히 주관적이고 개인적인 판단이긴 하지만 정감록에서 언급한 십승지의 역할도 고려했을 것이라고 느꼈다. 이 첨단시대에 이러한 생각을 한다고 타박할 지도 모르지만, 믿음에는 장사가 없다고 했다. 더군다나 국가와 국민을 위한 염려라면 그렇게 무시할 수 있는 일만은 아니라는 생각이 든다.

외할아버지의 생신 때의 모습이며, 당시 외갓집은 현금을 일본 화폐 80만 원(은행설립
자본금이 50만 원)다량의 금도 보유하여, 강릉시 제1위 현금 보유, 전국 제2의 부자집이었다고 한다.
외할머니 뒤편 소년이 지은이이다.

제3부

한국전쟁

1950년 4월 1일 강릉시 소재의 한 초등학교에 입학했다.

한글을 배우고 더하기와 빼기를 배우고 예절과 상식을 배우기 시작했다. 해맑은 눈빛으로 선생님의 수업을 듣는 것은 나날이 가슴 벅찬 일이었다. 나는 배움의 기쁨이라는 것을 처음 알았다. 그것은 미지(未知)의 세계와의 조우(遭遇)였다. 새로운 친구를 만나고 새로운 지식을 알아간다는 것은 다른 세계와 만나 나의 세계를 창조하는 신비로운 일이었다. 더러 아는 친구들도 있었지만 새로운 친구를 사귀는 것도 아주 귀한 일이었다. 철수와 영희라는 친구를 만난 것은, 요즘 말로 하면 나름의 '메타'의 세계로 진입하는 것이었다. 마냥 푸르고 청명하며 상쾌하고 따스한 봄날이었다.

그러나 세상은, 그리고 어른들의 세계는 도무지 알 수 없는 일 투성이었다.

전쟁이 터졌다. 1950년 6월25일 새벽의 일이었다.

한국전쟁은 북한 공산군이 남북 군사 분계선이던 38선 전역에 걸쳐 기습적으로 남침함으로써 일어난 전쟁을 말한다. 북한 지도자 김일성은 소련의 지원을 받아 무기와 장비를 갖추고 38선을 넘었다. 그들은 속전속결로 전쟁을 끝내고 한반도에서 사회주의 혁명을 완수할 것으로 생각하고 무방비 상태의 남한으로 들이닥쳤다. 그러나 미국이 참전하지 않을 것으로 생각한 북한과 중국은 결국 미국과 유엔이 나서면서 상황은 급박하게 전개되었다. 밀고 당기는 전쟁이 북한군이 불리해지자 중공군이 개입하면서 한국전쟁은 국제전으로 비화되었다. 절대 일어나서는 안 될 동족상잔의 비극은 1953년 7월 27일 휴전협정이 조인될 때까지 한반도를 피로 물들이며 계속됐다. 한국전쟁으로 결과는 참혹했다.

국가적 피해는 물론 개인적인 피해는 이루 열거하기 어려울 정도였다.

기록에 의하면 남한 측이 민간인 약 100만 명, 군인 약 50만 명 정도가 사망하였고, 북한 측은 민간인 약 200만 명, 군인 약 50만 명 정도가 사망하였다고 한다. 이밖에도 미군을 비롯한 유엔군이 5~6만 명 사망하였고, 중국군이 약 100만 명이 사망하였다고 추정이 된다고 한다.

아울러 남북한의 산업시설 역시 대부분 파괴되었다. 남한의 경우 산업시설 파괴의 대부분은 전선이 38선 부근에서 교착되었던 1951년 6월 이전에 이루어졌는데, 1951년 8월을 기준으로 금속공업 26%, 기계공업 35%, 방직공업 64%, 화학공업 33% 등 전체 제조입의 42%가 파괴되었다.

북한의 경우도 마찬가지였다. 3년간의 전쟁 동안 8,700여 개의 공장, 기업소들이 완전히 파괴되었다. 공업생산은 64%로 줄어들었고 그 중에서 전력 생산은 26%, 석탄 생산은 11%, 철광 생산은 10%로 각각 감소되었다고 한다.

그러나 이러한 물질적 손해와 파괴에 대한 기록은 아무런 의미가 없다고 나는 생각한다. 정신적 상처가 더욱 뼈아프다고 나는 강조하고 싶다. 지금이 이산가족이 백 만 명에 이른다고 한다. 동족상잔(同族相殘)이라는 의미가, 그 살벌하고도 섬뜩한 의미가 아직도 아프고 아프다.

전쟁을 수행하는 국가들의 국민은 더욱 참혹한 고통을 겪을 수밖에 없었다. 수많은 사람들이 소중한 삶의 터전과 귀하고 귀한 목숨을 잃었다. 남자들은, 나중에는 어린 청소년들까지 총을 들고 전선으로 가야 했고, 집에 남아 있는 가족들은 전쟁의 포화 속에서 어떻게든 목숨을 부지하기 위해 안간힘을 써야 했다. 언제 어디서 어떻게 죽을지 모를, 한 치 앞도 가늠하지 못할 안개 속에서 속절없이 가슴을 졸여야 하는 상황의 연속이었다. 그렇게 3년 넘게 이어진 전쟁으로 말미암아 우리 민족이 치른 대가는 너무나 혹독했다. 그 깊고 깊은 상처는 70여 년이 지난 지금도 아물지 않은 채 계속되고 있다.

전력의 열세로 초반부터 국군의 방어선은 무너지며 사흘만에 서울이 함락되었다. 강릉이라고 예외일 수는 없었다. 연속극 '모래시계' 촬영지로 유명해진 정동진으로 북한인민군이 상륙하여 그들의 치하가 되어 버렸다. 우리 모두는 살 길을 모색하지 않을 수 없었다. 서둘러 피난을 준비해야만 했다. 전쟁이 터진 지 사흘도 지나지 않아 후퇴하는 국군들이 강릉으로 들어오고 있었다. 많은 군인들이 차를 타거나 걸어서 내려오고 있었다. 특이한 것은 부상자들이 많다는 점이었다. 다치지 않은 군인들은 곳곳에 잠복하여 전투를 치르는 모양이었다. 어머니께서는 후퇴하는 병사들에게, 머리에 붕대를 칭칭 감아 눈도 제대로 뜨지 못하는 한 군인에게 우리가 피난을 가야 하느냐고 울듯이 물었다. 그 군인은 인상을 찡그리며 빨리 피난을 가는 게 나을 거라며, 고통스럽게 그 자리를 떠났다.

국군장교인 외삼촌은 집안 식구들에게 국군 8사단이 잘 대처하니 걱정하지 말고 잠시 피난 가시라고 당부를 하시면서 부대로 가셨다. 1950년 6월27일 모두 함께 피난길에 나섰다. 그때 나의 나이가 일곱 살이었으므로 스스로 걸어서 피난길을 따라갈 수

는 있었다. 그러나 어린 나이에 그 먼 길을 감당하기에는 불가항
력이었다. 그래도 어쩔 수 없었다. 짐이 될 수는 없는 일이었다.

하염없이 길을 걸었다. 사방을 분간할 수 없는 어린 나이였지
만 도중에 처음 만나는 주민에게 물어보니 '춘양'이라고 알려주는
것을 들을 수 있었다. 너무 멀리 걸어왔다고 생각했지만 그리 멀리
가지는 못한 모양이다. 지금의 봉화에 속해 있는 마을이었다. 우
리는 더욱 남쪽으로 걸어내려 갔다. 경상도 아랫 지역으로 기억을
하는데 그 마을에는 사람들이 피난을 가지 않고 그대로 살고 있
었다. 노독에 지친 우리는 며칠을 쉬어가기로 했다. 부모님께서는
비단가게를 운영하시던 터라 피난 생활을 대비하여 비싼 옷감을
얼마 정도 챙겨서 길을 떠났다. 그 비단을 한 필 주면서 숙식과 식
사를 살 수 있었고 필요한 식량도 구입할 수 있었다.

외갓집은 우리가족과 별도로 피난길에 올랐는데 전쟁초창기
강릉에서 약간 남쪽으로 피난가겼던 외할아버지께서는 중요한 문
서를 챙기지 못하여 어린 이모님들 두 분을 불러서 강릉의 집으로
다녀오게 하셨다. 영문도 모른 채 두 이모님은 다시 강릉으로 가셨
다. 어린 소녀들에게 주어진 심부름은 혹된 것이었다. 집에 가서 보
니 외갓집은 인민군의 사무실로 접수되어 있었다. 인민군 복장의
여군이 나와서 왜 찾아 왔느냐고 물었다. 이모님들이 여기가 우리
집이며 잊은 물건이 있어 챙기러 왔다고 대답하니 싸늘한 대답이
돌아왔다고 이모님들은 말했다. 진한 함경도 사투리에 날카로운

눈빛, 얕잡아 보는 듯한 눈빛이 너무 무서웠다고 말씀 하셨다.

이 정도의 집에 살고 있는 걸 보니 필시 인민의 반동분자라고, '에미나이'라거나 '종간나 새끼' 등등의 생전 처음 듣는 소리를 거침 없이 내뱉으며 두 이모님을 그냥 쫓아냈다고 한다. 빈손으로 돌아오는 먼 길의 이모님들은 그 힘든 길에서 아무런 말이 없었다고 한다. 전쟁은 말로도 무서운 것이었다. 왜 잘 살고 있는 집에서 나와 멀리 피난을 가야 하는지 이모님들은 도무지 알 수가 없었다.

정처 없는 피난길은 계속 남쪽으로 이어졌다. 닷새 넘게 남쪽으로 내려가고 있는데 하루는 긴 다리가 있는 곳에서 북한군의 검문을 받게 되었다. 북한군은 피난을 오기 전에 무엇을 하였냐고 물었다. 부모님은 비단가게 장사를 하였다고 하시면서 외상 거래가 적힌 장부책을 보여주니 간단하게 통과시켜 주었다. 며칠을 더 걸어 남쪽으로 내려가 비교적 안전해 보이는, 그리고 피난 가지 않은 사람들이 살고 있는 마을에 머물기로 했다.

어느 하루, 마을을 어슬렁거리며 혼자 놀고 있었는데, 냇가를 건너 큰길로 북한인민군 중대 병력으로 보이는 부대가 이동하는 것을 보았다. 장교는 말을 타고 이동하고 사병들은 도보로 이동하고 있었다. 그러자 잠시 사이 유엔군 마크를 단 비행기가 나타나 그 부대를 향해 집중적으로 기관총 사격을 하기 시작했다. 냇가 근처에 있는 방공호 앞으로 기관총 총탄이 우박처럼 쏟아지고 있었다. 생전 처음으로 그렇게 요란한 소리는 처음 들었다. 대낮인

데도 무수한 불꽃이 튀고 인민군들은 속절없이 길 위로 넘어지고 있었다. 피가 튀고 비명과 아우성의 아수라장이었다. 나는 너무 무서워 풀숲에 숨어 숨도 쉬지 않고 그 광경을 보고 있었다. 오줌을 싼 것도 몰랐다.

한바탕의 소동이 끝나자 살아남은 인민군들은 서둘러 행군을 시작해서 시야에서 사라졌다.

어느 날 밤에 북한 인민군 병력이 허겁지겁 후퇴하는 것을 보았다. 그런 이유였을까, 다음 날 마을주민들은 읍내로 국군 선발대가 들어 왔다고 기뻐하며 모두 태극기를 들고 환영을 나갔다. 나 역시 부모님을 따라 마을의 장터로 나갔는데, 많은 GMC 트럭에 국군 선발대 깃발 아래 많은 병력이 빠르게 진입한 것을 보았다. 국군 선발대 병력은 온갖 어려움을 극복하고 진격한 대해 대단한 자부심을 가지고 있는 것으로 내 어린 마음에도 그대로 전해져왔다. 국군 선발대가 계속 북진을 하고 있다는 소식을 접하게 되어 우리는 부모님을 따라 포항과 묵호를 거쳐 강릉 집으로 돌아왔다.

돌아오는 길에서 본 풍경은 참혹했다. 강릉 외곽지역 큰길 도로에는 국군 사망자의 시체에 태극기를 덮어놓은 광경이 수도 없이 많았다. 급한 상황이라 미처 수습하지 못하고 그렇게 방치해 놓고 나중에 정리하리라는 생각만 들게 했다. 어린 나이에 나는 그 많은 주검과 죽음을 목격했다.

바닷가 쪽에는 미군의 함포사격으로 인한 총탄 잔해가 수없이 쌓여 있는것을 목격 하였다. 하루는 국군이 북한군 여자 공비를 생포하여 왔다는 소식이 들려왔다. 나는 너무도 궁금해서 공터로 쫓아나갔다. 많은 주민들이 몰려들어 구경을 하고 있었다. 내가 본 그 여자군인은 사람의 몰골이 아니었다. 며칠 동안 세수를 안 한 것은 물론 헝클어진 머리칼과 찢어진 의복, 전쟁의 이면은 그런 것이었다.

어떤 때는 공회당 앞을 지나가는데 국군이 민간인을 땅에 엎드리게 해놓고 매질을 하고 있었다. 이들은 인민군의 남침 때 거기에 동조하였다가 국군이 입성하여 그 죄를 혼내주는 것이라고 하였다. 민간인이 무슨 힘이 있으며 무슨 입장이 있었겠는가. 목숨이 촌각에 달려 있는데, 누구의 말을 들어야 하는지 일반적인 사람들은 판단할 수가 없었다. 목숨을 부지하기 위해서는 시키는 대로 해야만 했다. 가족을 지키고 생명을 보호하고 집을 지켜야만 했다. 국군의 조롱과 잔인함도 나는 그날 정확하게 목격했다. 가슴 아픈 풍경이었다.

어느 푸르른 날이었다.

정장의 예복을 차려 입은 국군 3명이 외갓집의 대문을 열고 들어왔다. 슬픈 예감은 빗나가는 법이 없었다. 1명의 군인의 앞가슴에는 유골함이 매어져 있었다. 선임자가 국군장교 외삼촌의 이름을 호명하면서 전사를 하셨다고 하면서 유골함을 툇마루에 놓

아두고 예를 표했다.

긴 침묵이 이어졌다. 군인들이 물러나가자마자 봇물이 터지듯 하늘이 무너지는 듯 천지가 진동하는 울음소리가 터져나왔다. 대성통곡도 그런 대성통곡이 없었다. 온 가족이 모두 무너져내리며 퍼질러 앉아 울기 시작했다.

단장(斷腸)의 울음소리, 애통(哀痛)의 절규(絶叫), 처절한 아우성이었다. 손바닥에 문질러지도록 땅을 치고 두들겼다.

산화(散華), 젊은 청년은 그렇게 갔다.

외삼촌은 동작동 국립묘지에 안장 되어 영면에 들었다. 외숙모는 청상(青孀)의 한을 가슴에 묻고 평생을 사시다 6년 전에 돌아가셨다. 화장을 한 뒤 국가의 배려로 고인의 곁에 합장되었다. 국가를 위해 헌신한 사람에 대한 배려는 아무리 강조해도 부족함이 없다. 국가는 예우에 충실하고 거기에 우리는 영광을 느낀다.

아울러 아픔이 많을수록 생에 대한 고마움을 느낀다.

유복자였던 조카도 벌써 노년이 되었다. 해마다 국립묘지에 모여 고인을 추모한다. 그리고 그 조카가 결혼을 할 때, 주례를 서시는 분이 그 외삼촌과 함께 근무한 인연이 밝혀지면서 우리를 놀래키기도 했다. 조카는 어찌 이런 거짓말 같은 인연이 있을 수 있는가 하며, 그 기쁜 날에도 눈물을 흘렸다.

결혼식이 끝나고 신혼여행도 미룬 채 조카와 나는 많은 이야기를 들었다. 전사할 때의 상황은 전해 듣지 못했지만 짧은 시간

동고동락한 전우를 기억하는 그 분의 눈에서도 안타까움과 회한의 눈물이 흘렀다.

　기억 속에서 사라져가는 많은 상처들이 있지만, 사람에 대한 상처는 너무나 오래 가는 법이다. 그것은 상처를 너머 상징(象徵)이 되기도 하고 불후(不朽)가 되기도 한다.

　국가와 개인의 존재에 대해 오래, 그리고 깊이 생각하는 세월이 되었다.

앞줄 장교단 왼쪽에서 첫 번째가 지은이의 외삼촌

1950년 한국전쟁 때의 맥아더 장군

제4부

성적표

피난길에서 돌아와 일상으로 돌아왔다. 1951년 4월 전사하신 셋째 외삼촌의 외숙모님이 교사로 재직하시던 강릉시 소재 초등학교에 다시 입학하였다. 외숙모님의 동료 여교사님이 담임선생님이셨다. 선생님은 외숙모님에게 내가 공부를 잘하는 학생이라고 언급하셨다고 했다.

그 당시는 초등학교도 매월 사친회비 또는, 월사금이라 하여 학비를 내고 다니게 되었다. 너무나 가난한 시절이라 이런 학비를 내지 못하여 담임선생님이 수업해야할 시간에도 불구하고 어린 학생들을 집으로 돌려보내 사친회비를 가져오게 재촉하는 일이 자주 있었다. 참 쓸쓸한 풍경이었다. 뻔한 사정을 알면서도 집으

로 돌려보내는 선생님의 마음을 모를 바는 아니었지만 집으로 가
도 돈은 없을 걸 뻔히 알면서 무거운 걸음을 옮기는 아이들의 마
음은 짐작이 되고도 남았다. 나의 경우는 그럴 일이 없었지만, 그
광경을 잊지 못한다.

초등학교 3년 동안의 시절에는 집안의 넷째 외삼촌이 강릉의
미 육군 부대에서 통역관으로 근무하고 계셨다. 나는 학교가 끝나
면 곧바로 부대로 가서 외삼촌이 챙겨주시는 미제 C-레이션과 여
러 가지 과자들, 초콜릿을 받아 가지고 와서 친구들과 나누어 먹
었다. 지금에 와서 생각하면 부끄러운 일이지만 그런 이유로 해서
내 곁에는 항상 친구들이 들끓었다.

나는 나름 공부를 잘 했었다. 매월 4학년 이상의 학생은 한
달에 한번 일제고사를 치루었는데, 학생 전원이 운동장에서 시험
을 치러 반평균 점수를 내게 되어 있었다. 나의 시험지는 항상 맨
위에서 채점이 되는 것을 보았다.

배우는 것은 항상 즐거운 일이었다. 5학년 때, 사회과목에서
는 이런 내용도 있었다. 미국은 네 사람 중에 한 명이 자동차를 가
지고 있다고 기술되어 있었는데 그것이 그렇게도 신기하고 부러울
수가 없었다. 더군다나 통행금지가 없다는 사실은 도무지 믿기지
않는 사실이었다. 개인의 자유가 유감없이 주어지는 열린 나라라
는 환상은 내내 내게 깊은 인상을 남겨 주었다. 우리도 그러한 나
라가 되어야 한다고 어린 마음에도 나는 그렇게 생각했다.

매년 가을이면 학예회와 운동회가 열렸다. 학예회에서는 나는 합창부에서 활동하며 친구들을 위해 노래를 불렀다. 그리고 UN의 일환으로 전쟁에 참전한 16개국을 기념하는 의미로 그 나라의 의상을 입고 나와 정견을 발표하는 행사도 있었는데, 나는 터키 군을 대표하여 여러 가지 의견을 발표하기도 했다. 가을 운동회에서는 선생님과 학생으로 나누어 시합을 하기도 했는데, 나는 학생대표 주자로 뛰었다.

5학년이었을 때 하루는 골목길에서 6학년 누나와 마주치게 되었다. 누나는 주머니에서 80환을 꺼내 나에게 맡기겠다고 했다. 내가 똑똑하니 잘 맡아주리라고 말하며, 필요할 때 말하면 돈을 주라는 것이었다. 나는 영문을 몰랐지만 누나가 시키는 대로 했다. 책상 서랍 깊은 곳에 넣어두고는 까맣게 잊은 듯 지냈다. 그런데 그 누나는 끝내 돈을 달라고 하지 않았다. 그 누나가 졸업할 때 내가 5학년 대표로 송사를 읽었고, 그 누나는 답사를 했다. 너무나 똑똑한 누나였지만 지금 생각해도 그 누나의 행동은 잘 이해가 되지 않았다. 나는 그 돈을 책을 사거나 친구들에게 한턱을 쓰면서 요긴하게 썼다. 오랜 시간이 흘러서 그 누나의 근황을 알게 되었다. 1960년대에 대인기를 얻었던 '이시스터즈'라는 여성 3인조 그룹의 가수가 되어 있었다. 이상한 추억의 한 페이지로 기억에 남아 있다.

6학년이 되자 담임선생님은 중학교 입시 체제의 수업으로 전환을 했다.

밤늦게까지 입시 공부가 이어졌다. 수업을 마치고 집에 도착을 하면 거의 12시나 1시 가까이 되었다. 간혹 코피가 나기도 하고 늦잠을 자는 경우도 있었다. 그러나 공부하는 재미에 빠져 조금도 지루한 줄 몰랐다. 덕분에 6학년 졸업 때는 전과목 '수'를 받을 수 있었다. 졸업식 날 전교 1등의 자격으로 도지사 표창을 수상을 했다. 그 당시 각 학교별로 1등 졸업생에게는 도지사 표창이 수여가 되었는데, 교육체계는 강원 도지사 및 학무국장이 교육 전반을 주관하였기 때문이었다. 졸업을 하기 며칠 전에 하나의 시험을 치루었다. 교장 선생님이 직접 주관하는 시험이었다. 6학년을 통털어 각 반에서 1,2등을 하는 학생 8명이 뽑혀 시험을 치렀는데 나는 전 과목에서 100점을 받아 최고 득점자가 되었다. 졸업식 날 강원 도지사 김장흥 관인이 찍힌 표창장을 수상하면서 개근상과 함께 영광스런 졸업장을 받게 되었다.

중학교 입시를 앞두고 중학교에서 수험표를 부여받았다. '88번이었다. 왠지 예감이 좋았다. 친척들이 모일 때 가끔씩 화투를 치는 적이 있어 어깨 너머로 배운 적이 있어, 그 숫자가 매우 마음에 들었다.

중학교 입시는 성공적으로 치루었다. 면접 때 면접관들이 도지사의 이름을 아느냐고 물었다. 나는 조금도 망설임이 없이 김장흥 도지사라고 답변을 했다. 면접관 선생님들은 도지사 표창을 받은 것을 은근히 상기시키는 것이었다. 며칠 후 담임 선생님이 중학교에 확인하여 내가 1등으로 합격 되었다고 말씀하셨다. 나중에 알게 된 사실이지만 담임 선생님께서 당시 내가 강릉시 전체 중학교 최우수 중학생으로 입학하게 되었다고 말씀해주셨다.

입학금 등록 통지서를 받았을 때의 기억도 생생하다. 내가 나름 괜찮게 사는 집안의 자식이라고 34,000환이라는 거금의 통지서를 받은 것이었다. 요즈음 같으면 도로 장학금을 받아도 시원찮을 경우였는데, 그 당시의 사정은 오히려 그 반대였다. 부모님은 아무런 이의도 제기하지 않고 입학금을 준비하셨다. 100환짜리 100장 1묶음씩 3묶음에 여분의 돈을 마련했다. 34,000환의 돈은 당시로는 일반적인 사람이 마련하기 힘든 거금이었다. 그럼에도 불구하고 부모님은 오히려 자식이 자랑스러워선 인지 선뜻 그 등록금을 흔쾌히 지불하신 것이었다.

1957년 4월 중학교 입학식날이었다. 운동장 멀리에서 친구들과 대기하고 있는데 멀리서부터 3학년 선배가 내 이름을 부르면서 찾고 있었다 선배는 나를 교무실로 데리고갔다. 선생님 한 분이 오늘 입학식에서 입학생을 대표하여 선서를 낭독하라고 하셨다. 그 글을 받아서 몇 번을 읽고는 입학식에서 학생들을 대표하여 낭독을 했다. 입학식에 참석하신 친구의 아버지께서 참 잘했다고 칭찬해 주셨다.

나는 여러 모로 준비성이 있는 아이였다. 입학을 하고 나서 문득 봄소풍 때 부를 노래까지 생각을 했다. 당시 이모님 한분이 영어를 잘 하셔서 강릉 비행단 미공군부대 요원들을 위한 통역관으로 근무하고 계셨다. 그 이모님에게 부탁하여 영어 노래를 하나 가르쳐 달라고 요청을 했다. 이모님은 '케쎄라 쎄라'라는 팝송을 가르쳐 주셔서 나는 몇 일에 걸쳐 정성을 다해 가사 음정을 정확히 익혀 놓았다.

드디어 첫 번째 공식행사인 봄 소풍을 가게 되었다. 나의 예상은 빗나가지 않았다. 전체 1등 입학 학생의 자격으로 1학년 2반 대의원으로 선생님들로부터 지명을 받았다. 당연히 1학년을 대표하여 노래도 부르게 되었다. 나는 그 동안 배워 두었던 "케쎄라 쎄라" 노래를 멋지게 불렀다. 선생님과 친구들은 무척이나 놀라면서 또 부러워한 것이었다.

중학교 3학년 때의 일이다. 역사시간에 선생님이 대한민국이 UN에 가입하려고 해도 소련의 거부권 행사 때문에 못하고 있는데 어떻게 하면 대한민국이 UN에 가입할 수 있는지 연구를 하여 내일 수업시간에 발표하라는 숙제를 내주셨다. 나는 이 문제의 해결을 위해 궁리를 하면서 집으로 향했는데 집에 도착했을 때 해결방안을 연구해냈고 내일 학교에서 발표할 구상을 마칠 수 있었다.

다음날 역사시간이 되자 선생님은 어제 내준 숙제를 해온 학생이 있느냐고 하셨는데 아무도 손을 든 학생은 없었다. 내가 손을 들자 발표하라고 하셨다.

　나는 대한민국이 UN에 가입하는 것을 소련이 거부권 행사로 막는 이유는 민주주의 국가인 대한민국이 UN에 가입하게 되면 민주주의 국가 UN 회원국이 하나 더 증가하게 되어 다수결의 결의로 불리할 수도 있기 때문이라고 설명을 했다. 또한 대한민국이 북한을 괴뢰집난이라고 격하하고 있는데 동일한 자격으로 인정해야 한다는 취지의 발언도 했다. 북한도 우리와 같은 영토와 주민으로 구성되어 있고, 그들대로의 통치주권을 가지고 있으므로 대한민국이 북한과 함께 동시에 UN가입이 되도록 하면 될 것이라고 발표를 했다. 민주주의 국가 공산주의 국가 모두 UN 1개국씩 증가되므로 반대하지 않을 것이 분명하다는 취지였다.

　세월이 지나 1973년경으로 기억되는 바 모든 매스컴에서 박정희 대통령이 남북한 UN동시 가입을 반대하지 않겠다는 획기적인 결단을 내렸다고 발표했다. 나의 구상이 박 대통령의 결단보다 13년이나 앞섰으며, 그것도 중학교 3학년 학생의 머리에서 구상되었음에 나의 생각은 시대를 훨씬 앞선 것이었다. 지금 돌이켜보아도 감회가 깊다.

　이렇게 강원도에서 중학교 졸업, 고등학교 졸업, 대학교 입학으로까지 이어졌고, 이후로는 군입대를 준비하였다.

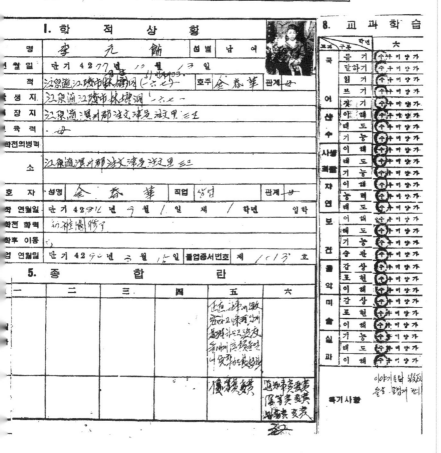

생활기록부

1. 학 적 상 황

명	李 元 飾	성별 남 여
년월일	단기 4277년 10월 13일	
적	江原道江陵市林塘洞	호주 金春華 관계 女
출생지	江原道江陵市林塘洞	
성장지	江原道溟州郡注文津邑注文里	
교육력	女	

| 소 | 江原道溟州郡注文津邑注文里 |

| 호 자 | 성명 金 春 華 | 직업 상업 | 관계 女 |

입학 연월일	단기 4278년 9월 1일 제 1 학년 입학
입학전 학력	幼稚園修了
입학후 이동	
졸업 연월일	단기 42○년 ○월 15일 졸업증서번호 제 1013 호

5. 종 합 란

一	二	三	四	五	六

8. 교 과 학 습

교과	구분	大
국어	듣 기	수 우 미 양 가
	말하기	수 우 미 양 가
	읽 기	수 우 미 양 가
	쓰 기	수 우 미 양 가
산수	계 기	수 우 미 양 가
	이 해	수 우 미 양 가
	태 도	수 우 미 양 가
	기 능	수 우 미 양 가
사회생활	이 해	수 우 미 양 가
	기 능	수 우 미 양 가
자연	이 해	수 우 미 양 가
	능 력	수 우 미 양 가
	태 도	수 우 미 양 가
보건	어 해	수 우 미 양 가
	기 능	수 우 미 양 가
	습 관	수 우 미 양 가
음악	감 상	수 우 미 양 가
	표 현	수 우 미 양 가
	이 해	수 우 미 양 가
미술	감 상	수 우 미 양 가
	표 현	수 우 미 양 가
	이 해	수 우 미 양 가
실과	기 능	수 우 미 양 가
	태 도	수 우 미 양 가
	이 해	수 우 미 양 가

특기사항

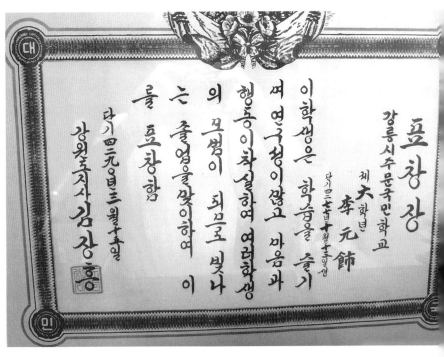

표창장

강릉시주문국민학교

제大학년 李元飾

이학생은 학습을 슬기
며 연구심이 깊고 마음과
행동이착실하여 여러학생
의 모범이 되므로 빛나
는 졸업을맞이하여 이
를 표창함

단기 四二九五년 三월十六일

강원도지사 김장흥

초등학교 6학년 수석졸업자로 도지사 표창 수상

초등학교 6학년 수석졸업자로 도지사 표창 수상

대형 산불 때 위로 차 들른 초등학교 6학년 담임 선생님과 함께(2019년 4월 25일)

제5부

육군 제1야전군 사령부 방첩대

1965년 4월에 군에 입대를 했다.

신상명세서에 초등학교 수석졸업(전과목 '수', 전과목 100점, 도지사 표창수상), 중학교 수석입학(400점 만점)으로 기재된 것을 본 육군 제1야전군 사령부 방첩대에서 나를 차출하였다. 그렇게 방첩대 행정, 교육담당으로 군복무를 시작하게 되었다.

본론으로 들어가기에 앞서 너무도 생생했던 기억 하나를 먼저 이야기하겠다.

먼저 육군 방첩부대 지휘부와 5.16 가담 군인들과의 긴박했던 상황에 대해 지금까지 공개되지 않은 사항이 있었다는 사실이 먼저 떠오른다. 이름을 밝히길 못하긴 하나 1961. 5.16 당시는 육군 방첩부대 처장으로 계신 분임을 말해야 한다. 나중에 육군 제1 야전사령부 방첩대장으로 내려오셨다가 훗날 이 부대 전우회 모임에서 25년 만에 공개한 사실을 다시 본인이 35년 만에, 1961년 5월 16일 당시로부터 60년 만에 그러니까 60년 만에 본인이 공개하는 것이다. 1961년 육군 방첩부대는 국가나 정부조직을 전복시키는 세력으로부터 지지시켜야 하는 임무가 최우선이었다. 그러므로 육군 방첩부대 지휘부는 5.16가담 군인들의 명단을 전부 입수하고 전원 체포하기로 결정을 했다. 그러나 가담한 인원이 많아, 당시 내각제 하의 정치적 상황에서 상당한 파워를 가진 국회 국방위원장의 집무실로 찾아가 정부 전복을 추진하는 군인들의 명단을 전부 가지고 있고 전부 체포하겠다고 보고를 했다. 그런데 그 인원이 너무 많으니 총리 각하께 승인을 받아달라고 했더니 국방위원장은 이렇게 말했다

한국에서는 지금까지 군인들이 쿠데타를 일으킨 적이 없으며, 모든 작전권은 UN군사령관에게 있으므로 쉽게 쿠데타를 일으킬 수 없으며, 설사 그렇게 하더라도 UN군사령관의 지시로 전원 원대복귀를 시킬 것이니 염려할 것 없다고 말했다. 하여 5.16 가담 군인 전원 체포 작전은 직전 중단되었다는 비화를 들려주셨다. 우리 방첩대 역시 역사의 일부분이 될 수 있는 순간이었다.

육군방첩부대의 연혁은 이러하다. 1945년 8월15일 해방 후 진주한 미군정 휘하 미군CIC(방첩대)의 남한지역 정치, 사회 등

모든 분야 담당을 모델로 1950년 대통령 직속의 육군 특무부대로 창설되었으며, 1960년 육군 방첩부대로 개칭되었다. 특이한 점은 조선시대 암행어사가 소지했던 마패와 비슷한 CIC 메달을 외근 부대원은 사복에 소지하고 매일 군·관·민·을 관리한 부대였다는 것이다. 50년 특무부대 창설때부터 방첩부대 시절인 67년 12월까지 사용했던 이 메달의 앞면에는 '육군특무부대', '육군방첩부대' 라는 글자가 쓰여 있었다. 뒷면에는 본 메달 소지자는 시기와 장소를 불문하고 행동의 제한을 받지 않음이라고 되어 있다. 조선시대 암행어사의 마패와 버금가는 공무집행력을 보장한 것이다.

육군특무부대 시절에는 김창룡 특무부대장이 경무대로 이승만 대통령을 직접 뵙고 보고를 했다. 육군 방첩부대 시절에는 윤필용 육군방첩 부대장이 청와대의 박정희 대통령을 리볼버 권총을 찬 채로 직접 보고했다고 육군 제1야전군 사령부 방첩대원들이 들려주었다.

처음 마주한 육군 제1야전군 사령부 방첩대 부대원들 눈에는 불이 철철 흐르는 것처럼 보였다. 대단한 자부심을 가지고 있었다. 부대원들의 95%가 대학 학력을 가지고 있었다. 이제부터 반세기 이전에 목격하고 느꼈던 당시 육군 제1야전군 사령부 방첩대장께서 행하셨던 일화와 함께 지냈던 방첩대 동료들이 들려 주었던 사항을 언급해 보려 한다.

당시 육군 제1야전군 사령부 방첩대는 원주시 태장동의 독립된 위치에 주둔하고 있었다. 부대원들은 매일매일 역사를 창조하고 있다고 믿으며 복무하고 있었다. 오랜 기간 이 부대에서 근무했던 상사 한분은 지난 날 육군 제1야전군 사령부 특무대장이 전방 시찰을 나갈 때면 산천초목이 떨었다고 들려주었다. 육군방첩부대와 육군 제1야전군 사령부 방첩대 간에는 상호 교류 근무를 하고 있었다. 육군 방첩부대 처장 대령급은 육군제1야전군 사령부 방첩대장으로 주로 내려 오셔서 근무하고 대부분 다시 본부로 복귀 하였다. 일부는 전방 연대장으로 장군 진급을 위해 전속해 가시는 분들이 있음을 많이 보았다. 모든 부대원이 머리를 길렀고 (일반 부대병은 스포츠형 머리) 사복으로 근무하고 있었다. 또 자율로 조를 편성하여 외출을 나갔으며 외출증은 없었다.

매일 아침 부대장실 앞에서 조회가 실시되었다. 장교, 준위 3급 을 문관(지금의 5급에 해당)은 별도의 라인에 섰고 나머지 부대원은 일반 라인에 섰다. 조회 때는 방첩부대장 지시 사항을 모두 수첩에 꼼꼼하게 메모를 하였다. 조회가 끝나면 사복을 입은 장기복무 부대원은 각자 자기 소속의 과에서 과장으로부터 업무 지시를 받았다. 육군방첩부대의 매번 주어지는 상황에 따라서는 권총까지 소지하고 자기가 맡은 관할지역의 군, 관, 민을 만나서 정보수집 등 임무 수행을 하고, 부대로 복귀하여서는 모두 정보 보고서를 작성했다. 내가 본 바로는 모두가 한문이 섞인 정보 보고서를 작성했으며 필적들이 대단히 우수했다.

이 시절까지도 한국 육군방첩부대는 해방 후 미군정 하의 미군 방첩대가 남한의 모든 분야를 관리했던 것과 똑같은 기능의 임무를 수행하고 있음을 알 수 있었다. 차량 통과에서도 원주시내 오거리에서는 경찰과 헌병이 호루라기로 수작업으로 교통정리를 하는데, 신호에 관계없이 그대로 달리는 두 종류의 차량이 있었다. 한 종류는 불을 끄러가며 정적소리를 내는 소방서 차와, 비상 상황으로 헤드라이트를 켜고 그대로 달리는 방첩대 차량 두 종류였다.. 당시 이 부대는 여자를 남자로 만드는 일 이외에는 모두가 가능하다고 했다. 그만큼 뛰어난 능력에 권한까지 가지고 있었던 것이다.

1965년 말 나는 선임자의 제대로 부대 내의 행정, 교육담당 책임자가 되었다. 1966년으로 진입하면서 매년 가을이면 육군방첩부대장 지시로 전 부대는 검열을 받게 되어 있었다. 검열은 내가 책임자가 되어 준비하게 되어 연초부터 검열에 대비해 여러 가지 구상을 하며 가을까지 차곡차곡 준비를 해나갔다.

드디어 1966년도 가을에 육군방첩부대 소령을 반장으로 하는 A조 검열반이 이 부대로 도착하게 되었다. 검열반은 엄격하게 리스트에 있는 항목대로 검열을 실시했으며 총기분해와 조립도 실시할 정도로 꼼꼼했다. 12월초에 육군방첩부대 내에서 검열을 실시했던 종합 검열평가 공문 최상단에 육군 제1야전군사령부 방첩대 최우수 방첩대로 표기되어 있었다.

내가 육군 제1야전군사령부 방첩대 최우수 방첩대 밑에 라인으로 표시하고 결재를 올렸더니 당시 육사 제15기 출신 대위 행정과장님은 이 공문 하나를 결재판에 넣어 별도에 위치한 방첩대장 부대장님실로 들어 가셔서 결재를 받고 나오셨는데 부대장님으로부터 칭찬을 받으셨다고 매우 기분이 좋아 보이셨다. 나를 보고 서울대학교 출신이냐고 물으시자 옆에 있던 행정계장 상사님이 나를 차출하게 된 경위와 나의 신상명세서에 기재된 사실을 보고 드리자 과장님은 다시 한번 이번 검열에 수고가 많았다고 칭찬해 주셨다.

1967년도로 진입하여 연초 부대장님실에서 시무식이 거행되었다. 부대장님께서는

지난 해에 우리 부대가 최우수 방첩대가 되었는데 여러분들의 수고가 많았으며 부대장으로서 훌륭한 부대원들을 거느리게 되어 매우 기쁘다고 하셨다. 이로 인해 그동안 외출 외박이 금지가 되었던 것을 전격적으로 해제시켜 주었다. 부대원들은 이러한 조치가 내려진대 대해 나에게 공적을 돌리며 감사합니다, 또는 존경합니다라는 인사를 해왔다.

연초 이틀 날에는 방첩부대장님실로 원주시장, 경찰서장, 검찰지청장 등 원주시 전체 기관장이 집결해 회의하는 것을 목격했다. 연초 3일째는 방첩부대장실로 육군 제1군사령부 참모와 장군들이 인사하러 오는 것을 목격했다. 이때의 접대는 육군 제1군사령부 여군중대에서 매일 지원업무를 하러오는 여군이 와서 이 임

무를 수행해 주었는데 내가 이 부대에서 군복무할 때의 여군은 김강자 병장이었다. 훗날 경찰에 입문하여 서울 종암경찰서장으로 미아리 텍사스촌 정리를 결행한 대단한 경찰서장으로 이름을 알리게 되었다.

매월 말일에는 육군 제1야전군 사령관 각하께서 사복으로 입으시고 직접 육군 제1야전군사령부 방첩대장 관사로 오셔서 방첩부대장님과 함께 회식을 하시고 가셨는데 이때의 방첩대 경호는 매번 내가 사복을 입고 경호를 해드렸다. 이때마다 사령관께서는 매번 동격의 위치에서 악수를 해주셨다. 방첩부대원은 사복 근무를 할 수 있어 이러한 상황이 가능했던 것이다. 계급 관계로는 육군대장과 병장으로 천지 차이였다.

1967년 봄 윤필용 육군방첩부대장님이 전방부대를 시찰 하시고 마지막으로 육군 제1야전군사령부로 서종철 육군 제1야전군 사령관 각하를 방문하셨다. 서종철 육군 제1야전군 사령관 각하께서는 지시를 하여 원주시내 대형회관인 상록회관에서 윤필용 육군방첩부대장님을 위한 파티를 열어 주시게 되었다. 상록회관 정문에는 방첩대원 2명, 헌병 2명이 합동으로 경호임무를 수행하게 되었다. 나는 방첩대 측 경호원으로 발탁되어 정문에서 대비하고 있었는데 잠시 후에 두 분이 도착하셨다. 당시 육군 제1야전군 사령관 각하께서 타시는 차는 별판이 부착된 링컨 케딜락이었으며 육군 제1야전군 사령관 각하께서 이동하시는데는 1군사령부참모 별판 지프차 20여 대가 사령관 각하 차의 뒤를 이어 들어오는 장관을 이루는 것을 목격할 수 있었다, 두 분이 함께 동시에 회관 안으로 들어가시자 회관 전속악단에서는 음악을 연주하기 시작했다.

즐거운 곳에서는 널 오라하여도 라는 귀에 익은 음악이 시작되면서 2시간 정도의 파티가 진행되었다. 나는 사복을 입고 동료 부대원, 1군사령부 헌병 2명과 정문 배치 받고 다른 부대원들은 주방 홀에 배치하는 등 이날 행사는 완벽하게 이루어졌다.

일과를 마치면 부대원들은 각기 모여서 사무실에서 보고 들었던 상황을 서로 얘기 하면서 지냈다. 부대장님실에서 당번병으로 복무하는 동료가 자기가 겪었던 그날의 상황을 얘기하는데 요지는 이러했다. 서울 육군방첩부대에서 같은 육사 8기인 윤필용 육군 방첩부대장께서 전화를 하셨을 때 원주에서 이 전화를 받는 같은 육사 8기생인 육군 제1야전군 사령부 방첩대장이 자리에서 일어나서 정자세로 서서 서울의 육군방첩 부대장에게 각하라는 호칭을 깍듯하게 쓰면서 엄정하게 전화를 받으시더라고 들려주었다. 이처럼 군기가 확실하고 엄정하였다.

이날도 일과를 마친 후 부대 내에서 이날 있었던 상황을 들려주는 자리에서 부대장 당번병은 오늘 부대장님이 1군사령부직할 공병단장대령에게 1군사령부 방첩대 내에 관사를 지어줄 것을 요청했으며, 앞으로 부대장님은 영내 관사에 거주하시게 된다고 하였다. 내일부터 1군사령부 직할 공병단의 관사 신축공사가 시작될 것이라고도 알려주었다. 다음날 1군사령부 직할 공병단장인 대령이 직접 관사를 신축할 병력과 자재를 싣고 들어왔다. 부대 영내 안쪽에서 관사 신축공사가 시작되어 짧은 시간 내에 1군사령부 방첩대장 관사가 완성되었다. 부대장님은 시내에서 이곳으로 옮겨 계시게 되었고 우리들은 혹시나 밖으로 불시에 점검 시찰을 나오시지 않을까 걱정하기도 했는데 이런 일은 내가 복무하는 동안 한 번도 발생하지 않았다.

또 한 동료는 윤필용 육군방첩 부대장님의 박대통령에게의 건의로 김00 육군참모 총장이 해임되었다고 들려주었다. 다른 한 동료는 동해상에서 해군 56함이 북한의 포사격으로 격침이 되었지만 한두 발도 아닌 수십 발을 쏜 다음에 격침 되었다고 하며 그 지휘관이 처형 되었다는 무서운 이야기도 들려주었다. 또 다른 한 동료는 전방에서 1년간 발생하는 사망, 사고로 전역, 탈영병 등으로 병력 손실이 1개 사단 병력이 된다고 언급해 주었다.

우리 부대는 매일 장교를 일직사관으로, 부사관 병으로 이루어진 일직 근무가 시행 되었다. 전방 군단 방첩대와 사단 방첩대에서 올라오는 전통을 1군사령부 방첩대에서 전화 통신으로 보고 받고 비밀 사항은 음어로 받아 우리가 다시 서울 육군방첩부대로 음어로 전통으로 보고를 하고 있었다. 여기에는 많은 사항이 포함이 된다. 지뢰 사고로 전사한 병력, 월북 군인 및 민간인, 탈영병 등 모든 사항을 총망라한다.

당시 전도관 교주 박태선 장로의 둘째 아들이 탈영을 하였다는 전통 보고도 있었다.

드라마 '야인시대'를 보면 미군 방첩대 소령이 헌병을 대동하고 김두한의 우미관 사무실로 들어오자 김두한의 책사가 당신들은 누구냐고 묻자 우리는 미군 CIC 방첩대 요원이라며 신분을 밝히고 김두한 깡패 두목을 체포하러 왔다는 장면이 나온다.

하루는 육군 방첩부대장 지시로 내려온 공문에 각 지역 방첩대는 주민을 괴롭히는 깡패 전원을 체포하라는 지시가 하달되었다. 이날 밤 제1야전군 사령부 방첩대에서도 원주 시내에 상당수의 저항하는 깡패들을 체포해 각서를 받고 다음날 풀어주는 작전이 있었다, 이때까지도 육군 방첩부대는 해방 후 진주한 미 군정 하에서의 미군방첩대와 똑같은 기능과 임무를 수행했던 것이다. 경찰서에서 제대로 깡패들을 처리하지 못하자 방첩대가 나서서 이러한 임무를 수행하게 되었던 것이었다.

다른 한 동료는 이런 얘기도 들려주었다. 매일 대구비행장에는 한국군의 월남 파병에서 전사한 많은 한국군 유해가 운구되어 오고 있다고 알려 주었다. 하루는 고향이 원주인 방첩대 동료집을 방문했다가 이웃집에 들렸는데 이 집은 아들만 8형제를 두고 있었다. 살림이 너무 가난해서 아들 중 일곱 째가 해병대의 청룡부대로 월남에 파병 되었다가 전사하였다고 했다. 전사자에 대해 국가에서 위로금으로 지급한 돈을 수령했는데 상당히 많은 액수를 받았다고 했다. 그 돈으로 빚을 모두 갚고 또 그 나머지 돈을 밑천으로 장사를 하여 살만하게 지내고 있다고 하면서, 전사한 아들에게는 미안하지만 국가의 월남 파병이 가난 해결의 돌파구가 되었다고 하면서, 국가에 대해 전혀 원망 하지는 않는다는 이야기를 전해주었다. 당시 대한민국은 너무도 가난하였기에 이런 슬픈 현상도 있었던 것이다.

당시 우리 부대는 95%가 대학출신이었고 50%가 서울대학교 출신으로 채워져 있었다. 함께 친하게 지냈던 주원상이란 동료가 있었다. 자기는 논산훈련소 훈련을 거의 마칠 무렵 담당 방첩대에서 서울대 법대 출신임을 확인하고는 육군 방첩부대로 가게 된다고 알려주더라고 하였다. 내가 신상명세서를 보았더니 과연 경기중,고를 졸업하고 서울대 법대 졸업으로 기재되어 있었다. 잠재적 실력이 대단했으며 나이는 나보다 두 살 위인데 내가 군번이 1만 단위 빨라서 군에서는 내가 먼저 병장이 되었고 선배가 되어 서로 존경하고 존중하면서 대단히 친하게 지냈다. 나중에 중앙일보 기자로 입사 시험에 합격하여 그 실력을 보여 주었고, 중앙일보 파리 특파원, 월간미술 대표로 지내다 60대의 나이로 지병으로 일찍 사망한 동료였다.

또 주철기라는 1년 정도의 후배가 있었는데 서울고등학교를 졸업하고.서울대를 졸업했다. 제대를 하고 나서 외무부 미주과장, 주 프랑스 대사에 이어 청와대 외교안보 수석을 지냈는데 머리에 종양이 발생하여 사망한 동료였다. 나와 행정과에서 같이 근무하면서 부대 회계를 맡고 있는 동료가 있었는데, 자기는 입대하기 전 한국은행에서 근무하다 군입대하여 방첩대로 오게 되었다고 했다. 한국은행은 직원이 군에 입대하여도 봉급이 지급된다고 하였다. 참으로 부럽게 느껴졌다. 제대 후에 만나서 회식하는 자리에서의 일화가 있다. 한국은행의 금융감독원으로 대전에 있는 한 은행에 감사를 나갔는데 은행장과 함께 보안실장이 일행을 맞이했다고 했다. 일행을 맞으면서 인사를 90° 정도로 하는데, 자세히 보니 지난날 본인이 육군 제1야전군 사령부 방첩대에서 경리를 담당하고 있을 때 육사15기 출신 대위 행정 과장님이라고 바로 알 수 있었다고 하였다. 두 사람만 있는 시간에 동료는, 저를 모르시겠습니까? 전에 원주에서 군 생활하시던 때를 기억해 보시라고 했더니 바로 어이 하면서 무척 반가워하시더라고 하였다. 감사장에서 전혀 모를 수밖에 없는 것이 방첩대 복무 당시 그는 머리에 숱이 많고 가르마로 빗어 넘긴 모습이었는데, 세월이 흘러 감사를 하러 내려갔을 때는 머리 한가운데가 완전히 탈모가 되어 대머리가 되어 전혀 모를 수밖에 없는 지경이 되어버린 것이었다.

이런 얘기도 들려주었다. 어떤 회식하는 자리에서 당시 수경사 대대장이었던 전두환 전 대통령도 어렵고 두려워한 사람이 있없는데 그 사람이 바로 윤필용 사령관이었다는 것이다. 전두환 수경사 대대장이 윤필용 수경사령관과 회식하는 자리에서 술 한 잔 받으라고 지시를 하니 공손히 꿇어 앉아서 두 손으로 받아 고개를 옆으로 돌리고 잔을 비웠을 정도로 서슬이 퍼랬다는 것이다. 이 자리에서 윤필용 수경사령관은 육군 방첩부대장을 할 때인 1968년 1월 21일, 남파했던 김신조를 살려 주기로 결정 했었다고 말하는 것을 들은 당시 참석자가 제대 후 한국은행에 복귀해 과장으로 근무하고 있는 본인에게 들려주었다고 하였다.

행정과 소속으로 부대 PX를 담당했던 서울 출신의 부대원이 있었다. 나하고는 군 입대 시차가 커서 나를 어려워했었다. 제대 후 동료는 당시 중앙정보부 직원이 되어 있었다. 한번은 같이 회식하는 자리에서 당시 오늘 얘기하는 사항을 절대 외부에 말하지 말아 달라고 부탁하고 언급을 했는데 반세기가 지났으므로 사실을 말해도 별 지장은 없을 듯 싶다.

그날 회식 때 동료는 우리 사장님(중앙정보부장)이 청와대에 들어갔다 나오다가 청와대 실장(경호실장)의 총에 맞아 차에서 내릴 때는 목발을 짚고 내린 일도 있다고 하였다. 무섭고 강직한 시절의 이야기다.

어느 날 키가 큰 일병이 군용 백을 들고 행정과로 들어왔다. 신상명세서를 주면서 작성하라고 하니 연극배우를 하다 군에 입대했다고 했다. 이름은 전무송이었다. 훗날 대 연기자 전무송이었던 것이다. 이 부대로 오게 된 사연을 들려주었는데 다음과 같다.

하루는 원래 복무하던 원주의 1군사령부 직할 공병부대에서 작업을 하고 있었는데 중대장이 작업장으로 직접 와서 서울 육군 방첩부대에서 자네를 데리러 왔으니 내무반에 가서 모든 준비를 하여 방첩대 차로 바로 서울로 올라가라고 하였다고 했다. 모든 준비를 해가지고 서울 윤필용 육군방첩 부대장 집무실로 들어갔더니 세무 잠바를 입은 윤필용 부대장께서 자네가 전무송인가 라고 물으면서 수고를 좀 해달라고 부탁을 하셨다고 한다. 그리고는 바로 남산 드라마센터에 있는 유치진 선생님에게 보내시더라고 했다.

내용은 연극에 출연할 배우가 필요한 것이었다. 북한에서 남파된 간첩이 마음의 변화를 일으켜 육군방첩 부대로 자수를 해왔는데, 그 사연을 기반으로 연극으로 제작하여 전방부대 공연을 통하여 반공사상을 고취시키기로 그 목적이 있었다. 남산 드라마센터의 유치진 선생께 연극의 연출을 부탁했더니 이 연극의 주인공은 제자인 전무송이 해야만 하는데 전무송이 군에 입대를 했고 어디에서 복무하는지는 모른다고 하였다고한다. 육군 방첩부대에서는 훈련소로부터 추적하여 원주의 1군사령부 직할 공병단에서 작업하는 전무송 일병을 찾았다. 그리고 바로 유치진 선생에게 인계된 것이었다.

여기에서 이 연극 주인공 역을 소화하며 모든 공연 준비가 완료되자 전방의 장병들에게 공연을 관람하게 했다. 윤필용 육군방첩 부대장이 이 연극 전방부대 순회공연과 함께 전방부대 시찰과 돌아오시는 길에 육군제1야전군 사령부 서종철 사령관을 방문하게 되었던 것이며, 연극 순회공연이 끝나자 윤필용 부대장 지시로 같은 지역인 육군 제1야전군 사령부 방첩대에서 전무송으로 하여금 군복무를 하게 되었던 것이다. 1986년 KBS에서는 아시안게임 축하기념으로 '원효대사' 제작을 기획했을 때 주연배우로는 전무송이 해야 한다고 만장일치로 통과되었다고 했다. TV문학관을 거쳐 1980년대 조선일보에서는 남자연기자 전무송, 여자연기자 황신혜단 두 사람만을 소개할 정도로 최고의 연기자 전무송이었다.

그렇게 내가 고참 선임자로 함께 군복무 하면서 인연이 맺어지게 되었다. 모두 다 제대를 하고나서도 서로 전우애를 유지하면서 자주 만났고 있으며, 특히 그가 주연하는 연극에는 늘 초대를 받아 관람하면서 지금까지도 우정을 이어가고 있다.

내가 육군 제1야전군 사령부 방첩대에서 군 복무를 하고 있을 때, 고향 강릉의 친구들은 무척 마음이 든든했다고 이야기하곤 했다. 휴가를 갈 때나 복귀를 하기 전에는 내가 근무하고 있는 방첩대에 꼭 들러서 가기도 했다. 애로사항을 부탁하는 친구에게는 부대로 복귀한 다음에 거의 전부 해결해 주었으며 일부는 야전군지역 방첩대에서 군복무하게 해주었다.

육군제10야전군사령부 방첩대 (1967년 8월 15일)

육군제1야전군사령부 방첩대 (1967년 9월 25일)

육군제10야전군사령부 방첩대 전우 12주년 기념 KBS TV문학관 최다 주연 출연 기념(1979년 12월 15일)

육군제1야전군사령부 방첩대 전우 제45주년 기념(2012년 4월 28일)

50~60년대 막강 권력

특무·방첩부대
'마패' 갖고 다녀

"동작 그만, 나 특무부대원이야."

1950~60년대 막강한 영향력을 행사하던 육군 특무부대와 방첩부대원들이 조선시대 암행어사가 차던 '마패'(사진)와 비슷한 메달을 갖고 다녔던 것으로 밝혀졌다.

국군기무사령부는 16일 인터넷 홈피(www.dsc.mil.kr)에 마련된 '사이버 역사관'을 통해 육군 특무부대와 방첩부대원들이 사용했던 '공무집행 메달' 사진을 처음 공개했다.

육군 특무부대는 방첩부대→보안부대→보안사령부로 개칭됐다가 91년 국군기무사로 바뀌었다.

50년 특무부대 창설 때부터 방첩부대 시절인 67년 12월까지 사용됐던 이 메달의 앞면에는 '육군특무부대' '육군방첩부대'라는 글자가 쓰여 있다. 뒷면에는 '본 메달 소지자는 시기 장소를 불문하고 행동의 제한을 받지 않음'이라고 돼 있다. 조선시대 암행어사의 '마패'와 버금가는 공무 집행력을 보장한 것이다.

그러나 이 메달은 때론 권력 남용의 도구가 됐다. 민간인과 간첩이 위조하기도 했다. 이 메달은 방첩부대가 증명사진이 붙은 신분증을 부대원들에게 발급하면서 사라졌다.

김민석 군사전문기자
kimseok@joongang.co.kr

제6부

건설회사

제대를 하고 나서 막상 취직을 하려고 했지만 뜻대로 잘 되지 않았다.

그러던 중 1975년 봄 집안 친척이 북평에서 삼척을 잇는 고속화 도로공사 현장소장에게 부탁하여 현지 직원으로 채용되어 자재계에 배치를 받았다.

새벽 4시30분에 기상하여 작업모, 잠바, 농구화를 신고 7시부터 작업시작에 임했다. 첫날 현장에 도착해 있는데 현장 소장님이 오셔서 일본어로 '데스라' 했느냐고 물어 보셨는데 도무지 무슨 말인지 알아들을 수가 없었다. 어쩔 줄 몰라 머뭇거리다 조금 있다 하려고 합니다, 이렇게 말씀을 드렸더니 빨리 해놓으라고 하시며 횡하니 사라지셨다. 선배 직원에게 '데스라'가 무엇이냐고 물어 보았더니 작업을 나온 인부들 이름을 적는 것이라고 알려주셨고, 조금 전 상황을 알렸더니 그 선배님은 폭소를 터트렸다. 국토개발을 하고 도로를 닦는 일이 전국적으로 성행하고 있어서 이러한 공사장을 몇 명씩 또는 개인으로 전국으로 다니는 인부들이 많이 있음을 그 현장에서부터 알게 되었다.

일당은 800원으로 15일에 한 번씩 일본어로 '간조'를 정산해 주었다. 한 달간 열심히 근무하고 그달 봉급을 수령했는데 첫 봉급이 2만5천원이었다.

식사는 모두 제공되었다. 콘크리트 작업을 할 때는 계획량을 맞추기 위해 늦게까지 작업을 할 때도 있었다. 그런 작업을 마칠 때는 밤 11시까지 일한 적도 있었다. 이때의 초과작업 시간은 별도의 계산이 이루어졌다. 전국에서 모여든 인부들의 작업장이므로 생면부지의 사람들이었다. 그렇다 보니 사소한 마찰들이 끊임없이 일어났다. 어떤 때는 인부들끼리 싸우는 경우도 있었고 작업반장에게 대드는 인부도 있었다. 이유 없이 떠나는 사람이 있는가 하면 또 다른 사람들이 합류해서 작업하는 일이 비일비재했다.

나는 젊었을때 고생은 사서도 한다는 옛말을 새기면서 매일 4시 30분에 기상하는 일정을 부지런하게 소화해 냈다. 공사는 1년 연중무휴이며 단지 추석 때만 공사장이 쉬는 도로건설 현장이었다. 공사 현장에는 시멘트 공급이 아주 중요한데 현장 소장님이 자재계에 배치된 나에게 공사에 일본어로 '데마지'나지 않게 시멘트 공급이 될 수 있게 하라고 지시하셔서 무척이나 신경을 써야만 했다. 나는 삼척에 있는 동양시멘트 회사의 사무실에 들어가서 강릉에서 고등학교를 졸업한 동문인맥을 확인 했더니, 마침 같은 고등학교를 졸업한 졸업생이 있음을 확인할 수 있었다. 원활한 시멘트 공급 협조를 부탁했더니 너무도 잘 공급해 주어 공사에 한번도 지장을 초래하지 않게 일을 처리할 수 있었다. 소장님이 무척 흡족해 하시면서 칭찬을 아끼지 않았다. 그리고 이번 공사가 끝나면 다음 공사현장으로 같이 데리고 가주겠다고 하셨다. 이러한 상황을 부모님께 말씀드렸더니 부모님은 삼척 천주교회에 상당히 비중이 큰 직책에 있는 분에게 나를 데리고 가서 이런 상황을 여쭙고 자문을 구했다. 그분은 말씀으로는 그러한 직장은 건축학과나 토목과 대학졸업생이나 전문대학을 졸업했으면 측량도 할 수 있으므로 함께 따라 다닐 수 있는 직장이지만, 나는 그런 전공을 하지 않았기에 일시적인 직장으로 알고 공무원 시험을 준비를 하라고 일러 주셨다.

나는 그해 12월에 끝낸 도로공사 완료와 함께 그 직장을 그만 두었다. 평생을 할 수 있는 직장을 구하라는 조언도 받아들여야 했다. 이때 받은 월급 중 일부 남긴 돈으로 7급공무원 공채시험 준비를 시작했다. 길고 어려운 시험을 준비하다 보니 강릉시청 직원들이 그렇게 부러울 수가 없었다. 단정한 옷차림에 정시에 출퇴근하는 그들의 직장문화가 한없이 부러웠다. 나도 그 대열에 합류하리라 굳게 믿으며 시험준비에 하루하루 박차를 가했다. 공부라면 나도 자신이 있었다. 올 수를 받은 자랑스런 실력이 나에게 있지 않는가!

2년을 준비한 끝에 나는 7급 군공무원 공채시험에 합격이 되었다.

1977년부터 국방부 방위사업청(방위사업청의 전신은 국방부 조달본부)근무가 시작 되었다.

　09:00까지 도착하여 업무를 시작하니 도로공사 시절의 04시30분 기상에 07시부터 근무하던 시절과 비교하면 기상시간에서 도착시간, 복장. 업무수준 등 기본사항에서부터 천지차이를 보였다.

　방위사업청은 큰 틀에서 보면 대한민국 국방부 예산에서 상당히 많은 예산을 집행하고 있는 곳이었다. 비행기와 잠수함에서 사병의 피복까지 구매하는 기관이어서 모든 직원들에게는 '청렴'이 최우선으로 강조가 되었다. 가끔 직원의 불미스러운 일도 매스컴에서 거론되기도 한다. 그만큼 유혹이 많은 자리이기도 했다.

방위사업청은 '함께 지켜가야 할 우리의 안보와 평화'라는 기치 아래 국민의 세금을 소중하게 사용하고 안보를 더욱 내실화하는 작업에 온 힘을 기울이고 있다. 세부적으로는 이런 방향으로 사업을 추진하고 있다.

1. 핵심 군사능력 확보 및 국방개혁의 성공적 추진을 위해 방위력 개선 사업을 차질 없이 추진.

2. 민간 분야 첨단기술 도입 확대와 빠른 무기개선을 위한 신속한 획득체계 구축.

3. 기술 선도 국가로 도약할 수 있도록 창의, 도전적 R&D 체계를 구축.

4. 국내 연구 개발 중심의 방위 산업 강화, 방산 전문인력 양성, 방위 산업 수출 산업화.

5. 방산 기술 보호 체계 강화, 방위 산업 종사자의 전문성 향상 및 청렴문화 혁신.

나는 처음부터 기획관리부에 속한 '과'에서만 근무를 하였기에 기업체 사람들과는 일체의 대면 업무가 없었다. 대신 모두가 기피하는 보안업무를 담당하게 되었다. 전에 보안업무를 해본 경험이 있으니 맡아 달라고 하여 수락하였던 것이다. 보안업무를 맡게 되면 자체보안실에서 1달에 한 번씩 보안업무 시험을 봐야 하고 상태를 측정도 받아야 하고 외부로부터의 보안 감사도 받아야 하므로 모두가 맡기 싫어하는 직책이었다.

우리나라의 구매 형태는 군에 납품되는 품목 구매는 방위사업청에서 구매하고 일반적으로 납품되는 품목구매는 조달청에서 하는 바 방위사업청의 구매에 엄청나게 많은 납품업체가 평생 동안 납품을 성사하기 위해 수없이 경쟁하고 노력하고 있는 것이 현실태이다.

기관명이 국방부 조달본부 시절일 때는 현역 육군 3성 장군 또는 2성 장군이 상당히 많은 현역과 군무원을 지휘한다. 노무현 정부 때 방위사업청으로 규모도 더 커졌고 민간인이 임용되는 청장은 정부조직의 차관급에 해당이 된다.

이곳에서 근무할 때 수요일은 '전투체육의 날'로 오후에는 자율에 의한 체력증강의 시간을 갖게 된다. 내가 근무할 때도 용산 근무지에서 여러 명의 직원이 함께 남산까지 올라갔다 내려오는 체력증강 훈련을 실시하였다.

나는 기획분야에서 근무할 때도 육군 제1야전군 사령부 방첩대에서 발휘했던 실력을 이곳에서도 유감없이 발휘해 보았다. 내가 기안한 공문은 대부분 그대로 상층부에서 결재가 이루어졌다. 과별로 직원 특기별로의 근무성적 평가를 위한 직원 배치에서도 나의 그동안의 업무지식과 경험에 의해 제시되었을 때 상층부에서는 대부분 나의 의견을 채택하였다.

용산구에 있던 국방부 조달본부는 방위사업청으로 개칭이

되고 뒤를 이어 과천종합청사로 이전을 하였으며 지금은 더욱 그 기능과 업무가 업그레이드기 되어 미국의 F_35 기종을 위시해 많은 첨단 무기와 군수물자를 구매하는 기관으로 위상이 변화되어 있다.

1996년 이 기관에서 탁월한 업무능력과 청렴을 인정받아 수 차례의 표창장을 수상하면서 사무관으로 명예퇴직을 하였다.

국방부 근무 시절(1980년 12월 10일)

국방부 대민지원(1989년 7월 5일)

국방부 근무 시절(1990년 11월 15일)

제8부

늦깍이 학사, 석사, 박사되다

처음부터 다시 학사과정 공부시작

다시 처음부터 공부하기로 마음을 먹었다. 배움에는 끝이 없고 나에게 주어진 시간과 미래는 너무도 길어보였다. 학사과정 공부를 시작하기로 하고 대학교를 탐색해 보기로 했다.

지인으로부터 수능 대신 직장 의료보험에 가입되어 있으면 입학할 수 있는 학교를 추천받을 수 있었다. 본교는 충남 홍성에 위치해 있고, 서울에서 수업하는 체제로 운영하는 청운대학교를 알려주어 큰 도움이 되었다. 조건과 환경이 나에게 적합한 학교였다.

어릴 때부터 외할아버지의 영향으로 한문지식이 나름대로 풍부했으므로 2011년 직장근무를 확보하고서 정규 4년제인 청운대학교 중국학과로 지원서를 냈다. 합격통지서가 날아와 60대 중반의 최연장자로 20대의 젊은이들과 함께 정식으로 중국학과 1학년으로 입학하였다. 나는 4년 동안을 100% 학교수업에 출석하였고 8학기 중에 세 학기를 과 수석을 하며 장학증서와 장학금도 받아보았다. 전공이 중국학과라서 시험을 볼 때는 시험지에 중국어를 한국어로 해석하고 한국어를 중국어로 답하는 형식이었다. 답안지를 제출하고 정면을 주시하고 있으면 교수님이 나의 답안지 필적을 보시고는 역시 이 학생의 연륜을 무시할 수 없다시면서 존경의 표정을 보내주시는 것이었다.

나는 학생들에게 누가 되지 않도록 누구보다 일찍 등교하고 친밀하게 지내기 위해 노력을 했다. 고마운 친구들이었다. 나는 그들에게서 젊음의 생기와 생동감을 배울 수 있었다. 배움도 중요했지만 그런 풋풋한 정신적인 영향이 너무나 좋았다. 4년 동안 모든 교수님 수업 때는 내가 한 번도 빠지지 않고 참석하였으므로 젊은 교수님들로부터 열정이 대단하시다는 칭찬을 수시로 받았다.

인상깊은 학기는 3학년 1학기 때 중국어 시간이었다. 담당 여성 교수님께서 다음 주 중국어 시간부터는 정식으로 제1과부터 시작 하겠으며 모두에게 시킬 테니 제1과를 중국어 원형으로 암기해 오라고 하셨다. 모두들 걱정이 태산 같았다.

나는 집으로 가면서 이 문제에 대해 고민을 하던 초,중등학교 웅변대회 나갈 때의 원고 암기 비법이 떠올라 그 방법으로 암기를 했다. 그 다음 주 중국어 시간에 여교수님이 정말 차례대로 암기 발표를 시키셨다. 대부분 모두들 암기하다 다시 교재를 보기도 하면서 발표를 했으며, 몇 명 학생은 처음부터 못하겠다고 하는 것이었다. 준비가 제대로 되지 않을 듯 했다. 마지막으로 맨 뒤에 앉은 내 차례가 되자 나는 초등학교 웅변대회 원고 암기비법으로 일사천리로 제1과 암기를 마쳤다. 모두의 시선이 내게로 쏟아지는 것을 확실하게 느낄 수 있었다. 이후 제10과까지 진행하는 동안 긴 문장을 모두 암기하자 동료 주부학생들은 무척이나 부러워했고, 담당 여자 교수님은 칭찬을 아끼지 않으셨다. 그 학기 성적표에는 당당하게 A⁺ 로 기재되어 있었다 이렇게 4년간 학업을 이수하고 중국학과 0.02점 차이로 2등으로 졸업하게 되었다. 1등을 하지 못한 것이 못내 아쉬웠지만 그만한 성적을 내는 것도 쉬운 일은 아니었다. 패기는 없었지만 은근과 끈기가 나의 주특기였다. 천천히 가도 멀리 가자고 나는 마음을 먹었다.

2015년 3월 경기대 정치전문 대학원 외교 안보학과 석사과정 입학

2015년 나는 경기대학교 정치전문 대학원 외교안보 학과에 지원서를 내고 면접시험을 치렀다. 심사위원장님은 내가 기술한 자기소개서 내용을 모두 알고 계셨다. 마지막 질문에 답을 해드리자 수고하셨다고 하시면서, '꿈은 이루어집니다'라고 말씀을 하시길래 합격될 것으로 알았다. 며칠 후 정식으로 석사과정 합격 통지서가 배달 되어 왔다.

첫 학기 시작부터 70대로 진입한 최연장자로 모범을 보이기 위해 나는 100% 수업 출석과 과제물 제출 등 온갖 정성을 다 기울여 공부를 했다. 하루는 수업을 마치고 맥주를 한잔하는 미팅에 참석하게 되었다. 옆의 자리에는 여러 명의 군인들이 모여서 맥주를 마시고 있었는데, 나중에 장군의 지시를 받은 중령이 분배된 금액을 수금하려 하고 있었다. 공식적으로 지출할 수 있는 돈이 있는 것을 아는 나로서는 참을 수가 없었다. 자리에서 벌떡 일어나 내 카드를 주면서 전액 처리하라고 일러주었다. 물론 군인들의 박봉을 생각하면 누군가 한 사람이 그 금액을 지불하는 것은 힘든 일이었을 것이다. 험한 군대 생활에서도 공부까지 하려는 그들이 너무 기특해서 그렇게 처리를 시키고, 아울러 공식적인 자리에서의 금액지불은 연장자가 하는 것이 맞다는 것이 나의 생각이었다. 이 상황을 본 현역 장군들이 조심스럽게 명함을 나에게 내밀고 나갔다.

잊을 수 없는 에피소드 하나를 소개하고 싶다. 하루는 수업 시간 끝날 때쯤 교수님께서 오늘 받은 수업의 다음 장을 한번 읽어 보고 오라고 하셨다. 나는 평소 습관대로 노트에 '읽어보고 오기'라고 메모해 놓았다.

그 다음 주 수업 2일 전에 총무를 맡은 한 중령이 모레 학교에 오실 때 교수님이 말씀하신 제5장 리포트를 작성해 오시라고 카톡에 글을 올리자 나는 교수님이 한번 읽어보고 오시라 했다고 알려 주었다. 총무 중령은 정정하여 다시 카톡에 올렸다.

얼마 뒤 교수님께서는 〈제국〉에 대해서 리포트를 작성해오라는 과제물을 내주셨다. 나는 제국에 대해서 리포트를 아주 잘 작성했다. 수업 중에 교수님께서도 과제물 작성을 검토를 하시면서 그 과정에서 느낀 점이 있으면 발표 하시라고 하셔서 나는 손을 들고 흔쾌히 발표를 했다. 이날 제출한 〈제국〉 과제물을 잘 작성하여 제출하게 된 사연을 언급하지 않을 수 없다

그날 제출했던 〈제국〉 과제물 작성은 지금부터 7년 전에 언젠가는 에이미 추아 미국 예일대 법대 교수의 〈제국〉이라는 서적을 활용할 때가 있으리라고 예상하고 서점에서 일단 구입해와 보존하고 있었다. 틈틈이 꼼꼼하게 읽은 것도 물론이다. 그리하여 이번 기회에 다시 전부를 읽고 요약해서 리포트를 작성한 것이다. 이날 제출한 리포트 내용을 언급한다.

"제국은 동시대에 동급의 파워를 가진 경쟁국가를 두지 않은 국가를 말한다. 역사적으로 페르시아. 로마. 몽골. 대영제국 등이 그 사례이고, 1991년 소련 붕괴 이후 미국이 그 자위를 누리고 있다.

세계적인 제국 국가로 인정할 수 있는 나라는 다음 세 가지의 조건을 충족해야 한다. 그 나라의 권력은 동시대의 경쟁국들이 장악한 권력을 분명히 능가해야 한다. 또한 그 나라는 그 어느 나라에도 뒤지지 않는 경제력, 혹은 군사력을 가지고 있어야 한다.

또한 그 나라는 단순히 특정한 한 지방 혹은 지역에서의 우위라는 테두리를 넘어서서 지구상의 방대한 구역과 방대한 인구에 대해서 권력을 행사해야 한다."

저자는 이 책에서 제국, 즉 초강대국의 흥망성쇠를 하나하나 짚어 보며 공통점을 뽑아냈다. 바로 '관용'이다. 세계를 제패하려면 세계 일류의 인재를 끌어들여 그들의 충성심과 동기를 불러일으켜야 하는데. 그 길이 관용이라는 것이다. 역으로 초강대국의 쇠퇴는 '불관용'에 기인되었다는 것이 에이미 추아 교수의 주장이다.

저자가 말하는 관용 의 실체는 '인권' 차원의 관용을 말하는 게 아니다. 평등이나 존중과도 상관없다. 이질적인 사람들이 그 사회에서 생활하고 일하고 번영할 수 있도록 허용한다는 것을 의미한다.

로마가 그랬다. 로마는 인종 차별이 없는 사회였다. 어느 지역 출신이라도 황제가 될 수 있었다. 서기 98년부터 117년까지 로마를 통치했던 트라야누스 황제는 스페인에서 태어났고, 193년 정권을 잡았던 셉티미우스 세베루스는 아프리카 출신이었다. 로마는 이 민족들이 로마 제국에 대해 매력을 느끼게 만들었다는 점에서도 탁월했다. 정복된 민족의 지도계층을 억압하는 대신 로마 문화를 권력과 특권의 수단으로 받아들이도록 유혹했다. 각 지역의 지도계층의 자식들을 로마에 있는 학교에 보냈고 그 아이들은 자라서 충실한 로마의 시민이 됐다. 피부색은 물론 계층을 구분하지 않고 시민권을 부여하는 정책 역시 로마의 문화와 가치관을 확산시키는데 효과적인 도구였다.

미국역시 관용을 통해 세계적인 패권국가로 성장한 나라다. 추아교수는 "미국은 수천 만에 이루는 이민자들의 활력과 재능을 유인하고 보상하고 활용했다"며 이민자들의 능력이 미국의 성상과 성공을 추진한 원동력이었다고 말했다. 원자폭탄과 실리콘 밸리 모두 이민자의 발명품이었다는 것이다.

한국은 어떤가. 그는 "한국도 중국과 마찬가지로 단일 민족이고 민족에 대한 자긍심이 강한 나라" 라고 돌려서 말했다. 그의 말 속에는 한국이 초강대국의 필수 조건인 관용과는 거리가 멀다는 속내가 비춰져 있다. 그러면서 그는 "모든 나라들이 초강대국이 되려고 애쓸 필요는 없다. 초강대국이 되면 안티 세력도 생기고 테러 위험도 있고 도리어 진저리를 칠 사람도 많을 것이다". 라며 "하지만 꼭 초강대국을 향한 전략적인 관점이 아니더라도 어느 사회에서나 관용은 필요하다"고 말했다. 예의바른 외교적 수사로 포장했지만, 그가 우리 사회에 던진 충고는 대단히 날카로웠다.

원제 [Day of Empire]

석사과정 성적은 7/8과목이 A⁺이었고 평점 4,44/4.5로 받았다. 석사과정의 마지막 단계인 석사학위 논문은 논문 지도교수님의 선도를 받으면서 제목은 [퍼커슨의 핵무장 시나리오 유추 분석을 통한 한국의 핵무장 옵션 연구] 로 논문이 통과되었다. 이러한 우수한 성적과 논문 통과로 나는 총장 최우수 학업상을 수상하면서 석사를 수석졸업하였다.

2017년 3월 경기대학교 정치전문대학원 외교안보학과 박사과정 입학

2017년 3월 경기대학교 정치전문대학원 박사과정 신입생 입학전형 면접에 응시해서 통과가 되었다. 학교 통지서와 등록금 고지서를 받았으며 나는 민간인으로 분류되어 정액의 등록금을 납부하고 입학을했다. 학생의 구성은 큰 틀에서는 민간인과 군인이 절반씩 구성 되었으며 현역 군인들은 합참 소속이 많았다.

나는 박사 과정 3년동안 학교 수업에 100% 출석하였고 과제물도 정확하게 제출하였다. 박사과정에서 제출된 리포트를 소개하겠다.

[리포트 제목 1]
스웰러 Ramdaii L. Schweller
공격적인 국가가 존재한다

외교안보학과 박사과정 4학기 이원식

1. 개요

왈츠는 국제적 무정부 상태에서 모든 국가는 동일한 목표를 추구한다고 주장했다.

국가들은 자신의 안보라는 동일한 이익을 추구한다. 기본적으로 안보가 가장 중요한, 그리고 기본적인 이익이다. 스웰러의 주장은 각 국가의 목표에 차이가 있다고 본다는 측면에서 왈츠의 구조적 현실주의 또는 신현실주의와 다르다. 스웰러는 국제체제에서 이익이 어떻게 배분되어 있는지에 초점을 맞추어 이익균형이론을 제시했다.

2. 왈츠와 스웰러-핵심질문 : 모든 국가는 동일한가?

1) 왈츠에 따르면 국제적 무정부 상태에서 모든 국가는 안보를 추구한다는 측면에서 동일한 이익을 가진다. 국가는 안보 이상의 이익을 추구하기도 하지만 가장 기본적인 이익은 안보이다.

2) 상당수 국가들은 안보와는 직접적 관련이 없는 부분에 자원을 사용하며 정치적 위신(prestige) 때문에 스포츠 등에 투자한다.

3) 스웰러는 모든 국가가 안보를 가장 중요한 목표로 삼는다는 왈츠의 주장을 수정했다. 안보가 중요한 목표이지만 일부 국가들은 팽창과 같은 안보 이상의 목표를 가진다고 보았다.

3, 고전적 현실주의의 부활

1) 1979년 왈츠는 기존 이론과는 다른 새로운 이론을 제시했다. 왈츠 이전의 국제정치이론은 국가의 유형을 중요한 변수로 사용했다.

2) 스웰러는 국가이익 또는 목표를 핵심 독립변수로 부각시켰다. 국가행동을 분석

하기 위해서는 국제체제의 구조나 안보 딜레마 등으로는 충분하지 않으며 개별 국가의 이익 또는 유형이 추가로 필요하다고 보았다.

3) 스웰러는 고전적 현실주의를 부활시켰으며 따라서 그의 이론을 신고전적 현실주의라고 부른다. 상대적 힘의 배분을 단일한 독립변수로 사용하기보다 국가가 추구하는 이익 또는 목표를 추가 독립변수로 고려했다.

4. 국가의 유형과 국제정치 구조

1) 국가가 추구하는 이익이 다르다는 점을 고려한다면 국가의 유형 또한 달라진다. 스웰러는 상대적인 힘과 함께 추구하는 이익에 따라서 국가를 구분했다. 상대적인 힘에 따라 강대국과 준강대국 또는 약소국으로 나누고, 추구하는 이익에 따라 현상유지 국가와 현상타파 국가로 구분할 수 있다.

2) 스웰러는 자신의 이론에서 상대적 힘과 이익이 서로 독립

적으로 작용한다고 보았다. 하지만 많은 국가는 상대적 힘이 증가하면서 점차 공격적 또는 팽창적인 경향을 보인다. 제2차 세계대전 이전까지의 거의 모든 강대국은 자신의 군사력과 경제력이 증가하자 주변 국가를 침략했고, 상대적 힘이 증가하면서 현상타파 성향을 드러냈다.

3) 강대국들이 보이는 상대적 힘의 차이도 삼극체제에서 중요한 의미가 있다. 왈츠는 양극체제의 안정성을 논의하면서 두 개의 강대국이 존재하는 경우에 두 강대국의 힘이 어느 정도 차이가 있다고 해도 큰 문제는 아니라고 보았다.

5. 위협에 대한 대응과 동맹의 작동

1) 왈츠는 위협의 근원이 강력한 힘을 지닌 강대국의 존재이며, 특히 강대국들은 다른 강대국에 대항해 동맹을 추구한다고 보았다. 즉, 왈츠는 세력균형을 강조했다. 반면에 왈트(Stehenwalt)는 국가가 직면하는 위험의 근원이 강력한 힘을 보유한 강대국이 아니라 동시에 공격적 의도까지 지닌 위협이라고 규정했다.

2) 왈츠와 왈트의 동맹이론은 동맹의 기본 목적이 개별국가의 안보라는 측면에서 공통점이 있다. 모든 국가는 자신의 안전을 가장 우선적으로 추구하며 자신의 안전을 위해 가장 강력한 국가 또는 가장 위협적인 국가에 대항하는 동맹을 추구한다. 반면 스웰러는 국가들이 안보 이상의 다른 이익도 추구하며 현상유지 국가

이외에 현상타파 국가도 존재한다고 보았다.

3) 동맹이 만들어지는 원리도 다르다. 왈츠와 왈트 이론에서 동맹은 균형유지를 위한 수단이지만 스웰러는 동맹, 특히 공격동맹을 팽창을 위한 수단으로 파악한다. 즉, 스웰러는 동맹 분석에서 공격적으로 행동하는 국가와 힘을 합쳐서 다른 국가를 공격할 가능성까지도 포괄했다.

6. 스웰러 이론의 발전

1) 왈츠는 국제적 무정부 상태를 강조하면서 모든 국가는 안보를 추구한다는 측면에서 동일하며 국가의 행동과 국제정치는 국제체제의 구조인 상대적 힘의 배분 또는 강대국의 숫자를 통해서 파악할 수 있다고 보았다. 스웰러는 국가의 상대적 힘과 더불어 추가 독립변수로서 국가의 이익을 도입해 국가의 행동을 왈츠보다 더욱 정교하게 설명했다.

2) 왈츠가 외교정책보다는 국제정치의 전반적인 경향을 설명했다면, 스웰러는 개별 국가의 행동 또는 외교정책까지도 설명할 수 있었다.

3) 한편 국가의 유형을 고려하는 것이 필요하다고 보는 학자도 존재한다. 자신의 안전을 위해 취한 조치가 주변 국가에 정확히 보여줄 수 있다면 안보 딜레마는 극복할 수 있다. 하지만 국가들 간 의사소통과 설득이 매우 어렵다면 안보 딜레마는 지속적으

로 작용한다.

[리포트제목 2]
왈트 Stephen M. Walt
위협적인 국가와 강력한 국가를 구분하다.
외교안보학과 박사과정 4학기 이원식

1. 개요

왈츠는 국제적 무정부 상태에서 국가들이 생존을 위해 세력 균형을 유지한다고 보았다. 개별 국가보다 상위의 단위체가 존재하지 않기 때문에 모든 국가들은 자신의 생존을 위해서 어느 누구에게도 의존할 수 없으며 자조의 원칙에 따라서 행동한다.

즉, 자신의 안보를 위협하는 국가에 대항해 균형유지를 시도하며 이를 위해서 다른 국가와 동맹을 체결하는 외부적 균형유지 또는 자기 자신의 군사력을 증강하는 내부적 균형유지를 선별적으로 채택한다. 실제 국가의 행동을 볼 때 균형유지와 동맹결성이 상대적 힘에 의해서 결정된다는 주장은 타당한가? 바로 이러한 부분에 대해서 왈트(Stephen M. Walt)는 다른 해답을 제시했다.

2. 왈츠와 왈트 핵심질문–동맹은 무엇에 기초해서 만들어지는가

1) 평화 시 국제정치에서 가장 많이 거론되는 현상은 군사

동맹(military alliance)이다. 오늘날 한국과 미국은 동맹관계를 유지하고 있으며, 서부 유럽 국가들과 미국은 북대서양조약기구 (NATO)의 구성원으로서 다양한 국제문제에 대해 공조한다.

2) 왈트는 동맹은 매우 유연하여 필요한 경우에 조정하거나 파기할 수 있다고 강조한다. 동맹은 국가가 안전을 추구하기 위해 사용하는 도구이며 "결코 신성한 것이 아니다(noting sacred)"라고 단언하면서 북대서양조약기구나 한미동맹과 같이 오래 지속이 되어도 바뀔 수 있다고 본다.

3) 왈트는 동맹형성에서 군사적 위협 이외의 요인이 작용하는 지의 여부를 살펴보았다.

냉전 기간에 미국과 소련은 자신의 동맹과 영향력을 유지하기 위해 "민주주의"와 "사회주의"라는 정치이념을 동원했으며 막대한 해외원조(foreign aid)를 동맹국에 제공 했다.

3. 상대적 힘과 위협에 대한 대응

1) 왈츠는 상대적 힘에 기초해 국가의 행동을 설명했고. 그의 국제정치이론은 세력균형 이론(balance of power theory)이다. 이에 반해 왈트는 상대적 힘이 아니라 위협에 기초해 국가의 행동을, 특히 동맹형성과 관련된 국가의 행동을 설명했다. 즉, 왈트는 위협균형이론(balance of threat theory)을 제시한 것이다.

2) 대부분의 경우 국가의 의도는 안정적이며 쉽게 변화하지

않는다. 설사 변화하는 경우에도 여러 방식을 통해서 그 변화를 파악할 수 있다. 사전에 아무런 접촉 없이 어떤 국가와 조우했다면 상대방의 의도를 파악하기 어렵겠지만 현실적으로 어떤 국가와 아무런 관계도 없이 백지상태에서 접촉하는 경우는 존재하지 않는다.

3) 위협균형이론에 등장하는 국가들은 생존을 위해 상대적 힘의 측면에서 우위에 있지만 공격적인 의도가 없는 국가보다는 상대적 힘의 우위와 공격적인 의도를 보이는 국가를 경계한다.

4. 동맹의 본질과 결정요인

1) 왈츠의 세력균형이론과 왈트의 위협균형이론은 매우 유사하다. 국가행동을 결정하는 핵심 변수가 상대적 힘인지, 아니면 상대적 힘과 공격적 의도를 동시에 고려해야 하는 위협인지의 차이가 있지만, 이를 제외하고는 기본적으로 동일하다.

2) 동맹은 외부의 위험과 위협에 직면한 국가들이 자신들의 군사력을 공통으로 사용하기 위한 장치이다. 군사력 연합을 더욱 쉽게 하고 다양한 정보 및 거래 비용을 줄이기 위해서 어느 정도의 제도화가 필요하기는 하지만 제도화 자체는 동맹이나 동맹 구성국가의 행동에 영향을 미치지 않는다.

3) 왈트는 동맹이란 안보를 위한 수단이므로 원조나 정치이념은 영향을 미치지 않는다고 주장했다. 동맹은 쉽게 변화하며 필

요한 경우 언제든 형성 되었다가 깨질 수도 있기 때문에 원조를 통해서는 강력한 동맹을 구축할 수 없다.

5, 왈트 이론과 위협개념에 대한 반론

1) 왈트 이론은 기존의 현실주의 이론을 더욱 정교하게 만들었으며 특히 현실에서 나타나는 국가의 행동을 좀 더 정확하게 설명할 수 있도록 진화시켰다. 왈트는 외부의 위협이라는 독립변수로서 국가의 행동을 설명했다'

2) 공격적 현실주의 대표 이론가인 미어세이머는 무정부적 국제체제에서 상대적 힘이란 군사력, 특히 육군으로 대표되는 지상군 군사력이라고 주장했다. 1945년 유럽 국가들이 미국이 아니라 소련에 대항하는 동맹을 체결한 것은 지상군 군사력에서 미국보다는 소련이 더욱 강력했기 때문이라고 보았다.

3) 왈트는 동맹을 외부 위협에 대한 대응수단으로 파악했다. 현실에서 동맹은 다양한 용도로 사용되며, 외부 위협에 대한 대응은 그 중 하나에 불과하다.

6, 위협 및 동맹 개념의 발전

1) 왈트는 완전히 새로운 이론체계를 창조하지 않았다. 기존 왈츠 이론을 개량하여 위협이라는 개념을 사용해 동맹 형성을 분석했다. 그리고 상당 부분 성공했다.

2) 왈트는 적어도 강대국들은 외부 위협에 굴복하지 않으며, 그 수단으로 동맹을 형성한다고 주장했다. 약소국은 위협에 굴복하여 위협적인 국가의 행동에 편승할 수 있지만 최소한 강대국은 동맹을 체결하고 저항한다고 보았다.

3) 왈트는 자신의 이론을 기초로 다양한 외교정책을 분석했다. 2003년 미국이 이라크를 침공하기 직전에 왈트는 미어세이머와 함께 이라크가 대량살상무기를 보유한다고 해도 이를 충분히 억지 또는 봉쇄할 수 있으므로 군사력을 동원한 침공은 필요하지 않다고 주장했다.

[리포트 제목 3]
러셋 Bruce Ressett
민주주의 국가들은 서로 전쟁을 하지 않는다
외교안보학과 박사과정 4학기 이원식

1. 개 요

왈츠는 국제적 무정부 상태에서 국가들은 항상 갈등한다고 보았다. 모든 국가는 안보를 추구하며 결국 서로를 의심하고 경계한다. 공격적인 현상타파 국가가 존재하지 않는다 해도 즉, 현상유지 국가들만이 존재한다고 해도, 국가들은 국가보다 상위의 권위체가 존재하지 않는 국제적 무정부상태에서 서로 경쟁한다.

러셋(Bruce Russett)은 민주평화론을 정리하면서 민주주의 국가들이 자신들의 특수한 규범 또는 제도 덕분에 전쟁을 피한다고 주장했다.

2. 왈츠와 러셋 핵심질문-국내정치는 국가행동에 영향을 미치는가?

1)왈츠에 따르면 국제적 무정부 상태에서 국가는 국내정치와는 무관하게 행동한다.

민주주의 국가든 독재국가든 한 국가의 행동은 상대적 힘에 의해서 결정되며 국가들의 국내정치적 차이와는 무관하다.

2)민주주의 국가든 아니든 모든 국가는 국제적 무정부 상태의 압력에 노출되며, 여기에서 벗어날 수 없다. 국제적 무정부 상태에서 모든 국가는 상대를 정확하게 파악할 수 없으며, 자신의 안보를 추구하면서 불가피하게 주변 국가와 경쟁한다.

3)민주주의 국가들은 서로 전쟁을 하지 않는다는 사실이 존재한다. 이것은 이론적 입장과는 무관하게 받아들여야 하는 사실이다.

3. 사실로서의 민주주의 평화

1) 민주주의 국가들은 서로 전쟁을 하지 않는다. 이것은 사실이며 이론적 입장과는 무관하게 받아들여야 한다. 이러한 사실을

분석하기 위해서는 전쟁과 민주주의라는 중요한 두 가지 개념에 대한 엄격한 정의가 필요하다. 우선 전쟁(war)은 두 개 이상의 국가 사이에서 벌어지는 무력충돌(armed conflict)가운데 1,000명 이상의 전사자가 발생한 충돌로 정의된다.

2) 민주주의에 대한 개념 정의는 학자마다 조금씩 다르지만 다음 사항에 대해서는 의견이 일치한다. 첫째, 상당수의 인구가 선거권을 가진다. 둘째, 행정부 구성은 두 개 이상의 정당이 경쟁하는 선거에서 승리하는 정당에 의해 이루어지며 선거를 통해 정권이 교체된다. 셋째, 기본권 보장에 대한 제도적 장치가 존재한다.

3) 민주주의 국가는 전쟁 자체를 포기하지는 않는다. 더욱이 민주주의 국가들은 더욱 효율적으로 전쟁을 수행하고 전쟁에서 대부분 승리한다. 다만 민주주의 국가들은 서로 전쟁을 하지 않을 뿐이며 이러한 측면에서 민주주의라는 국내 정치적 유사성이 결정적인 역할을 한다.

4. 고전적 이상주의의 부활

1) 민주주의 평화에 대한 체계적인 연구는 1982년 도일(Michael Doyle)이 두 번에 걸친 논문에서 민주주의 국가들 사이에 전쟁이 존재하지 않는다고 지적하면서 시작되었다. 오늘날의 연구는 과학적 방법론과 방대한 데이터 그리고 통계학에 기초해 객관적이고 실증적으로 이루어진다.

2) 루소는 전쟁이 반복적으로 발생하는 근본 원인을 국제적 무정부 상태라고 지적하면서도 국가 개조의 필요성을 역설했다. 특히 모든 국가의 크기가 작고 자급자족 경제가 가능하다면 다른 국가와 교류할 필요가 없으며 고립된 상황에서 평화를 누릴 수 있다고 보았다.

3) 칸트는 국가 내부의 변화를 통한 평화달성에 대해 본격적으로 논의했다. 프랑스 혁명 직후인 1795년에 칸트는 [영구평화론(Perpectual Peace)]이라는 저서에서 영구 평화를 위해서는 모든 국가들이 국왕이 다스리는 왕정(monarchy)이 아니라 국민이 대표를 선출하는 공화정(republic)으로 바뀌어야 한다고 주장했다.

5. 민주주의 평화에 대한 설명 : 민주주의 국가의 차별적인 행동

1) 민주주의 국가가 보여주는 차별적인 평화 및 전쟁 성향에 대해 다음 두 가지 답변이 존재한다.

(1) 민주주의 정치체제의 독특한 정치규범이다. 이러한 규범은 민주주의 국가에서 나타나는 인권에 대한 신념과 갈등 해결에 대한 정치문화로 구분할 수 있다.

(2) 민주주의 국가의 규범이 아니라 제도가 민주주의 평화의 원인일 수 있다. 우선 민주주의 국가에서 정치권력은 일반 국민에 의해 통제되며 중요한 의사결정은 국민의 이익을 반영한다.

2) 민주주의 국가들은 정책 결정 과정을 공개하므로 비민주주의 국가들 보다는 서로의 의도를 더욱 정확하게 파악할 수 있다. 또한 민주주의 국가 간에 갈등이 발생할 경우 상대의 의도를 정확히 판단 할 수 있어 전쟁 이외의 방법으로 문제를 해결 할 수 있다.

3) 러셋은 민주주의 평화에 대해서 민주주의 정치규범과 정치제도가 상호 보완적이므로 두 가지 효과를 구분할 필요가 없다고 주장했다. 규범은 제도로 구현되며 제도는 규범이 존재한 경우에만 작동하므로 정치규범과 정치제도를 정확히 구분하기가 어렵다. 동시에 평화를 불러오는 다른 요인으로 국제기구와 경제적 상호의존을 거론했다.

6. 민주주의 평화에 대한 반론과 경제

1) 민주주의 평화는 부인하기 어려운 사실이다. 민주주의 국가들은 서로 싸우지 않으며 분쟁을 평화적으로 해결한다. 무정부적 국제체제에서 국내 정치적 특성은 국가행동에 영향을 미치지 못하지만 민주주의라는 특성은 예외적으로 평화를 가져온다.

2) 민주평화론에 대해서는 다양한 비판이 있으며 이것은 민주주의 평화라는 현상 자체에 대한 비판과 민주평화론이라는 이론에 대한 비판으로 나눌 수 있다.

3) 민주주의 국가들이 항상 민주주의 규범을 외면화 하지는

않고 중요한 이익 충돌이 발생할 경우 서로를 존중하거나 신뢰하지 않는다.

7. 민주주의 평화이론의 발전

1) 민주평화론은 기본적으로 경험적인 현실에서 출발했다. 민주주의 국가들이 서로 전쟁을 하지 않는다는 것은 부인할 수 없으며 민주평화론에 대한 다양한 입장과는 무관하게 존재하는 사실이다.

2) 민주평화론은 정책적 차원에서 빠른 속도로 수용되었다. 미국 정치 지도자들은 민주주의 국가들이 전쟁을 하지 않는다는 주장을 펼쳤다.

3) 현재 많은 학자들이 민주주의 평화라는 현상을 좀 더 정확하게 측정하고 민주평화론이라는 이론을 더욱 분석적으로 설명하기 위해 많은 노력을 기울이고 있다.

이렇게 박사과정 학습에 임하여 우수한 성적과 3차까지 가는 박사학위논문 심사를

통과(논문제목: 미국의 비핵화 정책과 제재 수단 분석)하여 2020년 8월 드디어 박사학위 취득과 우수논문상을 수상했다.

인천청운대학교 중국어학과 학석사 학사졸업기념(2015년 2월 11일)

인천청운대학교 중국어학과 학석사 학사졸업기념(2015년 2월 11일)

경기대학교 정치전문대학원 국제정치학석사 졸업기념(2017년 2월 17일)

경기대학교 정치전문대학원
2017학년도 신입생 환영회 및 총원우회장 추
● 일시 : 2017. 3.   ● 장소 : 프레지던트호텔 브람스홀

2017학년도 경기대학교 정치전문대학원 박사과정 입학기념(2017년 3월 14일)

2019학년도 경기대학교 정치전문대학원 총원우회 고문 취임 기념(2019년 3월 26일)

2010학년도
박사학위논문

타국의 비핵화 정책과 제재 수단 분석
- 리비아·우크라이나 비핵화 사례를 중심으로 -

지도교수 : 조 성 환

경기대학교 정치전문대학원

외교안보학과

이 원 식

경기대학교 정치전문대학원 박사 졸업기념(2020년 8월 28일)

국제정치학박사 사무실 개소 기념(2020년 10월 21일)

제9부

아이들

-자녀의 진로를 위임, 두 자녀 모두 미국에서 대학교 졸업

부모들에게는 조건이 없다.

그래서 무조건이다. 그렇게 표현을 한다. 거기에 대해서는 이유가 없다. 사랑의 힘이다. 그 사랑 또한 무조건이다. 돌고도는 뫼비우스의 띠라고 해도 과언이 아닐 것이다. 그러나 부모의 책임은 한정적이다. 책임은 있되 권한은 없다. 사람들은 자주 착각한다. 자식은 소유물이 아니다. 부모들은 물려받은 위임을 성실하게 실행할 의무와 책임이 있다. 그것은 약속이 아니라 선천적으로 물려받은 성스러운 책임이다. 그들의 인생을 위해 우리는 최소한이자 최대한의 기본적인 역할을 해야만 한다. 먹이고 입히고 가르치는 일은 일반적인 의무다. 동물적인 행동이 아니다. 사회적인 책임을

114 | 지혜로 세계 최우수 한국인 개척사

가르치며 아울러 배워야한다. 일방적인 것은 없다. 내가 하는 대로 아이들은 배우고 그것을 기본으로 삼아 자란다.

그러나 세상의 기본이 무너지고 있다. 물론 전부는 아니다. 정상적인 사회에서 비정상적인 상황이 너무 노출이 되다 보니, 그것의 참혹함에 대해 질시를 하면서도, 우리는 반성하지 않는다, 이웃의 일이라고 생각한다. 범죄는 항상 주위에서 호시탐탐 기회를 노리고 있다. 누구도 예외일 수는 없다. 국가(國家), CCTV가 당신을 온전하게 지켜주지는 않는다.

세상이 변해가고 있다고는 하나, 기본은 변하지 않는다. 본질은 변하지 않는다. 그러나 기본이 흔들리고, 형성될 가치가 이루어지지 않고, 공통의 약속이, 그것이 비록 남루하고 고루한 것이라도, 고전이 남루가 아니라 두고두고 활용해야 할 소중한 자산이다. 강요하지는 않되, 몸으로 받아들이고 행동으로 표현해야 할 가치의 좌표이다. 정신의 문제라고 나는 생각한다. 흔히 말하는 인문학의 출발은 여기서부터 시작되어야 한다고 나는 생각한다. 인문학의 개념은 너무나 넓고 창대하나 출발의 기준을 잘 잡으면 자연스럽고 스스로 체득하게 된다. 문제느 우리가 외면하는 것이 아라 도피를 한다는 것이다. 행(行)함, 외할아버지에게 배운 보이지 않은 가르침이지 아버지께서 보여주신 실천으로서의 방편이었다.

나는 남매인 자녀에게 스스로 진로를 결정할 수 있도록 그 권한을 스스로 위임해 주었다. 아비로서의 욕심이 왜 없었을까,

그러나 그런 것은 나의 몫이 아니었다. 아이들은 타고난 운명이 있다. 조금의 공통분모는 존재한다. 그렇지만 발전적인 상황을 지향해야 하고 그 아이들의 시대정신을 존중해야 한다고 나는 생각했다. 길이 있어도 지시할 수는 없다. 내 길은 그 아이의 길이 아니다. 그렇게 강요하는 것은 작은 세계에 머무는 '독재'이고 흔적이 남지 않는 '폭력'이다.

아이들은 태어남 그 자체가 고결한 존재이고 아름다운 인격체다. 절대로 부모의 소유물이 될 수 없다. 노령사회로 접어들고 핵가족 시대의 도래를 목격하고 있으면 어떤 때는 섬뜩한 느낌을 지울 수가 없다. 하루가 멀다 하고 매스컴을 장식하는 기사들, 가족의 붕괴를 지켜보는 것은 괴로운 일이 아닐 수 없다.

인성교육이 제대로 이루어지지 않은 상태에서 경쟁에 내몰리고, 작은 파이를 두고 서로서로 그 이익을 극대화하려 다투다보면 자연히 사달이 나게 마련이다. 남을 짓눌러야 내가 살아나고, 남을 속여야 부자가 되고, 남보다 정보가 빨라야 큰돈을 만진다. 그러나 상식이 무너지고 반칙이 난무하고 특권이 짓누르는 사회는 정상적인 사회가 아니다. 그러나 우리는 그러한 세상을 살고 있다.

나는 아이들을 가장 자유롭게 키우려고 노력했다. 그것이 자녀들의 장래에 이로울 것이라고 보았기 때문이었다. 치열한 경쟁에 치여 부모가 원하는 대로의 삶을 사는 것이 목표인 요즈음의 교육은 문제가 있다고 나는 판단한다. 모두가 좋은 대학을 가고 모두가 좋은 직장을 갖고 모두가 부자와 결혼할 수는 없는 일이다.

첫째인 아들은 영어를 잘한다. 언어적인 측면에서 타고난 감각이 있는 것 같았다. 그런 특성을 발판 삼아 일찍 미국으로 유학을 떠났다. 그리고 미국 텍사스 주에 소재한 한 신학교를 졸업했다. 그곳의 미국인 교회의 목사님으로부터 목사안수를 받고 부목사로 활동하다 귀국해서 개척교회 목사를 하고 있다. 종교인의 길도 외롭고 힘든 일이다. 그러나 즐겁게 일하는 사람을 이기지는 못한다. 자기의 소명을 알고 만족해하며 몰두할 수 있는 능력은 그것이 아무리 작은 일이라도 소중한 것이다. 아들은 묵묵히 자기의 길을 꾸준하게 걸어가고 있다.

며느리도 미국 텍사스 주로 음악공부를 하러 왔다 서로 알게 되어 결혼하게 되어 딸 하나를 키우고 있다. 자기들의 적성에 맞는 일을 하고 있다고 만족해하고 있었다. 행복하다는 것은 물질적인 것만은 아니라고, 우리가 너무나 귀에 박히게 들어온 이 말이, 나는 며느리를 보면서 새삼 느낀다. 만족을 아는 삶, 자족의 삶, 받아들이는 삶, 또는 그런 사람! 두 내외는 그렇게 행복하게 살고, 그것을 바라보는 나 역시 행복하다.

2020년 1월에는 케냐 나이로비에 파견된 선교사로부터 초청을 받고 아프리카로 잠시 파견을 나가기도 했다. 현지 한국인 교회에서 영어로 설교를 선교 또한 겸하면서 힘든 일정을 소화했다. 소명의식과 보람이 없으면 못할 일이었다. 현지인이 통역하여 진행하는 예배 장면 동영상을 나는 여러 번 보았다. 이어서 케냐 나이로비 초등학교 학생들에게 영어로 미래의 희망을 교육하는 동영상을 보내왔다. 초롱초롱 빛나는 눈으로 수업을 경청하는 아이들의 모습이 그렇게 자랑스러울 수가 없었다. 아이들은 항상 미래의 희망이다. 비전이 있는 미래는 결코 멀지가 않다. 우리는 그런 곳에 투자를 해야 한다. 돈이나 물건으로만 투자하는 것이 아니다. 희망이라는 투자, 미래라는 시간에 투자하는 것도 가장 바람직한 투자라는 생각이 들었다. 여하튼 아들은 자기가 원하는 방향으로, 자기가 설계한 세상으로 오직 걸어가고 있다. 돌아보건데 나의 교육의 방향이 정답은 아니라 할지라도 최소한 빗나가지는 않았다고 나는 생각한다. 자유가, 자율이, 진리가, 소명이, 그리고 겸손이 인간을 인간이게 한다.

둘째인 딸은 초등학교 때 피아노에 소질이 있음을 알고 그 방향으로 진로를 설정 해 주었다. 서울예술대학교를 졸업하고 EBS 어린이 프로그램의 피아노 담당을 하면서 실력도 쌓으면서 경력을 만들어 나갔다. 그러다 우리의 그 악명 높은 경쟁의 정글에서 마음껏 자기의 재능을 발휘할 수 없음을 실감하고 유학을 결정했다. 먼저 미국으로 들어간 오빠의 선도를 받아 미국의 대학으로 진학하기로 마음을 먹었다. 절차를 거쳐 미국으로 들어간 딸은 2년간의 언어학습 과정을 마치고 텍사스 주립대학교 음대 재즈, 피아노과를 졸업했다.

그 사이 딸은 성큼 성장했다. 수년간의 유학생활은 세계를 바라보는 딸의 시선을 완전히 바꾸어 놓았다. 경쟁을 즐길 줄 알고 어떤 난관도 어렵다고 생각하지 않았다. 그렇게 세계인의 자질을 갖추고 귀국했다. 장차 음대를 지망하려고 하는 학생들에게 음악 과외 선생님으로 활동하고 있는 바 딸 역시 자기 소질을 잘 개발하여 가장 적성에 맞는 직업을 선택하여 조금의 욕심도 부리지 않고 매일의 삶을 만족하게 영위하고 있다. 그 소박하지만 원대한 꿈을 차근차근 이루어가는 딸의 모습을 보는 것만으로도 너무도 감사한 일이다.

케냐 나이로비 한인 교회 영어설교기념(2010년 1월 6일)

케냐 나이로비 초등학교 학생들에게 영어 연설로 미래의 희망을 교육(2010년 1월 12일)

미국텍사스주립대학교 음대 (재즈, 피아노 전공)학사 졸업기념 공연(2015년 11월 11일)

미국 텍사스 주립대학교 음대 학사졸업 기념(2015년 12월 11일)

미국텍사스주립대학교 음대 학사졸업기념(2015년 12월 11일)

제10부

영어연설

-케네디 미국 대통령 연설, 육군 제1야전군사령부 강당에서 발휘

나는 영어가 재미있었다.

그런 특성이 내게 있는 줄은 나도 몰랐는데 고등학교에 입학해서 그 사실을 알게 되었다. 나중에 알게 된 사실이지만 아들 역시 나의 유전인자를 그대로 물려받아서인지 영어에 특출한 능력을 보여주었다.

내가 고등학교 입학해서는 여타의 과목에서도 좋은 성적을 냈지만 유독 영어선생님의 격려가 특출이 나서 많은 힘을 받을 수 있었다. 영어 선생님께서는 교재를 일정 분량으로 나누어 주면서 순차적으로 읽게 하는 방식으로 수업을 진행하셨다. 수업시간에 내 차례가 와서 나누어준 교재를 배운 데로 힘차게 읽었나갔다.

발표가 끝나자 영어 선생님께서는 '베리 굿'을 연발하시면서 감탄을 하셨다. 발음이 너무나 정확하다는 칭찬과 함께 엄지손가락을 치켜세워며 내게 보여주셨다. 동료 학생들 역시 발음이 좋다고 나를 부러워했다.

어느 날 친구네 집에 놀러간 적이 있었다. 친구의 집이 제법 잘 사는 것 같았는데 벽장에 LP 레코드가 상당히 많이 진열되어 있었다. 부럽기도 하고 신기하기도 했다. 당시 친구의 아버지의 문화적 교양이 상당히 높으신 것 같았다. 나는 이러저런 LP 판을 뒤적이다가 우연히 존 F 케네디 미국 대통령의 패기 넘치는 연설이 녹음된 것을 보게 되었다. 당장 친구에게 그것을 틀어보게 하고 귀를 기울였다.

충격 그 자체였다. 신세계가 거기 있었다. 나의 영웅이 거기 있었다. 힘찬 목소리, 신념에 찬 목소리, 청중들을 압도하는 패기 있는 카리스마가 그대로 내게 전해져 왔다. 나는 그 목소리에 매료되어 당장 LP판을 빌려달라고 했다. 나는 그 연설문을 수소문해서 구입하여 암기하기 시작했다. 그리고 LP판을 같이 들으며 발음과 자세, 악센트 하나에까지 신경을 쓰며 듣고 또 들었다. 지속하여 상당 분량의 연설문을 여러 번 듣고 암기하였다. 나만의 필살기, 나만의 레퍼토리, 나만의 개인기, 나만의 세계를 장착한 셈이었다.

나중에 군에 입대하여 육군 제1야전군사령부 방첩대 회식

때 케네디 미국 대통령 연설을 해보였더니 모두 케네디의 연설을 연상케 한다고 칭찬해 주었다. 한번은 제1야전군사령부 강당에서 오락회가 있었는데, 역시 내가 등판을 했다. 주최 측에서 나의 케네디 미국 대통령 연설을 요청하여 무대에 오른 것이었다. 내 차례가 왔을 때 나가서 케네디의 연설을 들려주었더니 이구동성으로 모두가 똑같다라는 반응이 나오며 여기저기서 웅성거리고 있었다. 동료들은 회식 그 자체도 좋은 모임이었지만 나의 그 연설로 인해 회식의 품격이 높아졌다고 자랑스러워했다. 그 이후로 다른 모임이나 회식에서도 나의 케네디 미국대통령 연설을 해주기로 요청을 해왔다. 나는 마다않고 형편이 허락하는 한 참석하여 힘찬 연설을 들려주었다. 먹고 마시고 춤추고 흥청거리는 회식이 아니라 품격을 높이는 프로그램으로 인정되어 그런 영광을 누릴 수 있었다. 평생을 사용할 수 있는 나의 레퍼토리가 그때 고등학교 때 탄생한 것이었다. 반세기가 지난 지금도 모임이나 회식이 있을 때는 그 연설을 들려주고 있다. 그 연설문을 소개하지 않을 수가 없다.

The future of freedom, around world depend in a very real sence, on their ability to build growing, and independence nations where man can, live in dicnit, river lated from the bons of hunger, ignorance and poverty.

One of the greatest, obstacles to the achievement, of this goal is the lack of trained men and woman with the skill to teach the young and assist in the operation of development projects

To meet this urgent need for skilled man power. We are proposing establishment of a peace corps, an organization which will reruit and train American volunteers sending them abroad to work with the people of other nations.

John F. Kennedy March 1 1961

진정한 의미에서 자유의 미래는 성장을 키워 나갈 능력의 여부에 달려 있습니다.
진정한 독립국가라면 기아, 무지와 빈곤을 씻겨 내리는 강물처럼 흘러가는 법입니다.

거대한 방해물 중 하나인 이 목적에 이르는 성취의 올가미 중 하나는 젊은이들을 계몽시켜 발전의 주역이 되게끔 훈련된 남녀가 없다는, 즉 인재의 부족입니다.

기술력을 키워나갈 긴급한 필요성에 대처하기 위해 평화단을 발굴하여, 미국인 자원자들을 조직하여 해외로 파견하여 그 국가의 시민들과 협업하게 함에 있습니다.

존 F. 케네디 1961년 3월 1일

We observe today not a vitory of party, but a celebration of freedom-symbolizing an end as well as a beginning-signifying renewal, as well as change. For I have sworn before you and AImighty God the same solemn oath our forebears prescribed nearly a century and three- quarters ago.

우리는 오늘 한 정당의 승리를 지켜보고 있는 것이 아닙니다.

우리는 지금 자유, 다시 말해 출발점인 동시에 목적지이기도 한, 또한 쇄신과 변화를 동시에 의미하는 자유를 경축하고 있는 것입니다.

왜냐하면 저는 방금 여러분 모두와 전능하신 하나님 앞에서, 우리 조상들이 약 175년 전에 정해놓은 바로 그 성스러운 서약을 맹세했기 때문입니다.

The world is very different now. For man holds in his mortal hands the power to abolish all forms of human poverty and all forms of human life And yet the same revolutionary beliefs for which our forebears fought are still at issue around the globe- the belief that the rights of man come not from the generosity of the state, but from the hand of God

지금 세계는 아주 많이 달라졌습니다.

이제 인간은 모든 형태의 빈곤과 모든 형태의 삶도 파괴해 버릴 수 있는 힘을 갖추게 되었습니다.

그리고 우리의 조상들이 쟁취하려했던, 인간의 권리는 국가의 관대함이 아니라 하나님의 손길로부터 비롯된다는 바로 그 혁명적인 믿음은 지금도 세계 도처에서 문제시되고 있습니다.

We dare not forget today that we are the heirs of that first revolution. Let the word go forth from thiis time and place, to friend and foe alike, that the torch has been passed to a new generation of Americans-born in this century, tempered by war, disciplined by a hard and bitter peace, proud of our ancient heritage, and unwilling

to witness or permit the slow undoing of those
human rights to which this nation has always been
committed, and to which we are committed today at
home and around the world.

오늘 우리는 우리 자신이 바로 그 최초의 혁명의 세승자라는
사실을 잊어서는 안 되겠습니다.

그 혁명의 횃불이 이제 새로운 세대의 미국인들, 20세기에 태
어나 전쟁으로 단련되고 힘들고 쓰라린 평화로 길들여진 그들...

우리 조상의 유산을 자랑스럽게 생각하며 이 나라가 항상 약
속해 왔고, 우리가 오늘날 우리 자신과 세계만방에 약속하고 있는
인권들이 서서히 유린되는 것을 좌시하거나 허용치 않으려 하는
그들의 손에 넘겨졌다는 점을 바로 이 시각, 바로 이곳에서 우리
의 우방과 적들 모두에게 알리도록 합시다.

And so, my fellow Americans: ask not what your
country can do for you- ask what you can do for your
country,

그러므로 나의 사랑하는 국민 여러분!
조국이 여러분을 위해 무엇을 할 수 있는가를 묻지 말고, 여

러분이 조국을 위해 무엇을 할 수 있을지 자문해 봅시다.

My fellow citizens of the world: ask not what America will do for you, but what together we can do for the freedom of man

세계의 시민 여러분. 미국이 여러분들에게 무엇을 할 것인가 묻지 말고, 우리 모두 인간의 자유를 위해 할 것인가 반문해 봅시다.

Finally, whether you are citizens of America or citizens of the world, ask of us here the same high standards of strength and sacrifice which we ask of you. With a good conscience, our only sure reward, with history, the final judge of our deeds, let us go forth to lead the land we love, asking His blessing and His help, but knowing that here on earth God's work must truly be our own.

마지막으로 여러분이 미국의 시민이건, 전 세계의 시민이건, 여기에서 우리에게 요구하십시오.
우리가 여러분에게 요구하는 것과 똑같이 높은 수준의 힘과

희생을. 우리의 단, 하나뿐인 보상인 선한 양심과 함께, 우리의 행동을 최종 판단해 주는 역사와 더불어, 우리가 사랑하는 세상을 이끌도록 전진해 갑시다.

신의 은총과 도움을 구하되, 이 곳 지구상에서 신의 가호는 우리 것임을 굳게 믿으면서.

John F. Kennedy Inaugural Address

제11부

취미
-백여 곡의 팝송을 부른다는 의미

앞에서 언급한 바 있듯이 중학교 입학 후 첫 봄소풍을 갔을 때, 수석입학자로 1학년 2반 대의원으로 지정되었음을 밝힌 바가 있다. 지명을 받게 되자 나는 미리 이 소풍을 대비 생각하고 먼저 준비를 시작한 것이었다. 나는 강릉의 미 공군부대 통역관을 근무를 하셨던 이모님으로부터 배운 '케쎄라 쎄라'를 그 소풍에서 멋지게 부른 것이었다. 그때 그 노래를 부른 것이 계기가 되어 집 안에 LP판도 꾸준하게 구입하게 되었다.

70이 넘는 나이에 철없이 팝송을 부른다고 흉을 볼 수도 있지만 나는 나름의 철학이 있다. 팝송은 공부가 된다. 보통의 사람들이 치매를 예방한다고 화투를 치거나 게이트볼을 하는 것처럼 나에게는 팝송을 부르는 것이 건강을 위한 방법이고 치매의 예방법이다. 부드러운 리듬에 귀를 맡기고 있으면 마냥 상상의 날개를 펴고 가보지 않은 곳이 없다. 낱말에 신경을 쓰고 그 뜻을 새기고 있으면 집중력 향상에는 이만한 것이 없다. 나만이 가질 수 있는 문화적 감수성과 자부심이 남다를 수밖에 없다. 중학교때부터 시작한 팝송에 대한 애착으로 지금까지 거뜬히 부를 수 있는 노래가 100여 곡에 이르게 되었다. 이중 가장 애창하고 의미가 깊은 몇 곡을 소개하고자 한다.

Can't Help Falling In Love(4/4)

sung by Elvis presley

Wise men say only fools rush in,
But I can't help falling in love with you.
Shall I stay? would it be a sin
if I can't help falling in love with you.

Like a river flows surely to the sea,
Darling so it goes Some things are meant to be.

Take my hand take my whold life too.
For I can't help falling in love with you.

Like a river flows Surely to the sea,
Darling so it goes Some things are meant to be.

Take my hand take my whold life too.
For I can't help falling in love with you.
For I can't help falling in love with you.

사랑하지 않을 수 없어요

현명한 사람들은
어리석은 말이라고 말하겠지만,
그래도 나는 당신을 사랑하지 않을 수 없어요.
강물이 흘러 틀림없이 바다로 가듯이
내 사랑도 그렇게 확실합니다.

내 손을 잡아주세요.
나의 온 삶도 잡아주세요.
당신을 사랑하지 않을 수 없습니다.

강물이 흘러 틀림없이 바다로 가듯이
내 사랑도 그렇게 확실합니다.
내손을 잡아주세요.
내 온 삶을 잡아주세요.
당신을 사랑하지 않을 수 없어요.
당신을 사랑하지 않을 수 없어요.

Welcom to My world (4/4)

Anita kerr: Elvis presly

Welcome to my world
won't you come on in?
Miracles I guess
still happen now and then

Step in to my heart
leave your cares behind.
Welcome to my worid
built with you in mind.

Knock and the door will open

seek and you will find

ask and you'll be given

the key to this world of mine

I,ll be waiting here

with my arms un furled

waiting just for you

welcome to my world

(Repeat)*

(Repeat)**

나의 세계로 오세요

나의 세계로 오세요

어서 오지 않으시겠어요?

나는 기적을 짐작합니다

그것이 내 가슴에 스며듭니다.

당신의 걱정일랑 남겨두고

당신을 위해 만들어 놓은

나의 세계로 오세요

두드리면 열릴 겁니다

찾으면 발견할 겁니다

원한다면 주어질 겁니다

나의 세계로 들어오는 열쇄가

이곳에서 기다리고 있어요

나의 두 필을 펼쳐

당신을 기다리겠어요

나의 세계로 오세요.

(반복)*

(반복)**

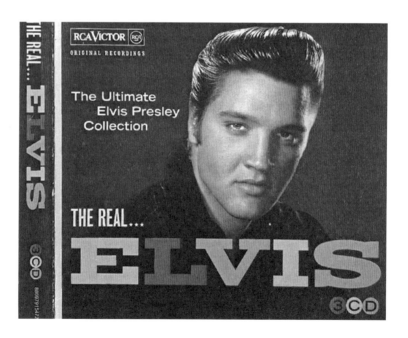

★ 미국. 중국언어 정복하기(I)

○ 영어연설문 교재등 암기, 발표 비법
- 암기용 체제로 다시 작성하여 첫 문장 뒤를 이은 새로운 문장, 새로운 소절은 맨 앞쪽으로 이동 배열 작성한다.
- 문장 길이에 따라 2개 또는 4개의 구획정리를 한다.
- 각 문장의 주어, 동사가 몇 구획에 있는지를 암기해두며 주어단어는 빨강색, 동사단어는 초록색으로 칠해둔다.
- 같은 단어가 계속 나올 때 그 단어들에게 보라색으로 칠한다.
- 각 문장마다 우리말 해석이 선도하며 주어 다음에는 동사로 이어지게 한다.
- 문장 순서번호, 우리말 해석 첫자 영어 문장발음 첫자로 조합하여 암기한다.
- 암기용으로 전환 작성 모델
  1번째 문장 첫자는 "일" 우리말 해석첫자 우리는 첫자 "우" 영어 첫자 We는 "위"로 "일, 우, 위"로 조합 표기 암기하며 2번째 문장 첫자는 "이" 우리말 해석 첫자 자유를 "자" 영어 첫자 but은 "벗"으로 "이, 자, 벗"으로 암기해 간다.
- 영어 연설문 원안문

    We observe today not a victory of party, but a celebration of freedom.

    And so, my fellow American: ask not what your country can do for you---ask what you can do for your country.

    My fellow citizens of the world: ask not what America will do for you, but what together we can do for the freedom of man.

- 영어연설문 암기체제로 전환문
  (새로운 문장 또는 새로운 소절은 맨 앞으로 이동 배열)

1. 일우위　　우리는 지켜보고 있습니다. 오늘/ 한 정당의 승리가 아니라

　　　　　　We observe today/ not a victory of party,
　　　　　　위

2 이자벗　　축하를　　/자유의

　　　　　　but a celebration/ of freedom-
　　　　　　벗

3 삼그앤　　그러므로/ 나의 사랑하는 국민여러분

　　　　　　And so,/ my fellow Americans:
　　　　　　앤

4 사문애　　묻지 말고/ 조국이 여러분을 위해 무엇을 해줄지를

　　　　　　ask not/ what your country can do for you--
　　　　　　애스크

5 오자애　　자문해 봅시다/ 여러분이/ 무엇을 할 수 있는지를/ 조국을 위해

　　　　　　ask/ what you/ can do/ for your country.
　　　　　　애스크

6 육나마　　나의 친애하는/ 세계의 시민 여러분

　　　　　　My fellow/ citizens of the world:
　　　　　　마이

7 칠문애　　묻지말고/ 미국이 여러분을 위해 무엇을 해줄지

　　　　　　ask not/ what America will do for you,
　　　　　　애스크

8 팔반벗　　반문해 봅시다/우리 모두/ 무엇을 할 것인가를/ 인류의 자유를 위해

　　　　　　but/ what together we/ can do/ for the freedom of man.
　　　　　　벗

★ 미국. 중국언어 정복하기(Ⅱ)

○ 중국어 연설문, 교재등 암기, 발표 비법
- 암기용 체제로 다시 작성하여 첫문장 뒤를 이은 새로운 문장, 새로운 소절은 맨 앞으로 이동 배열 작성한다.
- 문장 길이에 따라 2개 또는 4개의 구획정리를 한다.
- 각 문장의 주어, 동사가 몇 구획에 있는지를 암기해두며 주어단어는 빨강색, 동사단어는 초록색으로 칠해둔다
- 같은 단어가 계속 나올때 그 단어들에게 보라색으로 칠한다.
- 각 문장마다 우리말 해석이 선도하며 주어 다음에는 동사로 이어지게 조합한다.
- 문장 순서번호, 우리말 해석 첫자, 중국어 문장발음 첫자로 조합하여 암기한다.
- 암기용으로 전환 작성 모델
  1번째 문장 첫자는 "일" 우리말 해석 첫자 재작년은 첫자 "재" 중국어 첫자 前은 치엔 "치" 로 "일, 재, 치"로 조합 표기 암기하며 2번째 문장 첫자는 "이" 우리말 해석 첫자 나는 "나" 중국어 첫자 我은 워 "워"로 "이, 나, 워"로 조합하여 암기한다.
- 참고사항
• 중국어 어순은 영어 어순과 같이 주어+술어(동사)로 형성된다
• 중국어 발음은 4개의 성조를 반영하여 발음한다

前年我来北京旅游，那时候，我还不认识汉字，只会说"对不
Qiánnián wǒ lái Běijīng lǚyóu, nà shíhou, wǒ hái bú rènshi Hànzì, zhǐ huì shuō "duìbu

起"和"没关系"，所以跟中国人说话的时候，我总是很紧张。
qǐ" hé "méi guānxi", suǒyǐ gēn Zhōngguórén shuōhuà de shíhou, wǒ zǒngshì hěn jǐnzhāng.

有一天，我去天安门广场，那天，广场上到处都是人。
Yǒu yì tiān, wǒ qù Tiān'ānmén Guǎngchǎng, nà tiān, guǎngchǎng shang dàochù dōu shì rén.

- 중국어 교재 암기체제로 전환문
  (새로운 문장 또는 새로운 소절은 맨 앞에 위치하게 하여 배열)

1. 일재치 재작년에/ 나는 베이징으로/ 여행을 왔고, /그때는

前年/ 我来北京/ 旅游, /那时候,

Qiánnián wǒ lái Běijīng lǚyóu, nà shíhou,

치|엔

2. 이나워 나는 아직/ 중국어를 몰라서/ 오직/ "죄송합니다"와 "괜찮습니다"만

我还/不认识汉字, /只会说/ "对不 起"和 "没关系",   말할 줄 알았다.

wǒ hái bú rènshi Hànzì, zhǐ huì shuō "duìbu qǐ" hé "méi guānxi",

워

3. 삼그수 그래서/ 중국 사람과/ 말할 때, /나는 항상 긴장했다.

所以跟 /中国人 /说话的时候, /我总是很紧张。

suǒyǐ gēn Zhōngguórén shuōhuà de shíhou, wǒ zǒngshì hěn jǐnzhāng。

수오

4. 사어여 어느 날, /천안문 광장에 갔고, /그날, /광장에 곳곳에 모든 사람들

有一天, / 我去天安门广场, / 那天, / 广场上到处都是人。   이 있다.

Yǒu yì tiān, wǒ qù Tiān'ānmén Guǎngchǎng, nà tiān, guǎngchǎng shang dàochù dōu shì rén.

여우

제12부

제20대 대선 대통령 예비후보 되다

54년 전 육군 방첩부대 검열에서
육군 제1야전군사령부 방첩대 2년 연속 최우수 방첩대 표창
주역이었을 때 대통령 결심

나는 앞에서 언급해 드린 바와 같이 1965년도에 군 입대를 하였다. 나의 신상명세서에 초등학교 전과목 '수'와 도지사 표창수상 수석졸업, 중학교 수석입학(400점 만점)이 기재된 것을 본 육군 제1야전군사령부 방첩대에서 차출을 했다. 행정·교육담당 직책을 맡게 되면서 매년 실시되는 육군 방첩부대 검열에서 우수한 성적표를 받을 수 있게 준비하라는 지시를 받고는 연초부터 세심하게 준비하여 66, 67년도 육군방첩부대 검열에서 육군 제1야전군사령부 방첩대 최우수 방첩대 표창 주역의 역할을 훌륭하게 해냈다.

이 시절부터 나는 조직생활과 공적생활에 타고난 자질이 있음을 느낄 수 있었다. 나는 자칫 건조하고 획일적이며 딱딱하고도

융통성 없는 공적이고 조직적 생활에서도 펄떡펄떡 뛰는 생동감을 발견하고는 놀란 적이 한두 번이 아니었다. 운용의 묘를 잘 활용하고 사람들간의 유기적인 협조를 이끌어내어 활력을 불어넣은 일이 너무도 체질에 잘 맞았다.

1967년도 후반기 어느 날, 주원상(경기고, 서울법대 출신, 중앙일보 파리특파원, 월간 미술대표 역임) 동료와 주철기(서울고, 서울대 서양학과 출신, 훗날 청와대 외교안보수석 역임) 동료와 나 세 사람이 한자리에 모여서 대화를 나누었다. 참으로 진심을 다해, 그리고 젊은 날의 포부를 당당하게 밝히는 자리였다. 이렇게 오늘 만난 우리 세 사람 중에서 훗날 누군가는 대통령이 되어 대한민국을 위해 일해 보도록 하자고 의결을 했다.

그로부터 54년의 세월이 흐를 동안 나는 항상 대한민국의 앞날을 걱정하며 충정을 불태웠다.

나는 지금 대한민국은 쇄망의 길로 진입했다고 보고 있다.

지금 추세로라면 누가 대통령이 되든 50년 뒤에는 70만 명의 자살자, 250만 명의 초, 중, 고생이 학교를 떠나고, 1억 명에 이르는 살인을 위시한 범죄가 발생하게 되는데, 나는 이러한 상황을 1% 미만 발생으로 내려놓을 방안을 가지고 있다.

경제적인 관점에서 총체적으로 살펴보면 대강 이러하다.

한국의 경제력은 선진국 중에서도 상위권으로 분류되고 있다. 하지만 세제와 복지 등 재분배 정책이 미흡한 탓에 실질 소득

형평성은 중하위권에 머물고 있다는 냉정한 평가가 나왔다. 세계경제포럼(WEF)은 전 세계 112개국의 경제 상황을 비교 분석한 '포괄적 성장과 개발 보고서 2015'에서 이 같이 지적했다. 보고서에서 한국은 1인당 국민소득 1만7000달러 이상인 최고소득 30위 그룹에 속했다. 또한 '10년간 1인당 국내총생산(GDP) 성장률'과 '10년간 노동생산성 신장률' 부문 등에서 선진국 중 1등급으로 분류됐다. 그러나 제도와 정책 등을 감안한 국제경쟁력 지표에서는 중하위권(4등급)에 머물렀다. 소득형평성을 측정하는 빈곤율(중위소득의 절반 이하 소득자 비율)은 최하위인 5등급, 소득 중 노동소득의 비율은 4등급이었다. 세제나 복지정책 등 재분배 정책이 소득격차를 줄이는 효과에서도 한국은 30개국 중 최하위권을 기록했다. 이와 관련하여 주요 신문들은 사설을 통해 '우리나라의 재분배정책이 매우 부실하다는 사실이 그대로 드러냈다'며 '소득 불평등을 해소하기 위한 정책 마련이 시급하다'고 한목소리를 냈다. 또한 '성장만 하면 분배문제가 저절로 해결된다는 옛 사고방식에서 벗어나 성장과 분배를 함께 고려한 정책을 적극적으로 펴야 한다'고도 강조했다.

고도성장을 하고도 쓸쓸한 기분을 지울 수 없는 이유는 과연 무엇일까? 우리나라가 경제협력개발기구(OECD·오이시디)에 가입한 지 올해로 25년이 되었다. 오이시디가 내세우는 가치관이 '개방된 시장경제', '다원적 민주주의', '인권존중'이라는 점에 비추어 볼 때, 세계화와 민주화를 내세웠던 당시 문민정부는 여러모로 오이시디의 지향점과 맞았다. 우리나라는 오이시디의 29번째 회원국이었는데 지금 회원국 수가 38개이니 이제 우리는 후배 회원국이 9개나 되는 중견국가가 되었다.

우리가 한가하게 가입 순서만 따질 일은 절대 아니다. 우리나라의 경제규모는 1996년 당시 전체 오이시디의 2%에 불과했으나 2020년에는 3.3%로 늘어났다. 오이시디 평균의 70% 수준이었던 1인당 국내총생산(GDP)은 이제 오이시디 평균과 같은 수준이다. 오이시디 평균에 2년 정도 미달하였던 평균수명은 지금 오히려 2년 이상이나 더 높아졌다. 이제 한국은 출생 시 기대수명이 오이시디 국가 중 다섯 번째로 높은 수준에 도달해 있다. GDP 대비 연구개발 투자도 가입 당시 평균 수준이었는데, 이제는 거의 두 배 가이 근접하고 있어 혁신 경제를 선도하는 나라의 반열에 올라섰다. 우리나라는 가입 당시 여전히 개발 원조를 받고 있었으나, 마침내 2010년 오이시디 개발원조위원회(DAC)에 가입함으로써 수원국에서 공여국으로 변신한 유일한 나라로 자리매김을 하게 되었다.

좋든 나쁘든 크게 변하지 않은 지표들도 수두룩하다. 여전히 오이시디 국제학업성취도평가(PISA)에서 우리 학생들은 높은 성적을 올리고 있다. 반면, 학업에 대한 흥미도는 지극히 낮다. 자살률은 오이시디(OECD) 국가 중에서 거의 최고 수준이며, 특히 노인 자살률이 매우 높다. 이는 노인 빈곤율이 오이시디 평균의 약

세배 수준인 것과 무관하지 않다. 출산율은 가입 당시에도 평균을 밑돌았으나 최근에는 기록적으로 낮아져, 이러한 추세라면 2100년 이후에는 국가 소멸단계에 접어든다고 예측하고 있다.

조금만 더 자세하게 알아보자. 우리나라의 자살률이 OECD 회원국 중 1위를 차지했다는 보도는 충격적이다. 인구 10만 명당 극단적 선택으로 사망한 사람의 수가 2018년 26.6명으로 2017년보다 2.3명 많아졌다고 알려졌다. 2003년부터 8년째 회원국 중 1위라는 오명을 뒤집어쓰고 있다. 보건복지부와 중앙자살예방센터가 공개한 '2020 자살예방백서'에 따르면 2018년 우리나라 자살자 수는 1만3670명으로 2017년보다 1207명(9.7%) 증가했다는 것이다.

인구 10만 명당 자살자 수를 의미하는 자살률은 26.6명으로 2017년보다 2.3명(9.5%) 증가했다. 남성의 자살률은 38.5명으로 여성 14.8명보다 2.6배 높았다. 전체 자살 사망자 중 남성이 차지하는 비율은 72.1%, 여성은 27.9%였다. 반면 응급실에 내원한 자해·자살 시도 비율은 여성이 55.7%로 남성 44.3%보다 1.3배 많았다.

자살률은 대체로 연령이 높아질수록 증가했다고 신문은 전했다.. 80세 이상이 69.8명으로 가장 높았고, 70대 48.9명, 50대 33.4명, 60대 32.9명, 40대 31.5명, 30대 27.5명, 20대 17.6명, 10대 5.8명 등의 순이다.

자살률은 80세 이상 연령층을 제외한 모든 연령층에서 2017년보다 증가했다. 80세 이상의 자살률은 0.4% 감소했다. 10대 자살률은 22.1%가 늘어 증가 폭이 가장 컸다. 최근 5년간 노인(65세 이상) 자살률은 연평균 3.3% 감소했고, 청소년(9~24세) 자살률은 연평균 5.2% 증가했다.

노인을 위한 나라는 없다고 하더니 더 나아가 청소년을 위한 나라도 없다는 말이 된다. 진정 그러한가?

왜 이런 오명을 왜 뒤집어쓰고 있는가?

집값 문제는 또 어떠한가.

최근의 집값은 미쳤다는 표현이 적합하다. 서울 아파트 값은 최근 몇 년 사이 비약적으로 올랐다. 두 배 이상으로 뛴 곳은 물론 30평대 아파트가 10억을 호가한다고 하는가 하면 관심이 집중되는 반포동이나 개포동의 경우 평당 1억이라는 소식은 더 이상 새로운 소식이 아니다. 20평 아파트가 20억이라는 이야기도 있으니 기가 막힐 노릇이다. 도대체 정부는 무얼 하고 있는가? 전문가의 진단과 도움을 받은 나의 진단은 이렇다.

지금 정권의 부동산 정책은 완전하게 실패했다고 볼 수 있다. 정책은 결과로 말한다. 집값은 떨어지지 않는다는 불패 신화와 정부에 대한 불신이 시장을 지배한다. 집으로 돈을 벌 수 없도록 하겠다고 큰소리치던 정부의 주택정책이 최악의 결과를 낳고 서민들을 고통 속으로 밀어 넣고 있는 데도 말았다.

'가격은 수요와 공급으로 결정된다'는 경제학 교과서의 서두에 나오는 이 말은 시장 참여자의 합리적 사고를 전제로 한다. 그런데 시장은 독점과 담합, 작전에 쉽게 왜곡되고, 사람의 생각 또한 변하기가 쉽다. '경제는 심리'라고 말하는 이유가 거기에 있다. 집 혹은 부동산을 향한 애착이 세계 최고인 한국에서 부동산은 가장 왜곡되기가 쉬운 시장이다.

현 정부가 돈의 힘을 과소평가한 것은 가장 큰 패착이다. 투자할 곳을 찾지 못한 엄청난 현금이 유령처럼 전국을 떠돈다. 이런 상황에서 접근의 첫 단추를 잘못 끼운 경우가 되어버렸다. 정부 대책의 노력은 수익을 향해 파도처럼 몰려가는 돈의 파워에 불가항력의 역부족이다.

지난 20년 동안 부동산 가격을 떠받쳐온 힘은 시중에서 넘쳐나는 돈 때문이었다. 2000년대 이전에는 두 자릿수 대출금리가 일반적이었다. 이자 부담으로 돈을 빌릴 엄두를 내기 어려웠고 빌릴 수도 없었다. 한국은행 기준금리를 봐도 그렇다. 2000년 5.25%에서 지금은 10분의 1(0.5%)로 떨어졌다. 그 사이 400조원 안팎이었던 가계부채는 1600조원을 훌쩍 넘어섰다.

'자고 나면 1억원이 올랐다'는 믿지 못할 이야기가 3년 동안 시장에 만연했다. 웬만한 정신을 갖고는 이해하며 살기 힘든 세상이다. 불로소득의 급행열차에 올라타려는 욕망의 폭주와 함께 전·월세 가격 폭등의 두려움은 극한의 경지로 치닫고 있다.

이러한 시장의 거품의 상태는 투기수요와 가수요를 폭발적으로 만들어냈다. 우리가 말하는 내 집 마련이 곧 실수요로 이어지지는 않는다. 실제 거주를 목적으로 하는 투자가 아니라 고액 전세금과 대출에 기댄 갭 투자가 대표적이다. 더욱이 집을 팔아 생활비에 보태야 할 60대 이상과 '미래 수요자'인 그 자녀 세대까지 한꺼번에 주택시장에 몰려 있다. 올해 서울과 수도권 무순위 청약 아파트의 수요자 60%가 자기 자금이 턱없이 부족한 2030 젊은층이었다. 최대 2만 채 정도 공급 가능한 그린벨트 해제 같은 방식으로는 해결할 수 있는 문제가 아니다.

이런 시장 변화에 정부의 대응은 낡고 더디기만 하다. 부동산을 통한 불로소득을 차단하는 것이 집값을 안정시키는 유일한 길이라는 확고한 신념은 찾아보기가 힘들다. 집을 사지 말라고 힘주어 엄포를 놓을 뿐이다. 그리고 뒷전에서는 중산층 유권자들의 불만을 달래느라 동분서주했다. 대통령까지 직접 나서서 독려를 해도 집값은 쉽사리 떨어지지 않는다. 서민의 불안을 잠재우려는 여당 의원이나 총선 때 종합부동산세 완화를 떠들고 다니던 여당의 지도부가 대표적인 사례다

서울 아파트로 대표되는 한국의 부동산은 이미 암호화폐나 주식과 그리 다르지 않은 머니게임 대상으로 변질됐다. 다음 사람에게 더 비싼 값에 팔기만 하면 된다. 부동산시장이 붕괴될 위험 따위는 엿 바꿔 먹은 지 오래다. '영끌로 몰빵' 하는' 청춘들

에게 소득수준에 비해 터무니없이 높은 집값, 불투명한 경제 전망과 저성장의 일상화, 가파른 일자리 감소와 저출생 같은 경고는 제대로 먹히지 않는다. 단순한 협박으로 밖에 들리지 않는다. 알맞은 대응은 찾아볼 수가 없고, 집값이 급등한 곳만 쫓아가며 땜질로 틀어막는 핀셋 규제가 남발했다. 지금 시중에 풀린 돈과 욕망은 그곳이 어디든 상대적으로 약한 틈으로 파고들어 분출된다. 철퇴가 아니라 핀셋만 들이대니 얼마든지 쉽게 빠져나갈 수 있다. 거기에다 역풍선 효과까지 낳으며 전국을 투기라는 난장판으로 만들어 버렸다. 도대체 국가와 그 정책마저 믿을 수 없는데 누굴 믿고 살란 말인가? 우리에게 희망이란 것이 존재라도 하는가 묻지 않을 수 없다.

선진국 클럽이라는 오이시디에 가입한 지 벌써 25년, 우리는 지금 어디에 와 있는가, 아니 어디로 표류하고 있는가? 오이시디는 비교를 통해서 우리나라의 모습을 좀 더 명확하게 보여준다. 압축적인 경제성장과 민주화 과정을 겪은 나라, 역동성과 창의성이 분출하는 나라, 최빈개도국에서 60여년 만에 선진국으로 진입한 매우 희귀한 사례라고 말한다. 하지만 사회구성원들이 마냥 행복하지는 않은 나라로 그려진다. 나라가 부자이고 국민이 가난하고 불행하다면 나라의 운영이 그만큼 비정상이라는 것이 나의 판단이다.

또 하나의 상징적인 지적이 존재한다. 예컨대 우리나라는 오이시디에서 경상계정 중 상품계정의 비중이 압도적으로 큰 나라다. 서비스계정이나 본원소득계정, 이전지출의 비중은 여전히 미미한 수준에 머물러 있다는 것이다. 너무 전문적인 용어라 독자 여러분의 양해를 바란다. 어떻게 이런 독특한 구조를 갖게 되었을까. 서비스 산업이 발전하지 못한 것, 소득계정이 여전히 작은 비중인 것은 압축성장 속에서 완전히 퇴화되지 않은 수출주도형 개도국의 흔적이다. 마치 높은 근로소득을 얻고 있으나 자산은 없는 흙수저 출신의 유능한 노동자와 같다. 그래서 우리 국민의 미래가 불안한 까닭이다.

필자와 같은 노인세대의 문제도 당장 발등에 떨어진 불이다. 사고의 우려가 큰, 언제 터질지 모르는 뇌관과도 같다. 우리나라의 노인세대는 왜 인생의 말년을 제대로 준비하지 못했을까. 젊은 시절 자식 교육에 몰두해서 부를 축적하지 못했다는 검증되지 않은 주장과 압축성장이라는 특수성으로 이해해야 한다는 주장이 있다. 다 틀린 말은 아니다. 우리나라의 노인세대는 최빈개도국에서 선진국으로 이민을 온 사람들이다. 빠르게 변하는 속도에 적응하기에도 바빴다. 과거에도 가난했고 지금도 가난하다. 우리 사회의 이 노년세대는 매년 10% 이상 성장하는 개발의 속도에 자신의 정체성만을 덩그러니 남겨놓고 강제로 당했다. 그러다보니 준비가 부족했다. 태생적으로 선진국 시민인 청년세대가 함께 사는 용광로와 같은 사회가 되어야 하는데 현실은 그렇지가 못하다. 다른 오이시디 국가에서 나타나는 일반적인 세대 갈등과는 또다른 넘어서는 세계관의 차이와 충돌이 있을 수밖에 없다.

앞에서 열거한 여러 가지 예를 보면 이유는 명확해진다. 왜 자산에 대한 우리의 시각을 바꿔야 하는지, 왜 불평등과 양극화를 해소해야 하는지, 조금 더 분명해진다. 오이시디는 우리가 해결해야 할 과제를 조목조목 제시했다. 이 조건들의 해결 통해서 하나하나 해결해 나가야 한다. 선진국은 문제가 없는 나라가 아니라 어떤 문제가 있을 때 이를 해결하거나 완화할 수 있는 역량을 갖춘 나라이기 때문이다. 그리고 우리는 지금 충분히 선진국에 살고 있다.

외부적인 문제도 예외일 수는 없다. 북한은 핵무장까지 하면서 대한민국을 협박하며 자신들의 인질로 삼으려고 하는데 대해 지금 대통령을 하겠다고 나선 이 사람들의 지혜와 역량으로는 해결할 수가 없다는 것이 나의 냉철한 판단이다.

외교문제 또한 산적해 있다.

흔들리는 한미동맹을 정상화해야 하고, 인도태평양 역내 민주국가들과의 입체적인 협력을 강화해야 한다. 한일 관계 개선을 통한 한미일 협력 증진이 한미동맹의 올바른 미래를 향한 첫걸음임을 분명히 인식하고 행동으로 나서야 한다.

미중 간의 치열한 경쟁 양상을 분석하고, 북한의 비핵화 없는 종전선언의 문제점에 대해서도 당당하게 대비해야 한다. 아울러 새롭게 펼쳐지는 인도태평양 시대에 한미동맹 정상화와의 중요성과 당당한 대중 외교에도 힘을 기울일 필요가 있다. 미중 간 치열한 글로벌 패권경쟁이 벌어지는 가운데 무역 갈등, 첨단 기술경쟁, 인도태평양 시대 개막 등 미중 양국의 외교안보 정책을 과감하게 펼쳐나가야 한다.

　나는 이번 제20대 대통령선거에 나서면서(현재 제20대 대선 대통령 예비후보로 등록됨) 직접 국민에게 지지를 호소해 보셨다고 나섰다(최근 여론조사에서 32%가 표를 줄 대선후보가 없다고 밝힘). 그들에게 나의 의사를 묻고 그들에게 신명을 받쳐 봉사하고 싶다. 프랑스의 마크롱 대통령의 당선(국회의원 1석도 없이 대통령 당선)은 우연히 일어난 사건이 아니다. 최다 득표가 되거나 또는 상당한 국민들로부터의 지지를 받으면 대통령이 아니더라도 나의 지혜, 용기, 경력, 경험, 경륜으로 '대통령자문위원' 직책을 맡아서라도 앞에 지적한 많은 숫자의 심각한 사태의 해결 방안을 제시하여 나라를 이끌고 싶다. 군 복무 시절의 육군 제1야전군사령부 방첩대 2년 연속 최우수 방첩대 표창 주역 공적에 이어 이번에는 '대한민국이 세계 최우수 국가'가 되게 하겠다는 구상을 연구하고 있다. 비록 작은 공적이기는 하나 나는 거기에서 방법을 터득했다. 하나의 길을 발견하면 더 많은 길을 만들 수 있다. 작은 길에서 대륙이 발견이 된다. 나는 기적을 선물하고 싶다.

　기적은 믿음에서 시작된다. 그런 믿음을 국민에게 명확하게 제시하고 더불어 고민하고자 한다. 이렇게까지 오게 된 데는 지금까지의 경험과 바닥에서 배운 민심에 대한 확신, 그리고 내가 이런 의지를 가지고 진행하면서 하늘이 나의 이런 신행을 지원하고 있음도 느끼게 되었기 때문이다.

만약 내가 대한민국을 위해 어떤 형태로던 일하게 되면 나의 지혜, 용기, 경력, 경험, 경륜으로 난제들을 모두 해결하여 '대한민국을 세계 최우수 국가'로 이끌게 될 것임을 확신한다. 그렇지 않으면 대한민국은 미래의 문제에 관심을 가지지 않는 나라가 될 것이며, 그것은 곧 현상유지에만 머물기를 원하는 그저 그런 나라가 될 것이다. 우리는 미래로 나아가야 한다. 내가 지금까지 축적한 지혜, 용기, 경험, 경륜을 묻히게 된다면, 아울러 나와 같은 사람을 다시 나오게 하려면 500년은 걸릴 것이라고 본다. 코로나 문제의 극복도 무시하지 못할 큰 문제이다. 아무리 위드코로나를 말하지만 빠른 시간 안에 해결되기는 어려울 것이다. 오히려 위드코로나가 아니라 월드코로나가 될 확률이 높다. 국민들의 적극적인 참여 없이는 극복하기가 요원하다.

그러나 아무리 큰 문제가 있다고 하더라도 국민적 역량을 결집시킨다면 못할 일이 없다. 우리에게는 그런 저력이 있다. 내겐 그런 역량과 아이디어가 있다. 국민에게 제20대 대선 대통령 예비후보로의 지지를 진심을 다해 호소해 보려 한다. 나는 지금 당장 시작하여 큰 걸음을 내딛고 있다.

많은 성원을 부탁드린다.

사 설

'나라 소멸' 세계의 걱정거리 된 한국 저출산

한국의 심각한 저출산 추세가 지속한다면 흑사병 창궐로 인구가 절반가량 급감했던 지난 14세기 유럽보다 더 빠르게 인구가 감소할 수 있다는 주장이 제기됐다. 뉴욕타임스는 최근 '한국은 소멸하나?(Is South Korea Disappearing?)'라는 제목의 칼럼에서 "지금처럼 급격한 인구 감소가 향후 수십 년 동안 지속할 거라고 보진 않지만 한국 통계청의 인구 추계대로 2060년대 후반에 3500만 명 이하로 떨어지는 정도만으로도 한국 사회를 위기로 몰아넣기에 충분하다"고 우려했다. 또 "한국 사례는 다른 선진국에서도 저출산 문제가 훨씬 빠르고 심각하게 찾아올 수 있는 걸 보여준다"며 "우리(미국)에게 일어날 수 있는 경고"라고 했다. 지난해 우리의 합계 출산율이 압도적인 세계 꼴찌(0.78)로 떨어지면서 점점 세계의 걱정거리가 된 양상이다.

칼럼의 지적대로 한국의 저출산은 속도와 지속 기간에 있어 전 세계적으로도 유례를 찾기 힘들 정도다. 2002년 처음으로 초저출산 현상(합계출산율 1.3명 미만)이 시작된 이래 20년 넘게 단 한번도 1.3을 회복하지 못하고 추락을 거듭하고 있다. 3분기 합계출산율 0.7로 또 한번 역대 최저를 기록하면서 올해 합계출산율은 지난해보다 더 떨어진 0.73에 그칠 것으로 예상된다. 저출산에 대응한다며 정부가 2006년부터 지금까지 쓴 예산이 무려 380조원에 달하지만, 출산 기피는 오히려 더 심화하고 있다. 숫자만 보면 그야말로 백약이 무효다. 원인과 해법을 몰라서라기보다 제대로 실천하지 못한 탓이 크다.

한국은행 경제연구원이 3일 발표한 '초저출산 및 초고령 사회 극단적 인구구조의 원인, 영향, 대책' 보고서만 봐도 이런 상황이 잘 드러난다. 보고서는 저출산에 따라 인구 구조가 급속하게 고령화하면서 2050년께 0% 이하 성장율을 보일 확률이 68%에 달한다는 비관적 전망을 했다. 동시에 정책적 노력을 통해 출산율을 끌어올릴 수 있는 해법도 실증적으로 제시했다.

가령 저출산의 핵심 원인이 청년층이 겪는 경쟁 압력과 고용·주거 불안인 만큼 경쟁 압력을 낮추기 위한 제대로 된 지원책을 내놓고 노동

NYT "유럽의 흑사병 때 버금가는 인구 감소 위험"
출산 막는 청년 불안 해소할 실질 행동이 시급해

시장 이중구조, 높은 주택 가격과 같은 구조적 문제에 대한 개혁을 동시에 한다면 출산율 상승을 견인할 수 있다고 제안했다. 또 부모와 법률혼 중심의 정상 가정을 전제로 하는 지원체계를 넘어 혼인 여부와 상관없이 아이 중심의 지원체계로 나아갈 것을 권유했다. 이런 방식으로 출산율이 0.2만 올라도 2040년대에 잠재성장률은 0.1%포인트 높아진다고 한다.

지금 한국은 절체절명의 위기에 놓여 있다. 머뭇거릴 시간도 없다. 하루빨리 지속가능한 구조개혁에 나서는 동시에 혼자나 차별 같은 고루한 인식을 바꿔야 나라가 유지될 수 있다.

제13부

주역 강의

-주역64괘상 도출방법, 해설, 수준언급(화천대유는 상급 괘상)

1. 주역의의(周易意義)

주역(周易)은 사서오경(四書五經) 중 오경(五經)에 포함되어 있으며, 편찬 시기는 BC 700년경으로 저자는 복희씨(伏羲氏), 신농씨(神農氏), 문왕(文王), 주공(周公), 공자(孔子)가 내포되어 있다.

'주역'이란 글자대로 풀이하면 '주(周)'의 역(易)이다. 주(周)란 기원전 10세기에서 기원전 265년까지 상(商)을 이어 중국에 존재했던 나라로 중국의 문화와 문명이 완성된 나라이다. '주역'이란 바로 이 주나라 시대에 만들어진 역이다. 주나라 이전에도 역은 있었지만 현재 남아 있는 역은 '주역'밖에 없기 때문에 '주역'이 역의 대명사처럼 쓰이는 것이다.

최초의 역은 점을 치기 위한 목적에서 만들어졌다. 역 이전에는 거북을 이용한 복(卜)이 있었지만 거북점이 쇠퇴한 이후 시초(蓍草)라는 풀을 이용한 점으로 대체가 되는데 그것이 바로 역이다. 따라서 역은 정치적, 군사적, 종교적 행위에 앞서 길흉을 점쳤던 경험들이 총괄된 책이라 할 수 있다. 그것은 현재 우리가 읽는 '주역'에서도 확인할 수 있다. '주역'에 나오는 문장들은 보통의 경전에서 볼 수 있는 내용이 아니라 '흉하다'거나 '길하다'거나 하는 말처럼 점과 관련된 내용으로 되어 있다. '주역'이 점을 친 기록물과 관련되어 있다는 점에서 '주역'을 해석하기 위해서는 점을 치는 방법이나 점사를 해석하는 원칙들을 알아야 하기 때문에 '주역'의 문장은 해석하기 어려운 것이다. 더구나 해석 원칙들도 학자들마다 다르기 때문에 실로 '주역' 해석에 대해 '귀에 걸면 귀걸이요 코에 걸면 코걸이다'라는 자조 섞인 푸념도 나오게 되는 것이다.

그런데 역의 발달 과정을 보면 역은 단순히 점과 관련해 이용한 사람은 적다. 오히려 대부분의 학자들은 역의 구성 원리나 역의 기록들에 근거하여 역을 자연의 변화나 인생의 문제와 관련하여 탐구하였다. 역을 새롭게 편집한 공자는 역을 학술적으로 연구하고 활용하게 한 대표적인 인물이다. 공자는 점사로만 구성된 역에 대해 역의 원리와 접신을 설명하고 해설한 '십익(十翼)'이라는 저술을 남겨 역을 학술적으로 연구하는 길을 열었다. 역은 점술로도 이용할 수 있지만 수양서로도 활용할 수 있다는 것이다.

특히 성리학을 완성한 주희(朱熹)는 '십익'을 근거로 성리학의 우주론과 형이상학을 체계화함으로써 역을 유가철학의 대표적 저술의 반열에 올려놓았다. 성리학이 동양 근세사회의 학문과 사회를 지배하였다는 사실을 생각해 보면 '주역'의 중요성도 가늠해 볼 수 있다.

성리학의 중요한 개념들이 '주역'에 기원을 두고 있다거나 한의학의 이론에 역의 원리가 반영되어 있다는 점이다. 무엇보다 우리나라의 태극기에서는 그것을 구성하는 태극, 음양, 건, 곤, 감, 리의 팔괘(八卦)가 모두 '주역'을 구성하는 기본 요소들이다.

2. 주역 64괘 대상 도출방법(周易六十四卦象導出方法)

어떤 집단 문자의 괘상(卦象)을 도출(導出)하는 방법은 각각의 한문자 획수 전체를 8로 나누어 남은 숫자가 상괘(上卦)로 되고 부분 한문자 획수를 8로 나누어 남은 숫자가 하괘(下卦)로 된다. 동효로 가고 싶다면 전체 합한 한문자 획수와 부분 한자 획수를 합하여 6으로 나누어 남은 숫자로 괘상의 변화를 준다.

대한민국(大韓民國)의 괘상(卦象)은 각각의 한문자 획수 합이 36이므로 8로 나누면 나머지가 4이므로(다음 페이지 周易64卦象早見表) 上卦 4번째 4진뢰(四震雷)와, 부분 민국(民國) 획수합이 16이므로 16을 8로 나누면 0이 되어 0이 되면 나눈 8 그대로이기 때문에 하괘(下卦)는 8번 째인 8곤치(八坤地)와 서로 합쳐지는 괘상 뢰지예(雷地豫)로 상급(上給) 괘상이 된다.

　　대한민국(大韓民國) 괘상(卦象)을 동효시킨다면 대한민국 한문자 합한 획수 36과 민국 한문자 획수를 합한 16을 모두 합하면 52가 되며, 6으로 나누어주면 나머지가 4가 되므로 처음 합쳐져서 이루어진 상괘(上卦) 4진뢰(四震雷) ☳ 에서 4번째가 되는 부분을 동효시키면 ☷ 곤위지(坤爲地) 상급(上給) 괘상(卦象)이 된다.

　　이러한 계산법에 의해 도출된 괘상 화천대유(火天大有)는 상급(上給) 수준의 괘상(卦象)이 된다.

★周易64卦象早見表

상괘(上卦) 하괘(下卦)	一乾天 (1건천)	二兌澤 (2태택)	三離火 (3이화)	四震雷 (4진뢰)	五巽風 (5손풍)	六坎水 (6감수)	七艮山 (7간산)	八坤地 (8곤지)
一乾天 (1건천)	乾爲天 (하늘천)	澤天夬 택천쾌 (불안할쾌)	火天大有 화천대유 큰대 있을유	雷天大壯 뇌천대장 큰대 씩씩할장	風天小畜 풍천소축 작을소 기를축	水天需 수천수 (음식수)	山川大畜 산천대축 큰대 기를축	地天泰 지천태 (클태)
二兌澤 (2태택)	天澤履 천택리 (밟을리)	兌爲澤 태위택 (못택)	火澤규 화택규 (엇볼규)	雷澤歸妹 뇌택귀매 귀매 돌아갈귀 시집갈매	風澤中孚 풍택중부 중부 가운데중 믿을부	水澤節 수택절 (마디절)	山澤損 산택손 (손해볼손)	地澤臨 지택림 (임할림)
三離火 (3이화)	天火同人 천화동인 한기지동 사람인	澤火革 택화혁 (고칠혁)	離爲火 이위화 (불화)	雷火豊 뇌화풍 (풍성할풍)	風火家人 풍화가인 집가 사람인	水火旣濟 수화기제 이미기 건널제	山火賁 산화비 (꾸밀비)	地火明夷 지화명이 밝을명 오랑캐이
四震雷 (4진뢰)	天雷无妄 천뢰무망 없을무 망녕될망	澤雷隨 택뢰수 (따를수)	火雷噬嗑 화뢰서합 씹을서 머금을합	震爲雷 진위뢰 (번개뢰)	風雷益 풍뢰익 (더할익)	水雷屯 수뢰둔 (모일둔)	山雷頤 산뢰이 턱끄덕일이	地雷復 지뢰복 (다시복)
五巽風 (5손풍)	天風姤 천풍구 (만날구)	澤風大過 택풍대과 큰대 허물과	火風鼎 화풍정 (솥정)	雷風恒 뇌풍항 (항상항)	巽爲風 손위풍 (바람풍)	水風井 수풍정 (우물정)	山風蠱 산풍고 (벌레고)	地風升 지풍승 (오를승)
六坎水 (6감수)	天水訟 천수송 (소송할송)	澤水困 택수곤 (곤란할곤)	火水未濟 화수미제 아닐미 건널제	雷水解 뇌수해 (풀릴해)	風水渙 풍수환 (물불을환)	坎爲水 감위수 (물수)	山水蒙 산수몽 (어릴몽)	地水師 지수사 (장수사)
七艮山 (7간산)	天山豚 천산돈 (달아날돈)	澤山咸 택산함 (다함께함)	火山旅 화산려 (나그네여)	雷山小過 뇌산소과 소과 작을소 허물과	風山漸 풍산점 (점점더점)	水山蹇 수산건 (다리절건)	艮爲山 간위산 (외산)	地山謙 지산겸 (겸손할겸)
八坤地 (8곤지)	天地否 천지비 (막힐비)	澤地萃 택지췌 (무를췌)	火地晋 화지진 (펼칠진)	雷地豫 뇌지예 (미리예)	風地觀 풍지관 (볼관)	水地比 수지비 (견줄비)	山地剝 산지박 (깎을박)	坤爲地 곤위지 (땅지)

1.1 건위천(乾爲天)

1. 학문적으로 본 괘의.
천지의 운행이 쉬지 않는 것과 같이 끊임없이 노력하라.

2. 년(年, 이하 동일) 운세 해설.

육용어천(六龍御天)
광대포용(廣大包容)

현운조화(玄雲造化)
만물자생(萬物資生)

운행양시(雲行兩施)

1) 괘 해설
건(乾)은 건강하고 굳센 기상을 나타내며, 굽힐 줄 모르는 억센 힘을 가지고 있다. 건강 사업에 비하면 한창 성업기와 같으며 달에 비하면 보름달과 같다.
지금부터 쇠퇴할 조짐도 내포하고 있으며 태만, 불손, 자만하지 말고, 겸손한 마음으로 근면, 성실하고 잘 판단하고 처리하여 나간다면 주위가 평화스럽고 만사 대길하리라.

퇴보, 손실을 주의하라. 달이 차면 기우는 법이다.

2) 년 운세 해설

지나치게 자신감(自信感)에 사로잡히지 말 것이며 모든 일을 급하게 서두르지 말 것.

일을 도모함에 있어서 속성속패(速成速敗)가 될 염려가 크다.

흙과 나무를 쫓아가면 적지 않은 이익을 도모할 수 있을 것이며 지나친 욕심은 금하는 것이 좋으니, 현재의 상태에서 약간만 축소(縮少) 내지는 정비하는 것이 현명하리라.

중상급(中上級) 운세다.

1.2 천택리(天澤履)

1. 학문적으로 본 괘의

밟아온 이력과 역사를 보아 백성의 뜻을 잘 분별하여 정하라

2. 년 운세 해설

여이호미(如履虎尾)

안중방위(安中防危)

앵상유지(鶯上柳枝)

편편황금(片片黃金)

재성입문(財星入門)

횡재지수(橫財之數)

1) 괘 해설

호랑이 꼬리를 밟은 것과 같은 위험한 상태이다.

호랑이에게 열두 번 물려가도 정신을 차리면 죽지 않는다는 말과 같이 어려운 난관이 있어도 극복하고 주위 사람들과 의논하면서 산신님께 기도하여 우환, 병환, 질병 등 나쁜 액운을 소멸하고 좋은 운세로 전화위복의 계기가 있다는 참뜻을 명심하라.

고생을 하면 행운이 온다.

또한 행동 면에서 다소 자존심이 상하더라도 꾹 참고 마음가짐을 단정하게 하며, 예의를 지켜 나가면 신령님이 도와주리라.

2) 년 운세 해설

늦게야 춘풍(春風)을 만났으니 고목에서 새싹이 나오고 있으며, 하늘은 맑고 호수도 맑으니 섬섬옥수로구나.

분수를 지키고 위사람을 공경하고 근신(謹愼)해 나가면 하는 일마다 황금의 결실을 맺게 되리라.

오는 세월이요 가는 청춘(靑春)이라 하지만 이성간에는 세월 가는 줄 모르겠네.

상상급(上上給) 운세다.

1.3 천화동인(天火同人)

1. 학문적으로 본 괘의

하늘 아래에 태양이 만물을 비추듯이, 천하가 문명하여 함께 하면서도 각각 저마다의 성질과 특성을 헤아리고 상황을 잘 판단하라

2. 년 운세 해설

암야촉등(暗夜燭燈)

영웅득시(英雄得時)

평지등천(平地登天)

천안환희(天安歡喜)

노인대작(老人對酌)

취수혼혼(醉睡昏昏)

1) 괘 해설

동인(同人)이란 다른 사람과 뜻을 같이 한다는 뜻이며, 윗사람과 아랫사람이 상하가 화합하는 뜻이고, 안과 태평하는 운세이다.

지위와 명예는 향상되고, 사업에는 협조자가 있어서 재수대통하

고, 동업운도 있고, 귀인이 내조하여 서로 돕고 발전하리라.

처음에는 다소 괴로우나 술과 여자는 조심하고 처음 먹었던 마음을 끝까지 인내로 목적을 달성할 수 있는 운세이다.

초혼이면 백년배필을 만날 수 있는 기회가 왔다.

공든 탑이 무너지랴? 지성이면 감천이라. 천지신령님의 도움이 있으리라.

2) 년 운세 해설

어려움 속에서 귀인(貴人)을 만나 백년대계의 꿈을 실현시킬 수 있는 기회가 왔다.

이성간에 있어서도 조화가 잘 이루어지나 다소의 구설이 뒤따르게 되는 때이니 이 점을 주의할 것.

먼저는 좋고 나중에는 좀 입맛이 씁쓸하니 달다고 삼키고 쓰다고 뱉지 말 것. 항상 양보하는 미덕을 살려 나갈 것. 오히려 많은 것들이 오게 될 것이니,

상상급(上上給) 운세다.

1.4 천뢰무망(天雷无妄)

1. 학문적으로 본 괘의

하늘이 부여한 성품을 바르게 지켜나가고, 천도의 변화에 응하여 만물을 길러라.

2. 년 운세 해설

석중온옥(石中蘊玉)
수구안상(守舊安常)

제갈묘책(諸葛妙策)
가절단계(可折丹계)

천의순종(天意順從)
종성감우(終成甘雨)

1) 괘 해설

운세가 있는 것 같으나 길하지 않고, 운세가 없는 것 같으나 흉하지 않은 인간으로서 어찌할 수 없는 신령님의 조화로다.

천지신령님의 무궁무진한 조화를 따라 미와 덕을 쌓으면 나쁜 재앙을 물리쳐 주리라.

승천자는 승하고 역천자는 패한다는 섭리 가운데 인간에게는 한 결같은 기도발원이 필요하다. 제반 길흉화복은 하늘의 뜻이 아니 겠는가?

항상 빌고 빌어 기도 발원하는 공덕으로 소원 성취하는 운세로다. 이 시기에 신의 제자가 되면 성불하는 좋은 괘다.

2) 년 운세 해설

자기의 지략(智略)이나 자신감만을 가지고 모든 일을 처리하려 한 다면 반드시 고통과 재난이 따르게 된다.

몸부림치면 칠수록 그 결과는 나빠지기 쉬운 때이므로 상대편의 태도를 보고 시시적절하게 처리해 가야만 오히려 놀라운 발전이 있게 된다. 즉 암석 안에 보석이 들어있는 운세이므로 조심스럽게 바위를 깨며 들어가지 않으면 자칫 잘못하면 보석까지 부수고 말 것이다.

중하급(中下給) 운세.

1.5 천풍구(天風姤)

1. 학문적으로 본 괘의

기존의 상황과 다른 새로운 조짐이 있을 때에는 모두가 알 수 있도록 공표하고, 이러한 흐름을 전제하고 조화롭게 포용할 수 있는 대안을 마련하라.

2. 년 운세 해설

일음오양(一陰五陽)
여인천하(女人天下)

고지생화(枯枝生化)
화락공방(化洛空房)

평지풍파(平地風波)
의외득금(意外得金)

1) 괘 해설
구(姤)는 만난다는 뜻이다.
무엇을 어떻게 만나느냐?

생각하지도 않았던 재난과 사기 또는 교통사고 등 예기치 않은 손실(損失)이 있고, 한 여자가 나타나 많은 남자들을 매혹시키는 형상으로 여자 입장에서 볼 때는 '여왕벌(독선적)'과 같으며, 남자(지배 받는) 입장으로는 부적합한 관계이다.

그 반면에 재물을 희롱하고 있으며 우연히 재수도 있고, 모든 일이 잘 풀리는 기적적인 행운의 수도 있다.

2) 년 운세 해설

불의의 재난을 주의하라.

지금 교제하는 사람은 어디까지나 일시적인 향락에 그쳐야 한다.

이럴 때 계약을 하면 십중팔구 손해를 본다.

보다 철저히 분수를 지키고 인내하여 자중할 것.

그리고 방심하지 말 것. 여성에 있어서는 특히 남성의 유혹에 주의할 것. 이럴 때 일수록 보다 냉정하게 모든 일을 처리해 나갈 것.

상하급(上下給)운세다.

1.6 천수송(天水訟)

1. 학문적으로 본 괘의

상황이 어긋나 분쟁의 기미가 있을 때 전체의 정세를 잘 판단하고
일을 도모하라.

2. 년 운세 해설

천수원행(天水遠行)
구설분분(口舌粉粉)

전봉대사(前逢大蛇)
후봉백호(後逢白虎)

불전헌공(佛前獻供)
전화위복(轉禍爲福)

1) 괘 해설

송(訟)이란 소송이나 재판을 뜻한다.

특히 이 시기에는 관제구설을 조심하라.

서로가 배타적 관계를 나타내므로 다투고 있는 상태라 하겠다.

자기의 고집과 자존심만을 쓸데없이 내세우는 때다.

부부간의 의견충돌과 타인과의 불화 쟁론이 있어 고집으로 패망하기 쉽다. 부부 이별, 직업 변동, 이사 수, 재물 손해수가 있으니 한발 양보하고 이해하고 용서하며 자기 자신을 낮추는데서 모든 일이 좋게 해결되리라.

2) 년 운세 해설

욕심은 죄악을 낳고, 죄악은 마치 죽음을 가져오는 것이며, 속은 지금 쇠해 가는 운세인데 무모한 버팀이 웬 말인가.

다소곳한 마음으로 타협을 해야만 유익하다.

자기라는 상(相)을 뒤로 감추고 자중자애와 겸손한 마음으로 상대방의 의견을 존중하고, 참는 것이 약이며 깨끗한 마음으로 정성을 다해 기도하는 것도 큰 힘을 받는 첩견이 될 것이다.

하중급(下中給) 운세다.

1.7 천산돈(天山遯)

1. 학문적으로 본 괘의
소인이 득세하여 군자의 뜻이 행해지지 않을 때에, 군자는 몸의 사사로움을 이겨 예(禮)에 회복하고, 소인을 대하기를 악하게 하지 말고 엄하게 하여 소인이 망동함을 경계하라.

2. 년 운세 해설

고송야월(孤松夜月)
귀인은산(貴人隱山)
불가대사(不可大事)
축신첩길(畜臣妾吉)

군자호돈(君子好遯)
청산지우(靑山之友)

1) 괘 해설
돈(遯)은 일보 후퇴하라는 뜻이다.
직업이나 가정사에서 무능력해지고 의욕이 없어지며, 모든 일이 뜻대로 되지 않고 매사 불리한 입장에 처하게 된다.

앞으로 밀고 나가면 위험천만한 일이니 생각하고 생각해서 총명한 지혜를 발휘할 때이다. 아무리 바른 일을 행한다 할지라도 알아주는 사람이 없고 불리하게 되니, 양보하고 물러서는 것이 가장 좋은 대책이다. 마음을 안정하고 신령님께 기도하면 세월 따라 운세 따라 다시 재기할 때가 오리라.

2) 년 운세 해설

외롭고 외로운 소나무가 그 마음을 달에게 호소하니 그 마음 누가 알겠는가?

죽자니 청춘이요 살자니 눈물이라고, 참으로 난처한 처지라 하겠는데, 이런 때에는 더 이상 망설이지 말고 결단이 필요할 뿐이다. 지금 하고자 하는 일을 일보후퇴하거나 단념하고 때를 기다릴 것. 그렇게 하면 반드시 나중에는 꽃 필 날 있으리.

중하급(中下給) 운세.

1.8 천지비(天地否)

1. 학문적으로 본 괘의

태평한 시대가 지나가고 어렵고 비색한 때가 오면, 어지러운 세태에 영합하여 부를 누리지 말고 어려움을 피하라.

2. 년 운세 해설

천지불교(天地不交)
일출무광(日出無光)

만경창파(萬頃蒼波)
일엽편주(一葉片舟)

육친냉정(六親冷情)
자수성가(自手成家)

1) 괘 해설

비(否)는 막힐 비로 통하며 일반적으로는 아닐 부라는 또 하나의 이름을 가지고 있다. 막혀서 통하지 않는다는 뜻이다.

사람이 설 터전이 마련되어 있지 않다. 서로가 배타적인 관계로 형성되어 있으며, 서로 대조적인 형상으로 화합하지 못하고 만물은 성장되지 못하여 자기 주변이 어지러울 때이다. 지금 당신은 위기에 직면하고 있다.

현명한 다른 계획을 세워야만 이 고비를 이겨갈 수 있을 것이다.

신령님께서 도와주지 않는다고 원망하지 말고 빌고 빌면 성불하리라.

2) 년 운세 해설

자기의 진실이 주위에서 인정되지 않고 배타적인 관계만 형성되니 안타까운 일이다.

오직 스스로의 힘으로 만경창파에 배를 저어 가야만 되는 운세다. 인내와 자중(自重)하여 이 어려운 고비를 이겨가는 길밖엔 다른 방도란 생각할 수 없다.

가을 바람과 함께 서서히 환경이 진압되고 새로운 희망을 갖게 되겠다.

하하급(下下給) 운세.

2.1 택천쾌(澤天夬)

1. 학문적으로 본 괘의
군자는 의롭지 못한 소인을 결단함에도 모두가 수긍할 수 있는 상태가 되어야 정당하게 결단한다. 그러한 소인이 나오지 않도록 은혜를 베풀고 덕에 거하여 해서는 안 될 일을 금기하여야 한다.

2. 년 운세 해설

신검참사(神劍斬蛇)
선손후익(先損後益)

비용재천(飛龍在天)
이견대인(利見大人)

시운래도(時運來到)
우순풍조(雨順豊調)

1) 괘 해설
결의(決意), 결단(決斷), 결정(決定)에 해당된다.

자기의 지나친 세력만 믿고 분별없이 나가면 반파될 위험을 안고 있다.

마치 독재자가 압력적으로 정치를 하기 때문에 머지않아 무서운 형벌이 예상되는 때다.

재물과 명예가 있다고 자랑하지 말고 덕을 쌓아 백년대계를 계획하라.

너무나도 좋은 운세이나 해는 서산에 지는 격이다.

부부간에 화합하며 슬하 자손을 잘 보살피며 친구 간에 우정을 나누고 사회에 헌신 봉사하면 위험한 일은 면하리라.

2) 년 운세 해설

지금 현재는 대단히 강한 세력으로 만인 중에 제일 놓은 사람으로 당당한 세력의 형상이지만 지금부터가 문제가 되는 것이다. 이럴 때 자칫 잘못하면 무력으로만 환경을 정화시키려는 생각이 앞서는 때인데, 절대로 힘만 믿고 모든 일을 처리하려 한다면 큰 문제가 발생할 것이니 주의할 것. 이해와 설득으로 처리하면 놀라운 발전을 가져온다.

상중급(上中給) 운세다.

2.2 태위택(兌爲澤)

1. 학문적으로 본 괘의

안에서 기뻐하고 밖에서도 기뻐하니 모두가 이구동성으로 기뻐하는 상황이다. 그러나 차분히 모여 함께 강습하는 것이 보다 현명한 일이다.

2. 년 운세 해설

외광내허(外光內虛)
재상유손(財上有損)

천강우택(天降雨澤)
우수화미(雨水和未)

선박강정(船泊江亭)
명성이취(名成利就)

1) 괘 해설
태(兌)는 즐거워하는 상태이다.
적은 것을 탐내다가 큰 것을 잃을 우려가 있는 때이다.

빛 좋은 개살구 격이니 낭비가 많을 때이며, 이성간의 갈등 문제로 신경을 써야 할 때이다. 날아가는 새 잡으려다 기어가는 새도 놓친다는 속담을 명심하고 겸손하게 성심껏 노력하면 머지않아 모든 일이 순조롭게 진행이 된다. 명성을 떨치고 크게 발전할 수 있는 좋은 기회가 온다.

손해를 보고 후에 재물을 크게 얻을 수다.

2) 년 운세 해설

현재는 모든 일이 머리도 없고 꼬리도 없는 형상이며, 거기에 이성간(異性間)의 문제로 지출이 많고 정신적으로 대단히 피곤한 상태다.

허영심을 버리고 참신한 자세로 보다 진지하게 모든 일을 처리해 간다면 비가 온 뒤의 땅이 더욱 단단히 굳어지는 것처럼 좋은 결과가 기다리고 있다.

조상님꽈 신불님께 빌고 보면 태평할 꾀.

중상급(中上給) 운세.

2.3 택화혁(澤火革)

1. 학문적으로 본 괘의

제도를 개혁하고 사회를 변화시킬 때에는 대자연의 섭리에 맞추어 밝게 고쳐야 한다.

2. 년 운세 해설

부초형화(腐草螢火)
매금매물(賣金賣物)

표변위호(豹變爲虎)
거구생신(去舊生新)

이화용금(以火榕金)
종성대기(終成大器)

1) 괘 해설

혁(革)은 바로잡는다는 뜻이다.

혁명, 혁신, 변화, 개혁할 때가 왔다. 하지 않으면 안 된다.

지금은 모두가 부패된 상태니 혁신하지 않을 수 없다. 낡은 것을 버리고 새 것으로 창조해야 하는 때다. 직장변경, 가옥수리, 이사, 사업전환 등, 왜냐하면 물과 불이 서로 대항하고 있기 때문이다.

상문이 들겠으니 초상집을 조심하고, 우환, 질병, 사고 등 액난을 조심하라.

귀신이 발동하여 조상님을 대우하고 산소에는 명당경을 읽어 주고, 집터·공장에는 안택경을 읽어주면 나쁜 액운은 사라지고 대길하리라.

2) 년 운세 해설

처음은 다각도로 신경을 많이 써야 하지만 점차로 안정되는 운이 형성된다.

계약이 되었다면 해약되는 운세이나 오히려 전화위복으로 손해가 없다.

근면하게 성실하게 사심 없이 모든 일을 처리해 나가면 결과적으로 좋은 결실이 맺어진다. 다만 머뭇거리고 있다가는 막대한 손해를 면할 길이 없게 된다.

중상급(中上給) 운세.

2.4 택뢰수(澤雷隨)

1. 학문적으로 본 괘의

즐거운 마음으로 목표달성을 위해 열심히 일한 뒤에는 그 동안의
과정을 돌이키면서 편안한 휴식을 취하라.

2. 년 운세 해설

승마추녹(乘馬隨鹿)
보수춘광(寶樹春光)

막탄초곤(莫嘆初困)
후분풍요(後分豊饒)

치산치재(治山治財)
일희일비(一喜一悲)

1) 괘 해설

수(隨)는 따른다는 뜻이다.

자기 스스로가 남을 좋아해서 따라하는 약한 마음이며 운세이다.

중년 남자가 소녀에게 반해서 따른다는 뜻도 있으므로 자기의 입

장과 분수를 지키면서 운동, 오락, 예술 등 취미 삼아 활동하며 이성간의 건전한 사귐이 손재를 보지 않으리라. 주색잡기를 조심하고 가정의 부부화합과 자손창성을 바라는 마음으로 하는 일에 시종일관하면 대성하리라.

한번 슬픈 일과 기쁜 일이 반복할 운세이니 희로애락이 상반된다.

2) 년 운세 해설

변화를 쫓아가야만 좋은 결과가 나오게 되며 아랫사람의 말을 귀담아 듣고 그 말대로 따라가면 좋은 때라 하겠다. 해가 저물면 조용히 휴식하고 어떤 일을 도모하고자 하면 역행하는 것임을 명심하기 바란다.

고향을 떠나거나 직장을 바꾸거나 변동이 생기게 되는데 그대로 따라 갈 것.

애정에 특히 좋은 때를 맞이하고 있다.

중상급(中上給) 운세다.

2.5 택풍대과(澤風大過)

1. 학문적으로 본 괘의

천도가 큰 변화를 일으키고 크게 지나쳐서 정상적이지 못한 상황
이 올 때, 홀로 있어도 두려워하지 않고 세상을 멀리 해도 번민하
지 않을 수 있는 노의 심법을 갖추라.

2. 년 운세 해설

목입수중(目入水中)
과양반해(過養反害)

한목생화(寒木生化)
본말구약(本末俱弱)

심약창파(心若滄波)
하처유의(何處有意)

1) 괘 해설

대과(大科)는 너무 지나치다는 뜻이다.

수입과 지출의 균형이 맞지 않고 밥을 많이 먹고 배탈이 난 형상

이다.

큰 나무가 홍수를 만나고 있고, 지금은 모든 일에 정도(程度)를 지나치고 있어 위기일발에 놓인 상태이다. 정말 빛 좋은 개살구 격이다.

도처에 여러 가지 일을 자기능력으로 해쳐나갈 길이 막혔다.

그러나 인내와 신념으로 이겨 나가면 귀인을 만나 회복할 수도 있다.

어찌하여야 좋을는지 답답한 운세이니 바람 부는 대로 물결치는 대로 흘러가는 부평초와 같다. 마음의 안정이 필요하다.

2) 년 운세 해설

참으로 진퇴양난(進退兩難)이다.

죽자니 청춘이요 살자니 고생이 말이 아니다.

이 모두가 욕심으로 인하여 파생된 결과이니 누구를 원망하는가? 자기가 저지른 일에 대하여 깊은 반성과 뉘우침으로 일을 풀어 나가야 하지 다른 방도라곤 없다. 이렇게 이겨나가면 마침내 태풍은 지나가고 나를 도와줄 귀인도 만나게 되리라.

중하급(中下給)의 운세.

2.6 택수곤(澤水困)

1. 학문적으로 본 괘의
국가 사회적으로나 개인적으로나 뜻이 있어도 뜻을 펼칠 수 없고,
정신적으로나 물질적으로나 지극히 곤궁할 때에는 목숨을 다하
여 뜻을 이루려는 강한 의지가 필요하다.

2. 년 운세 해설

유목난장(有木難長)
상착계지(霜着桂枝)

약비신병(若非身病)
누설정전(淚泄庭前)

인인득조(因人得助)
의외성공(意外成功)

1) 괘 해설
곤(困)은 곤궁을 의미하며, 울타리 안에 갇혀있는 나무요, 물이
없는 연못이다.

참으로 괴롭다. 되는 일이라고는 아무 것도 없으며 심신이 몹시 지쳐있는 상태다. 질병, 교통사고를 조심하고 머리가 아무리 영리하다 할지라도 지금 이 시점에서는 헤쳐나갈 힘이 없다.

하늘이 당신을 불신임하고 있는 것이 아닐까?

그러나 하늘이 무너져도 솟아날 구멍이 생긴다.

신령님을 모시는 신의 제자가 될 팔자라고 한다.

2) 년 운세 해설

가도가도 끝이 없는 사막이요, 불이 꺼진 항구다.바퀴 없는 자동차다.

한 치의 앞도 분간하기 어렵도록 앞에는 나루 없는 깊은 강물이요, 뒤에는 첩첩절벽이로다. 호랑이에게 열두 번 물려도 정신만 차리면 산다는 말이 있지 않은가? 지성이면 감천이다. 결국은 구원의 손길을 붙잡게 될 것이다. 이럴 때 종교가 필요하여 산신님께 애원하니 구사일생 살려주도다.

하하급(下下給) 운세다.

2.7 택산함(澤山咸)

1. 학문적으로 본 괘의

연못과 산이 아무 사사로움이 없이 기운을 통하여 천기와 지기를 교류하듯이 남녀관계를 비롯한 인간의 사회적 관계에서도 마음을 비우고 서로의 기운을 교감하여 뜻을 통하다.

2. 년 운세 해설

산택통기(山澤通氣)
지성감천(至誠感天)

음양상감(陰陽相感)
필유희경(必有喜慶)

천리타향(千里他鄕)
귀인조아(貴人助我)

1) 괘 해설

함(咸)은 느낀다, 또는 감동된다는 뜻이다.
마음과 마음이 서로 통하므로 젊은 여자와 젊은 남자가 서로 불꽃을 튀기는 애정이 통하는 이성간의 화합이다.

이럴 때 약혼, 결혼, 입학, 취직, 승진은 이루어지고 귀인을 만나 모든 일이 순조롭게 이루어지니 청풍명월이라 하겠다.

어떤 일에 민감하고 신속하게 상대방의 호기심을 사고 있어 협력을 얻어 지금 만일 시작하는 일이 있다면 머지않아 놀라운 발전을 가져오게 될 것이다.

2) 년 운세 해설

산 위에 연못이 있으니 신선의 경지로다.

오직 한 마음으로 정성을 다해가니 귀인의 도움을 받게 된다.

이런 때일수록 대인관계에 신경을 쓰면 되로 주고 말로 받게 되리라.

자손궁에도 길사가 있게 되고, 애정을 불태우는 운이며, 금전에 지출이 너무 많이 붙는다.

또 애정에 불이 붙어 있는 운이다.

상중급(上中給) 운세다.

2.8 택지췌(澤地萃)

1. 학문적으로 본 괘의
큰 일을 도모하기 위해 많은 사람들을 모이게 할 때에는 지극한 진심으로, 순하고 기쁜 마음으로 따르게 하되, 미처 생각하지 못하는 위험을 대비하여 만반의 준비를 하라.

2. 년 운세 해설

리등용문(鯉登龍門)

풍취절목(風吹折木)

지능축수(地能畜水)

물집번창(物集繁昌)

정전보수(庭前寶樹)

화락결실(花落結實)

1) 괘 해설
췌(萃)는 모인다는 뜻이다.
연못의 물이 땅 위에 있고 잉어가 용문에 도달한다.

연못의 물이 모여서 초목이 무성하고 사람이 모여서 힘을 합하는 상태로 현재의 번영은 하늘이나 조상의 덕택이다. 전생의 공덕으로 인한 결실인 것이다.

동업(합자회사), 승진, 승급, 영전, 시험합격, 선거당선 등 매우 좋은 운세다.

공든 탑이 무너지랴? 지성이면 감천이라는 말과 같이 신의 축복을 많이 받아 성공을 얻는다.

2) 년 운세 해설

바쁘게 움직이며 활기가 일어나고 있다.

자기의 기량을 마음껏 발휘할 수 있는 때를 만나고 있다. 뜻을 같이할 수 있는 동지를 모으고 협력자를 얻게 되며 사업도 번창하여 출납이 활발해지며 선망의 대상이 되는 운세다. 이런 때일수록 성실한 자세와 겸손한 태도로 사람들을 포용해야 한다. 돈에 무리한 계획은 세우지 말 것.

상상급(上上給) 운세다.

3.1 화천대유(火天大有)

1. 학문적으로 본 괘의
태양이 하늘 위로 솟아 천하를 비추듯이 악함을 막고 선함을 드날려 하늘의 아름다운 명을 따르라.

2. 년 운세 해설

일여중천(日麗中天)
조등청운(早登靑雲)

치가유재(治家有財)
가관진록(加官進祿)

공명정대(公明正大)
금상첨화(錦上添花)

1) 괘 해설
대유(大有)는 한낮의 중천에 떠있는 태양을 뜻한다.
풍년을 의미하며 창고에 곡식이 가득 들어있는 상태다.
세력이 너무도 당당한 기상이다. 모든 것이 내 편이며 동서사방에 거리낌이 없이 공명정대한 덕으로 일을 처리해 나가면 명예도 있고 발전도 하리라. 처음에는 다소 불평불만하는 사람이 있을 지라도 차차 복종해 오고 순종해 오니 수신제가 치국평천하라 할 수 있다.

모든 일이 순조롭게 이루어지는 괘니 옳은 일에 분투노력하면 성공하는 때다. 가히 누군들 칭찬하지 않겠는가? 존경을 받을 수다.

2) 년 운세 해설

지금 대단히 좋은 때를 만나고 있다.

물질적인 면에서도 좋거니와 정신적인 면에서 더욱 좋은 때인데, 직장의 승진, 영전, 취직, 입학 등 명예에 관해서 크게 발전의 운이 열리고 있다.

세부적인 것은 주위 사람에게 맡기고 핵심적인 일만 처리하면 갈수록 좋은 경관이 열린다.

남자라면 내조의 현모양처를 만나게 된다.

상하급(上下給) 운세다.

3.2 화택규(火澤暌)

1. 학문적으로 본 괘의

모든 만물은 태극에서 나와 하나이지만, 현실의 세상사는 이해 관계나 가치관에 따라 서로 다르다. 어긋나 있는 상황을 풀어가는 지혜로 같게 할 것은 같게 하고 다르게 할 것은 다르게 하는 것이다.

2. 년 운세 해설

맹호함정(猛虎陷井)
일성대경(一聲大驚)

가성난동(家聲亂動)
부부상쟁(夫婦相爭)

수화상연(水火相緣)
수심여진(愁心如塵)

1) 괘 해설
규(暌)란 배반, 반목된다는 뜻이다.

며느리와 시어머니, 즉 두 여인이 동거하면서도 뜻이 서로 다르다. 남성과 여성은 서로 다르지만 애정이 통할 수 있듯이 반목은 되면서도 무엇인가 이루어나가게 된다. 즉 부부는 서로 의견충돌이 되어 부부이별이 오고 가정은 불화 상태이다.

집안 식구들은 각자 자기의 의견이 옳다하고 주장하며 조상이 발동하여 환자가 발생하지 않으면 재수가 없다.

말과 행동에 특히 조심하지 않으면 패가망신하고 관재구설이 올 수다.

2) 년 운세 해설

평소에 너그럽게 대해주던 주위 사람들도 공연히 시비가 생기며 서로간의 대화가 통하지 않으며 불화와 분쟁이 일어나고 있다. 이럴 때 자칫 잘못하면 모든 것이 끝장이 나는 위태로운 상태다. 남자가 여자를 교제하면 결국 큰 손해를 본다. 주의할 것. 이런 때일수록 인내심으로 이겨가라. 자연의 섭리는 반드시 기회를 주실 것이다.

하하급(下下給)의 운세다.

3.3 이위화(離爲火)

1. 학문적으로 본 괘의

태양과 같이 밝은 지혜로 재앙을 극복하고, 밝음을 이어 사방을 비추어 천하백성을 구제하라.

2.년 운세 해설

동분서주(東奔西走)
다번다고(多煩多苦)

대붕등천(大鵬登天)
비조입망(飛鳥入輞)

금옥욕산(金玉欲散)
우생지엽(優生枝葉)

1) 괘 해설

이(離)는 불, 즉 태양이며 밝음의 뜻이다.

지혜스럽고 현량한 사람이라고 할 수 있다. 정열적이고 예의가 바르며 급성급패의 운세이다. 자기를 앞세움이 없이 대세의 흐름에 따라 순응해 가는 것이 무엇보다도 중요하다.

옥황상제님의 칠선녀 팔선녀들의 도움이 있고, 천하장군, 지하장군의 신통력으로 신의 조화가 무궁무진하여 말문과 글문으로 변호사, 법관, 교육자와 같은 직업에는 명예가 있으리라.

남을 위해 헌신 봉사하고 지도자가 되는 우두머리의 운명이다.

2) 년 운세 해설

다른 사람을 위하여 봉사해 주고 은덕을 베풀어주는 일에 종사하면 만인의 존경을 받게 된다.

마음이 동요하고 안정감을 찾지 못하는 약점을 안고 있다.

모든 일을 열정적으로 하는데 쉽게 변질이 있어 굳은 마음을 길러 나가야만 하는 때다. 상당히 바쁜 때가 된 것이다. 과대한 욕심을 내면 반파(反破)되어 고배를 마시게 된다.

상상급(上上給)의 운세다.

3.4 화뢰서합(火雷噬嗑)

1. 학문적으로 본 괘의

하늘에는 하늘의 법칙이 있고 지상에는 지상의 법칙이 있으니, 악함에 대한 징벌을 밝히고 사회의 올바른 법칙을 세워라.

2.년 운세 해설

이하유물(以下有物)
선곤후태(先困後泰)

여인모사(輿人謀事)
일진일퇴(一進一退)

진보불퇴(進步不退)
백사개의(百事皆宜)

1) 괘 해설

서합(噬嗑)은 꽉 문다, 씹는다는 뜻이다.

방해물을 씹어 없애 버리고 주위 환경을 깨끗하게 정리하면 좋다.

왕성한 활동력을 상징하고 있으며, 여러 가지 일들을 벌려 놓고 끝을 맺지 못하는 우려가 있으니 철저히 결단을 내리어 처리하라.

딱딱한 것을 씹자면 절대로 조급한 생각을 가지면 안 되듯이 지금은 다소 걱정이 되고 힘이 들지만 밀고 나가면 자연히 소통이 되리라.

처음에는 힘이 들고 나중에는 뜻이 이루어진다.

남을 위해 헌신 봉사하고 지도자 격이 되는 우두머리의 운명이다.

2) 년 운세 해설

지금 상태는 약간 고통스럽지만 끈기로 밀고 나가면 끝에는 뜻이 이루어진다.

사람과 더불어 어떤 일을 계획하되 장래에 상당한 결심이 예상된다.

명예보다는 사업에 상당한 진전이 있게 되며, 약간의 구설수도 있으니 남의 일에 지나치게 간섭을 하지 말라.

부부와 자손 간에 대화를 나누면 길하다.

상상급(上上給) 운세다.

3.5 화풍정(火風鼎)

1. 학문적으로 본 괘의

새로운 시대에 명을 베풀어 새로운 사회적 기틀을 만들어가는 데 는 각자의 자리와 역할을 바르게 하고 맡은 바 임무를 충실히 해 야 한다.

2. 연 운세 해설

조화부정(調和釜鼎)
거구생신(去舊生新)

총명방원(聰明方圜)
풍채유광(風彩有光)

정지수신(鼎地受身)
횡재양배(橫材良配)

1) 괘 해설

정(鼎)은 세 발 달린 무쇠솥을 뜻한다.

크게 뻗어 발전한다는 뜻을 나타내고 세 발은 안전함을 말함이다.

협력자와 배우자가 나타난다는 가화만사성의 뜻과도 같다.

솥은 먹을 것을 완숙시킨다는 식복의 원천이다.

모든 일을 처리해 나가는데 항상 중심적인 인물이 되고 선망의 대상이 되어 지도자의 위치로 군림할 수 있다.

재물이 문전에 들어오니 하는 일이 안정성이 있고, 횡재수가 있으리라. 안정된 운세라고 본다.

2) 년 운세 해설

지금은 그 어느때 보다도 서로의 협력관계를 돈독히 하고 이제까지의 형태를 쇄신하여 내부 혁신을 단행해야 하는 때.

전체적인 면이 아니라 어디까지나 내부 정비를 단행하여야 하며, 무슨 일이나 혼자 해서는 안 된다.

다른 사람의 힘을 빌려야만 이익이 도모되는 때다.

취급품의 변경, 거래처의 변동 등 방향전환을 암시받고 있다.

개혁, 개척, 변동의 운세도 있다.

상하급(上下給) 운세다.

3.6 화수미제(火水未濟)

1. 학문적으로 본 괘의

모든 것이 제자리를 잃어 정돈되지 않은 상황에서는 냉정하게 상황을 잘 판단하여 올바른 처신을 하도록 하라.

2. 년 운세 해설

천리도강(千里渡江)
일모내하(日暮奈何)

갈마득수(渴馬得水)
우중희생(憂中喜生)

화수상교(火水相交)
점차향길(漸次向吉)

1) 괘 해설

미제(未濟)는 물 위에 불이 있는, 몹시 고통스러운 쾌상이다.
해야 할 일들이 밀어 닥치고 또 지금은 덜 익은 쓸쓸한 과일 맛이다.

그러나 끈기와 인내를 가지고 차근차근 처리해 나가면 어려움은 사라지고, 영광의 결실을 얻게 될 것이다.

금전관계, 인간관계, 사업관계, 직장관계 등 일체가 뜻대로 되지 않고 고통을 안겨주고 있지만 마침내 끈기로 이겨온 보람을 찾게 될 것이다.

신장과 시력을 조심하고, 불조심과 물조심을 할 때이다.

화가 나는 일이 있더라도 신경질을 내지말고 선배의 지도를 받을 때다.

2) 년 운세 해설

천리나 되는 먼 길을 배를 타고 가야 하는데 벌써 날이 저물었으니 언제나 건너갈 것인가?

처음에는 망망한 대해에서 조각배를 띄우고 천신만고의 고통을 무릅쓰지 않으면 안 되는 운이나, 고진감래(苦盡甘來)라고 마침내 좋은 결실을 맺게 되어 대망의 설계도를 꾸며나가게 된다. 이런 때는 절대로 조급한 생각을 갖지 말아야 할 것이다.

하하급(下下給) 운세다.

3.7 화산려(火山旅)

1. 학문적으로 본 괘의

인간사회에서 상호간의 의견 차이나 대립, 그리고 사소한 범죄는 불가피할 경우가 있다. 때문에 죄인에 대한 형벌이나 상대방에 대한 원망은 밝은 지혜로 삼가, 신중해야 한다.

2. 년 운세 해설

일경서산(日傾西山)
평지풍파(平地風波)

파소란위(破巢卵危)
인인수해(人因受害)

분주사방(奔走四方)
노이무공(勞而無功)

1) 괘 해설
여(旅), 고독한 나그네의 뜻이다.
산기슭으로 해가 지면 나그네는 숙소를 구해야 하는 때다.

불안하고 고통스럽다. 지금까지 좋은 운이 가고 태산을 넘어야 하는 고통이 앞을 가로막는다. 특히 금전의 소통이 원활하지 않고 집안에는 시끌덤벙하게 소란하기만 하다.

학문연구나 외국유학, 여행을 목적으로 했을 때에는 좋은 기회이다. 그러나 지금 입장에서는 변동수가 있으니 바꾸어 주는 것이 현명하리라.

나를 인정해 주는 사람이 없고 홀로 독행할 때다.

2) 년 운세 해설

머리는 있으나 꼬리가 없다. 될 듯 될 듯 한 일도 결국은 허사로 돌아가고 만다. 부부사이에 의견충돌이 생겨 이혼수가 있고, 여자 홀로 쓸쓸히 가야할 운명의 길이다.

백약이 무효한 때다. 오직 방법이 있다면 인내와 끈기와 느긋한 마음을 길러가면서 볕들 날만을 기다리며 최선을 다하는 길밖에 없는 때다. 덕을 닦고 신불님께 빌고 빌면 병고액난은 사라지리라.

하하급(下下給) 운세다.

3.8 화지진(火地晋)

1. 학문적으로 본 괘의

땅 위로 태양이 솟아오르듯이, 일이 잘 풀려 나갈 때일수록 스스
로의 밝은 덕을 더욱 잘 밝혀라.

2. 년 운세 해설

욱일승천(旭日昇天)

정조만리(正照萬里)

길성조임(吉星照臨)

화개도문(華蓋到門)

상생상합(相生相合)

명진사해(名振四海)

1) 괘 해설

진(晋)은 나아간다는 뜻이다.

땅에서 태양이 솟아오르는 상태다. 희망의 아침이다.

또 용맹스러운 장군이 그 기세도 당당하게 깃발을 나부끼며 출전

하는 형상으로 이제까지의 모든 고통은 씻겨 나가게 된다.

따라서 모든 일을 너무 서두를 필요는 없다. 모든 일을 침착하게 자신을 가지고 차근차근 해 나가면 대망의 결실을 얻게 된다.

신규사업이나 혁신개척하여 시작하는 운세라 볼 수 있고, 허리병 등 신경통을 조심할 때이다.

2) 연 운세 해설

고생 끝에 낙이란 말을 이런 때 쓰는 것 같다.

직장인은 영전이나 승진이 되고, 사업가는 확장, 성업의 좋은 기회를 만나고 있으며, 이성간에는 아기자기한 불꽃이 튀기는 때다.

불평불만이 있는 사람끼리는 화목하게 되고, 떨어진 사람과는 다시 만나게 되며, 주위 사람들이 모두 순응해 오고 있는 때다. 기대할 만하다. 만사대길운.

상하급(上下給) 운세다.

4.1 뢰천대장(雷天大壯)

1. 학문적으로 본 괘의

앞길에 막힘이 없어 아무리 승승장구하게 나갈지라도 항상 예가
아니면 행하지 마라.

2. 년 운세 해설

맹호생각(猛虎生角)
금의야행(錦衣夜行)

재변위복(災變爲福)
전정필달(前程必達)

자등고문(自登高門)
인개앙시(人皆仰視)

1) 괘 해설

대장(大壯)은 싸움의 헛됨의 뜻이다.

우레 소리만 있고 비가 오지 않아 실속이 허약한 상태이다.

겉으로 보기에는 대단한 것 같지만 속이 비어있으니 실속을 채워

나가야 할 때이다. 소문난 잔치에 먹을 것이 없다는 격으로 여러 가지로 일들을 벌려 놓지 말고 한가지 직업의 전문가가 되어 보다 나은 수입이 있으면 좋겠다.

기술을 가지고 하는 일이라면 더욱 좋겠고, 능력은 인정을 받으니 말보다 행동으로 실천을 하면 대성하리라.

2) 년 운세 해설

모든 일이 될 듯 될 듯 하면서도 결말이 잘 맺어지지 않으며, 어떤 일을 새로 찾으려 하지 말고 하던 일을 잘 정비하여 끌고 나가야 하는 때다. 사나운 호랑이에 뿔이 나있는 것과 같이 그 세력이 강하면서 주위가 좀 시끄럽게 얽혀있는 상태라 할 수 있다. 겸손한 자세로 주위를 잘 살펴나갈 때는 좋은 결실이 온다.

전복(顚覆), 충돌, 시비 등에 주의할 것.

중상급(中上給) 운세다.

4.2 뇌택귀매(雷澤歸妹)

1. 학문적으로 본 괘의
만상이 변화하여 무상한 현실세계에서 살고 있으면서도, 인간은 진정한 영원성을 추구하기보다는 현실 세계의 영원함을 추구하는 오류를 범하고 있다. 이러한 모든 상황에 직면하여 대처해 나가는 군자가 되어야 한다.

2. 년 운세 해설

재가심란(在家心亂)
출외무익(出外無益)

매사다마(每事多魔)
택불안정(宅不安靜)

소녀추남(少女追男)
갱답호미(更踏虎尾)

1) 괘 해설
귀매(歸妹)는 올바르지 못한 연애를 뜻한다.

젊은 여자가 나이가 많은 남자에게 접근하고 있는 형상이다.

여기에서 말하는 여자는 색정에 강한 첩을 가리킴이요, 여자에서 본다면 정부와 열애 중이다. 중도에 파탄을 어떻게 모면할 것인가. 주색잡기를 조심하고 금전소비 수를 막을 일이며, 하고 있는 일에는 깊이 판단하고 진단하여 재정비하는 때다. 몽롱한 생각 속에 현재는 발전이 없고 건강은 나빠지니 과거를 버리고 새 출발할 때이다. 신규사업도 기회가 왔으니 시작하면 좋겠다.

2) 년 운세 해설

이성간(異性間)의 문제가 깊이 무르익고 있다.

불의의 재난을 조심해야 하고 장애물이 일어날 우려를 안고 있다. 집에 있으면 답답하다. 특히 금전의 유통이 제대로 안 되고 구설수도 뒤따르는 때니 은인자중하고 인내해 나가는 길밖에는 없다. 재난과 사고는 모두 원인에 의해서 생기는 것임을 명심할 것.

하중급(下中給) 운세다.

4.3 뢰화풍(雷火豊)

1. 학문적으로 본 괘의

안으로는 공경하는 마음과 밖으로는 의로움이 겸비될 때 진정한 덕으로 세상을 교화할 수 있다. 국가를 유지하고 사회의 원만한 실서를 위해서는 때로는 엄격한 징벌이 필요하다.

2. 년 운세 해설

일여중천(日麗中天)
배암향명(背暗向明)

청운득의(靑雲得意)
요대인수(腰帶印綬)

농업익성(農業益盛)
부귀쌍전(富貴雙全)

1) 괘 해설

풍(豊)은 충족 속의 슬픔, 즉 성대하고 풍족한 것을 말하며, 발전의 극치점을 말한다. 천둥소리와 번개불이 함께 일어나고 있는 상태이다. 해가 중천에 솟아 있으니 점점 서산으로 기울게 될 것이요, 특히 점점 쇠퇴하여 진다는 운세이니 특히 이럴 때에는 공명정대하게 해야 하며 경거망동해서는 안 된다. 모든 사업은 벌여놓지 말고 정리를 할 것이며, 땅이나 집을 마련해 놓고 금전은 은행거래를 하는 것이 좋다. 새로운 사업이나 투자는 손해를 볼 수 있으니 지금 하고 있는 사업 그대로가 좋다.

2) 년 운세 해설

지금 당신의 상태를 유지, 지탱할 수 있도록 최선을 다해야 하는 때이다. 신규나 확장은 절대 금물이다.

겸손을 잃지 말고 인내를 망각하지 말며 내부를 더욱 안전하게 다져나갈 때이다. 모든 일을 철저히 끝을 맺어 놓을 것. 충돌을 피하고 스스로가 할 일을 하며 꺼진 불도 다시 보자는 구호를 잊지 말아라. 불의의 사고를 조심해야 할 때이다.

상중급(上中給) 운세다.

4.4 진위뢰(震爲雷)

1. 학문적으로 본 괘의

인생의 의미를 바로 알고 천명을 굳게 응집하여 천지의 급격한 변화에도 공경하는 마음으로 근신하고 스스로를 돌이켜 반성하며 수양하라.

2. 년 운세 해설

뇌동백리(雷動百里)
유성무형(有聲無形)

시위노력(時違勞力)
작사불리(作事不利)

이양사음(二陽四陰)
처첩중로(妻妾重累)

1) 괘 해설

뇌(雷)란 천둥소리라는 뜻이다. 패기도 만만하다.
박력과 용기가 백배한 상태다. 두 마리의 용이 한 개의 구슬을 놓고 다투고 있는 형상이다. 쉽사리 결말이 나오지 않으며 소리는 있어도 형체가 없으니 실속이 없는 문제가 되는 것이다.

이럴 때에는 모든 일에서 방대한 계획만을 앞서게 되며, 너무나 큰 야심만을 갖게 되는 때다. 큰 소리만 치지 말고 실속을 차려서 자기 일에 충실하면 대성하는 때다. 관제구설을 조심하고 교통사고를 조심하라.

2) 년 운세 해설

어떤 일을 독점적으로 이익을 바라지만 분수에 어긋나는 욕망의 결과로 상대방에 오히려 빼앗기고 말게 되며, 특히 지금은 자신의 자신감에 사로잡히기 쉬운 때이므로 겸손하게 모든 일을 처리해 나가면 남들이 부러워하는 결실을 얻게 된다. 또 두 가지 업을 경영하고자 하는 시기이니 절대로 벌려서는 안 되는 운세다. 재물의 운은 한계가 있는 법이다. 근면할 수다.

상중급(上中給) 운세다.

4.5 뢰풍항(雷風恒)

1. 학문적으로 본 괘의

사랑은 서로가 만들어나가야 할 책임이다. 신중하게 목표를 설정하고 목표를 세웠으면 함부로 바꾸지 말고 뜻을 이뤄라.

2. 년 운세 해설

일월항명(日月恒明)
사시불실(四時不失)

항심수도(恒心修道)
미래풍요(未來豊饒)

차격언지(此格言之)
치산점부(治産漸富)

1) 괘 해설

항(恒)은 오래간다는 뜻이다.

변함없는 생활을 의미하며 여자는 순종하고 남편은 열심히 일하는 형상이다. 그대로의 상태를 잘 지켜야만 자연의 도(道)를 어긋나지 않게 하는 것이다. 새로운 것을 찾는 것은 맞지 않은 때다.
가정에서나 사업에서나 직장에서 평탄하게 오래오래 지속할 수
있는 운세야 말로 얼마나 좋을까? 지금에 생활을 만족히 여기고
행복하게 생각하며 그대로 매사를 신령님께 고맙게 생각하라. 많
은 축복을 받을 수 있는 운세이다.

2) 년 운세 해설

간혹 새로운 것을 찾고자 하는 경향이 있으나 이런 마음은 즉시
돌리기 바란다. 또 모든 일을 급하게 이루고자 하는 마음도 갖지
말아야 하는 때다. 물건은 새 것이 좋고 사람은 옛정이 좋다는 말
을 명심할 것.

다소 지루한 생각을 가질 수 있는 시기이나 만일 그런 생각을 한
다면 큰 손실이 오게 된다. 이사, 직장, 사업, 거래처 등 변동수가
없으면 대길하다.

상중급(上中給) 운세다.

4.6 뢰수해(雷水解)

1. 학문적으로 본 괘의

천지가 막혔다가 풀리면 우레와 비를 베풀어 만물을 회생하듯이 어려운 상황이 풀리게 되면 그 동안의 허물을 용서하고 죄를 너그럽게 다스리라.

2. 년 운세 해설

천문고개(天門高開)
권위필휘(權威必輝)

우산희생(憂散喜生)
운개만리(雲開萬里)

춘뢰행우(春雷行雨)
등과고문(登科高門)

1) 괘 해설

해(解)는 눈이 녹는다, 풀린다는 뜻이다.

곤란한 것을 이겨나가면서 기어이 극복하여 괴로움을 벗어나는 때며, 우레가 치고 비가 쏟아지는 형상이다. 겨울이 지나고 봄을 맞이하는 때이다.

어려운 시기가 지나가고 좋은 기회를 만나고 있는 때이다. 꿈을 버리면 기회를 잃을 수도 있다. 만일 옥중에서 이 꾀를 얻었다면? 반드시 풀려나오게 된다. 액운은 사라지고 길운이 오고 있다는 것을 명심하고 지금부터 시작하는 일이라면 만사대길 하리라.

2) 년 운세 해설

참으로 오랫동안 고난을 벗어다 해빙기를 맞이하게 된 것이며, 새로운 활기를 찾게 되는 시기이다.

단, 계약했다면 해약될 우려가 크며, 약혼을 했다면 빨리 서둘러 결혼하지 않으면 파혼의 우려가 크다.

오랫동안 대화가 막혔던 사람끼리는 대화가 열리게 되며 국제간의 무역의 통로 및 국제교역이 이루어져 나가는 때를 맞이하게 된다.

상중급(上中給) 운세다.

4.7 뇌산소과(雷山小過)

1. 학문적으로 본 괘의

중부의 마음으로 처신하면 모든 일을 잘 이룰 수 있다. 그러나 때로는 조금 지나친 듯해야 할 상황도 있다. 공손함과 절약과 불우한 자에 대한 도움이 그것이다.

2. 년 운세 해설

뇌동산명(雷動山鳴)
병고년심(病苦年深)

약비신상(若非身上)
흉재슬하(兇在膝下)

오귀만림(五鬼滿林)
사사난성(事事難成)

1) 괘 해설
소과(小過)는 저자세의 뜻이다.
작은 새가 높은 태산을 넘는 형상이며, 산 위에 천둥이 치고있는 상태이다.

소인배들이 판을 치는 형상이며, 분열과 내란도 일어나기 쉬울 때이다.

이러한 때는 너무 무리하게 일을 처리해서는 안 되며, 항상 아래를 내려다보고 순박한 마음으로 살아가야만 화를 면할 수 있다.

작은 재물은 얻을 수 있으나 큰 재물은 얻기 어려우니 분수에 알맞게 계획하라. 주변에서 시기 질투하고 얕보는 사람이 있다 할지라도 인내로 참아 자기 일에 충실하면 성공하리라.

2) 년 운세 해설

어떠한 경우를 막론하고 작게 가늘게 아주 소극적인 자세로 모든 일을 처리해 나가면 그런대로 위기를 면할 수 있으나 조금만 무리를 해도 크게 손해를 보고 하는 일이 안 된다.

비굴할 정도로 저자세로 모든 일을 처리해 나가야 한다. 지금의 후퇴는 내일의 공력을 위한 힘을 길러내는 것이다. 현상유지에 감사하고 만족할 것이며, 대규모적으로는 절대 손재수가 있으니 명심할 것.

하하급(下下給) 운세다.

4.8 뢰지예(雷地豫)

1. 학문적으로 본 괘의

인생을 겸손하게 살면서도 예약을 즐기고 덕을 숭상하면서 하느님과 조상에 대한 경배를 잊지 말라.

2. 년 운세 해설

만물시생(萬物始生)

행지순시(行止順時)

적수성가(赤手成家)

광치전답(廣置田畓)

사도신신(事到新新)

일가화평(一家和平)

1) 괘 해설

예(豫)는 즐거움, 게으,름 미리라는 뜻이다.

환락에 빠지면 태만에서 나오는 원인이 되므로 미리 경계하지 않으면 안 된다는 뜻이다. 그러므로 천지가 시동하는 기운이며 순조롭게 진행이 되는 형세다. 모든 것을 지혜롭게 대비해 가기만 하면 순풍에 돛을 단 배와 같다.

조상님께 불공을 드리고 도를 닦아 신령님의 무한한 축복을 받고 있다. 가화만사성이라 하였으니 집안에 재수가 있고, 부귀영화와 슬하 자녀 창성하리라. 득남운세, 약혼·결혼 운세, 신규사업, 관록 운세 등 운맞이 하면 대길.

2) 년 운세 해설

가정적으로는 생남의 기쁨을 안게 되며, 사업분야에서는 확장과 발전할 수 있는 좋은 때를 만나고 있다. 그렇다고 투기를 계획하는 것은 불리하다. 또 교만이나 과욕이나 방심은 역시 불행의 씨를 심는 것과 다름없다.

이 점을 특히 명심할 것. 자칫 잘못하면 태만, 방심하여 주색에 빠질 염려가 큰 시기이다. 돈이 있다고 자랑 말고 사치와 허영에 낭비하지 말라.

상중급(上中給) 운세다.

5.1 풍천소축(風天小畜)

1. 학문적으로 본 괘의
문명과 문화를 아름답게 하고 덕을 길러라.

2. 년 운세 해설

암운불통(暗雲不通)
우시감우(優時甘雨)

가산풍파(家産風波)
운중명월(雲中明月)

상호불화(相互不和)
재산매토(財産賣土)

1) 괘 해설
소축(小畜)은 머물게 한다, 저축한다는 뜻이다.

적은 힘(여자)이 큰 힘(남자)을 머물게 하는 의미로 매우 힘이 드는 상태며, 구름이 하늘에 잔뜩 낀 상태다. 결코 조급하게 굴어서는 안 되는 때이다. 바라는 비는 아직 오지 않고 있다. 큰 뜻이 방해를 입어 침체되어 있는 상태이다. 오직 묵묵히 안내하여 나가면 천지신령님인들 어찌 도와주시지 않겠는가. 고진감래라는 말과 같이 가뭄 끝에 단비는 내릴 것이다.

자기 맡은 바 자리를 지키면서 열심히 일을 한다면 성공하리라.

2) 년 운세 해설

지금은 어두운 구름이 하늘을 가리고 있어 비가 올 듯 하면서 오지 않고 있으니 한편 마음이 우울하면서 조급한 마음도 갖게 되는 때다. 마치 사막에서 오아시스를 찾는 상태와도 같다. 적은 수입을 현명하게 쪼개어 써야 하는 때다. 또 부부관계가 역조현상을 일으켜 여자의 마음대로 하려고 하는 때다. 미혼인 사람은 친구와의 관계를 조심할 것.

하중급(下中級) 운세다.

5.2 풍택중부(風澤中孚)

1. 학문적으로 본 괘의

어떠한 상황에서도 중정하게 돈독한 마음을 지녀야 한다. 올바르고 중정한 군자(정치인)라면 돈독한 마음으로 사회에 해악을 끼치는 자라노 용서하고 덕으로 교화할 수 있는 덕행을 해야 된다.

2. 년 운세 해설

학명자화(鶴鳴子和)
사유정기(事有定期)

길성조명(吉星照命)
귀인래조(貴人來助)

차격론지(此格論之)
계립봉중(鷄立鳳中)

1) 괘 해설

중부(中孚)는 지성이면 감천이다.

마음에 성실함이 넘쳐 있으며 어미새가 알을 품고 있는 형상이다.

윗사람의 성의 있는 마음이 아랫사람을 감응하게 하여 즐겁게 따른다. 공동사업을 모색하면 대단히 좋은 시기이며, 남녀가 결합하는 약혼, 결혼, 부부화합이 되어가는 운세다. 집안에서는 조상님께 제사를 지내고 신령의 제자는 신령님에게 대우하고 나라에서는 국태민안을 기원하는 천신제를 올리는 때이다.

뜻이 있는 곳에 길이 있다. 하늘에서는 감동 감응하사 도와주실 것이다.

2) 년 운세 해설

돈어(豚魚)란 돌고래를 말한다. 돌고래는 바람에 대단히 민감하여 그 방향을 향해 입을 벌리기 때문에 뱃사람들이 바람의 유무, 바람의 방향을 돌고래를 보고 알 듯 상호간에 민감한 감촉으로 협력할 수 있는 시기이다. 여기에 허세가 끼거나 방심이 있어서는 무서운 반파(反破)가 도사리고 있는 때다. 남녀의 결합에 대단히 좋은 시기이기도 하다. 또 공동사업을 도모하는 때다.

중상급(中上給) 운세다.

5.3 풍화가인(風火家人)

1. 학문적으로 본 괘의

직장에서나 가정에서나 원만한 조화를 이루기 위해서는 저마다
의 본분을 지키고 맡은 바 역할을 충실히 수행하여야 한다.

2. 년 운세 해설

입해구주(入海求珠)
개화결실(開花結實)

일가쟁춘(日家爭春)
전정유경(全程有慶)

대저차명(大抵此名)
재성최길(財星最吉)

1) 괘 해설

가인(家人)은 집안의 사람, 특히 집안의 주부를 가리키는 뜻이다.
집안의 어머니와 며느리, 시누이와 올케가 서로 의견이 잘 통한다
는 뜻이다. 가정은 여자들의 인정과 사랑에 화목이 좌우된다. 지

금은 수신재가 이외의 것에는 눈을 돌려선 안 되는 때이다. 너무 평온한 곳에 권태를 느껴 무엇인가를 해보고 싶어 하는 충동도 일어나는 때이다.

그러나 자중해야 한다. 지금 이상으로 돈을 더 벌겠다고 욕심을 낼 때에는 손재수가 따르는 운세이다. 탈선할 식구가 생기기 쉬우니 슬하 자손을 잘 지도하고, 부부는 사랑으로 베풀면 행복한 가정이 될 수 있다.

2) 년 운세 해설

무언가 새로운 것을 해보고 싶은 충동에 휘말리지 말 것. 내부를 더욱더 튼튼히 다져 나가야만 많은 발전이 뒤따르게 된다. 공연히 재앙을 불러들이지 말고 구설과 신액을 조심하며, 외부 일에는 크게 신경을 쓰지 않는 게 좋다. 또 부부나 친구나 선배에게 상의하여 하는 일은 모두 잘 되겠으니 침착하시라. 잔잔한 호수에 돌을 던져 무엇을 할 것인가, 그대로가 좋다는 말이다.

중중급(中中給) 운세다.

5.4 풍뢰익(風雷益)

1. 학문적으로 본 괘의

복지정책이 잘 이루어져 사회가 안정될수록 제도나 정책을 올바르게 바꾸려는 노력이 지속되어야 하고, 인간도 평온한 삶을 계속 유지하기 위해서는 잘못을 고치고 실천해 나가야 한다.

2. 년 운세 해설

굴문천리(闕文千里)
어구신득(魚求辛得)

쇄문가장(鎖門家藏)
수심불해(愁心不解)

형문갱류(刑門更留)
종필광명(終必光明)

1) 괘 해설

익(益)은 우레와 질풍 위를 덜고 아래를 보태는 형상이다.

움직임을 나타낸다. 적극적인 자세로 곤란을 극복하고 널리 사회적 이익을 도모하는 사람은 크게 빛나는 결실을 맺게 되는 때이다. 남을 위해서 일하는 것은 결국 자기에게 더 많은 것이 돌아오게 되는 것이다. 직장이라면 승진, 영전, 발전되고 자기사업을 하는 사람이라면 재수가 대통하고 일반 여자의 입장에서 볼 때 협조자를 얻게 될 것이다. 종교인으로서는 신도가 늘어나고, 조상천도를 많이 하는 헌신봉사하는 운세다. 재수가 있고 수입이 많은 운세이다.

2) 년 운세 해설

가을이 된 것이다. 그러나 지금 당장 열매를 걷을 수 있는 단계는 아니다. 앞으로 수확하는 풍년가 소리가 지금 귀에 들려오는 것만 같은 기분이다. 결실의 수확을 위한 마무리 노력이 필요한 때다. 그러므로 지금의 고통은 달게 받아야 한다. 미혼자에게는 좋은 배필을 만나는 때다. 매사에 준비작업을 해야 하는 때다.

중상급(中上給) 운세다.

5.5 손위풍(巽爲風)

1. 학문적으로 본 괘의

약한 바람이라도 거듭하여 계속 불게 되면 천하 만물을 움직이게 된다. 겸손하고 겸손한 자세로 명을 펴서 일을 행하라.

2. 연 운세 해설

세부동합(世父動合)
필시출양(必時出養)

천리타향(千里他鄉)
일안남비(一安南飛)

약비여리(若非與利)
횡재치산(橫財致産)

1) 괘 해설

손(巽)은 바람, 산들바람을 뜻한다.

겸손하게 사양한다. 또 어떤 곳이나 다 들어간다라는 의미로 통하며 조금씩 길이 열리는 것을 뜻한다. 그러나 방황하기 쉽고 확고

한 신념이 없기 쉽다. 독립심이 약하며 자립으로 어떠한 일을 도모하기 어렵다. 비교적 소극적이고 자신이 없는 것이다.

주관성이 부족한 약점이 작용된다. 여자에 있어서는 더 없이 좋은 쾌상이다. 남자에게서는 취약점을 많이 보강해야 한다는 것을 말해 주고 있다. 이럴 때는 현량한 주부가 내 주장을 하는 사람이 많다.

2) 년 운세 해설

지금은 일신상에 변화가 있게 되는 때다. 도난이나 실물수에 교통사고까지 발생하는 액운이 겹쳤으니 조심해야 할 때다. 원행의 길이 열릴 때며 작은 일은 순조롭게 이루어져 나가나 큰 일에는 중도에서 장애물이 생기는 때다. 어떤 일에 대해서 결말을 내리기가 대단히 어렵게 된다. 남녀관계에 있어서도 서로가 재수가 없는 어려운 상태로 들어가기 쉬운 때다.

상하급(上下給) 운세다.

5.6 풍수환(風水渙)

1. 학문적으로 본 괘의

너무 기뻐하다 보면 중심을 잃고 흩어진다. 천하 백성을 모으기 위해서는 백성의 마음을 모으고 국가의 기강을 확립해야 한다.

2. 년 운세 해설

천리도강(千里渡江)
일엽편주(一葉片舟)

응비입택(應飛入宅)
가사산란(家事散亂)

운중일월(雲中日月)
시래기도(時來祈禱)

1) 괘 해설

환(渙)은 분산한다, 흩어진다는 뜻이다. 민심이 떠난다, 나라가 분열된다, 가족들이 뿔뿔이 헤어진다는 어두운 뜻이다. 그러나 또다른 의미가 있는 것이 환의 특징이다. 이제까지 고통을 받았거나 침체했던 사람에게는 희망을 주는 쾌상이다. 돛을 달고 배가 막 출발하려는 상태이므로 새로 출발하는 데는 손색이 없고 바람이 물 위를 불어간다. 발전을 가히 기대할 수 있다. 사업이나 직장을 바꾸고 손해를 보는 사람도 있으며, 이익을 보는 사람도 있다는 엇갈리는 운세다. 고통을 받았던 사람은 기쁨이 온다.

2) 년 운세 해설

망망대해에 조각배를 타는 것과 같아 마음이 산란하고 질서가 문란하여 헛된 마음을 갖기 쉽다. 친구 간의 이별이나 주거의 이동, 금전의 낭비 등으로 마음이 불안정하여 갈팡질팡 하기 쉬운 때다. 사고와 재난을 조심해야 한다. 그러나 그동안 침체했던 사람의 입장에서는 우울감엣서 벗어나 새 출발이라는 희망으로 서서히 풀려 나가게 된다.

하상급(下上給) 운세다.

5.7 풍산점(風山漸)

1. 학문적으로 본 괘의

산 위에 바람이 부니 나무가 산들산들 흔들리며 아름다운 풍광을 드러내고, 간 괘에서 도탑게 그치니 하늘에서 명을 내린다. 큰 산처럼 두터운 덕을 쌓고 세상을 아름답게 하라.

2. 년 운세 해설

산상유목(山上有木)
점차성장(漸次成長)

대금귀가(帶金歸家)
득보환성(得寶還城)

삼인지합(三人之合)
화소원중(花笑園中)

1) 괘 해설

점(漸)이란 착실한 성장하여 서서히 발전하는 뜻이다.
나무가 커가는 것이 눈에는 안 보이나 무럭무럭 성장해가며, 또 여자가 차분차분하게 구원을 하고 있는 형상이다. 한 남자가 한 여자를 지키는 것과 같이 기러기가 질서 있게 날고 있는 모습으로 그 동안 닦아온 노력의 결정체가 나타나고 있어 장래성이 밝은 쾌상이다. 한편 주색에 빠져 바람을 피울 염려가 많고, 여자의 경우 임신할 시기이다. 그리고 시험이나 선거에 특히 좋은 쾌상이다. 운전면허시험에는 합격할 운세다. 이때에 노력하여 뜻을 이룬다.

2) 년 운세 해설

지금까지 모든 일이 잘 되지 않은 상태에서 벗어나 좋은 운세로 시작하려는 첫발을 내딛는 격이다. 그 순서는 서서히 절차를 밟아서 발전되는 법이기 때문에 치밀하게 계획하여 설계를 꾸며나가는 때다.

여자라면 특히 천생연분을 만나는 시기다. 또 임신도 하고 귀여운 자손을 낳는 운세다. 남자의 경우 마음대로 바람을 피울 염려가 많겠다. 조심할 것.

중상급(中上給) 운세다.

5.8 풍지관(風地觀)

1. 학문적으로 본 괘의

하늘에서 바람이 불면서 천하를 고무시키듯이 민생을 잘 살펴 올바른 길을 가르치라.

2. 년 운세 해설

화기청천(和氣靑天)
백화쟁발(百花爭發)

대저차명(大抵此名)
춘광기상(春光氣象)

방운천리(方運千里)
공명영문(功名盈門)

1) 괘 해설

관(觀)은 응시하다, 관찰하다는 뜻이다.

바람이 거칠게 불어오는 상태로 질서가 붕괴되고 좀 어지러워지는 때다. 그러나 결코 나쁜 괘는 아니다. 위에서 가르치고 아래에서 보조하는 뜻을 나타내고 있어 교육자, 학자, 연구자 등 지도층에 있는 사람에게는 더 없이 좋은 때다. 즉 물질적인 면보다는 정신적인 면에서 훨씬 더 좋은 때를 맞이한 것이다. 이럴 때 입학, 진학, 기술 계통의 교육을 받아도 빨리 터득하고 좋은 선배를 만나리라. 재물운은 적으니 장사, 사업, 투기운은 없다.

2) 년 운세 해설

겸손과 침착을 일어서는 안 되는 때다. 주위의 모든 상황을 깊이 관찰하여 대처해 나가야 하는 때다.

이럴 때 특히 지나친 욕심을 내는 것은 죽음의 함정으로 향하는 것과 같다. 새로운 전환기를 맞이하게 된 것이며, 계속해 나가는데 장애를 받게 되고 이사, 변동이나 직장의 변화를 받고 있는 시기이다. 도둑맞은 것에 주의할 것이며, 남녀관계에서는 말썽도 많겠다. 상하급(上下給) 운세다.

6.1 수천수(水天需)

1. 학문적으로 본 괘의

밖에 험한 상황이 있으니 안으로 힘을 기르고 여유로운 마음으로 기다리라.

2. 년 운세 해설

운무개천(雲霧開天)
일월진명(日月진明)

천은필중(天恩必重)
금란가기(琴蘭可期)

원객래조(遠客來助)
자등고문(自登高門)

1) 괘 해설

수(需)는 기다리며 인내하고 자중하라는 뜻이다.

구름이 하늘에 모여 있을 뿐 아직 비가 내리지 않고 있는 상태다.

지금부터 4~5개월 후면 기다리던 비가 오게 된다. 이럴 때에는 지혜와 인내와 힘을 있는 대로 발휘할 것이다.

경거망동이 있어서는 위험이 따를 뿐이다. 실력과 능력은 감추어 있는 상태다. 지금은 오직 안내만이 만병통치약이 됨을 명심해야 할 것이다. 강태공 곧은 낙수 물에 넣고 시대차기 기다린다는 말을 되새기면서 때가 와야 비가 온다는 뜻이다.

2) 년 운세 해설

지금은 오직 스스로가 깨닫고 자각하여 잠시 기다리는 지혜를 가져야 한다. 배를 기다리지 않고 강물에 뛰어드는 어리석은 길을 택해서야 되겠는가?

또한 대단히 밝은 장래는 당신을 기다리고 있다. 오래전부터 바라던 일은 결실이 바로 앞에 놓여 있으니 초조해하지 말 것. 귀인의 도움을 받겠다. 남녀관계는 얽히고 설켜 말썽도 많겠다.

상하급(上下給) 운세다.

6.2 수택절(水澤節)

1. 학문적으로 본 괘의

어떠한 재앙이 닥쳐도 적절한 대비를 하고 준비를 하면 큰 탈이 없다. 국가적인 차원에서도 평소에 각종 사회제도나 재난구호 제도를 적절히 마련하고 민생을 위한 딕행을 의논히여야 한다.

2. 년 운세 해설

순수행주(順水行舟)
한서유절(寒暑有節)

길성조명(吉星照明)
전정유경(前程有慶)

정어출해(井魚出海)
비룡구주(飛龍口珠)

1) 괘 해설

절(節)은 유혹을 이겨낸다, 절재를 지킨다는 뜻이다. 대나무 마디와 같이 잠시 멈춘다, 또 전략의 의미도 있다.

연못이 물을 담고 있는 형상으로 물이 마르지도 않고 또 넘지도 않게 조절하는 상태다. 이 절을 지키므로 참된 장래가 약속될 수 있는 것이다. 분수를 중요시하고 순서를 어긋나게 말아야 하며 함부로 움직이거나 고집을 앞세운다면 큰 액운이 닥친다는 것을 말해주고 있다.

이럴 때에는 서로 의논하고 공론하여 타인의 의견을 참작하고 도리(道理)를 지켜라.

2) 년 운세 해설

지금은 한 고비로 침체 상태가 되고 있지만 머지않은 장래에 반드시 좋은 결과를 얻게 된다.

지금은 또 소모와 지출이 많은 때다. 절제를 하지 않으면 곤궁에 빠질 우려도 크다. 또 유혹이 많을 때이므로 감언이설(甘言利說)에 주의할 때다. 모든 일을 적극성으로 피해야 하며, 자중자애하는 마음으로 분수를 지켜야 나가야 할 때다.

중상급(中上給) 운세다.

6.3 수화기제(水火旣濟)

1. 학문적으로 본 괘의

모든 것이 해결되고 완결되어 마무리되었을 때 다음을 생각하는
군자는 항상 근심될 것을 생각하여 미리 예방하여야 한다.

2. 년 운세 해설

입신세상(立身世上)
행봉귀인(幸逢貴人)

수구이재(守舊利財)
동즉입란(動즉入亂)

부용재상(芙容載霜)
광풍도강(狂風渡江)

1) 괘 해설

기제(旣濟)는 완성미, 즉 만사가 다 이루어진다는 뜻이다.
물 위에 있어 타오르는 불길을 끄려는 행세다. 고난과 노력 끝에
안정된 세력을 얻어 평화를 지키고 있는 상태다. 역(易)의 이론에

서 본다면 이상적인 상태다. 끊임없는 변화가 지금 이 순간에도 이루어지고 있으므로 쇠퇴의 시작점이 되고 있는 것이다. 그러므로 욕심을 내거나 새로운 것을 꿈꾸는 것은 재물의 손재를 불러일으키는 것과도 같다. 새로운 사업이나 확장 개혁은 금하는 것이 좋겠으며 현 상태로 지속해 나가면 길하리라.

2) 년 운세 해설

나물 먹고 물 마시고 팔을 베고 누웠으니 대장부의 살림살이 만족 아니고 무엇이랴!

사람이란 여간해서 만족을 느낄 줄 모르는 욕망덩어리인지도 모른다. 그러나 알아야 할 것이다. 욕망으로는 죄악을 낳고 마침내 죽음만을 가져오고 만다는 것을...지금의 상태를 유지해 가는데 있는 힘을 다해야 하는 때다. 새로운 계획은 때가 아니다.

중중급(中中給) 운세다.

6.4 수뢰둔(水雷屯)

1. 학문적으로 본 괘의

천지가 열리니 만물을 창조하고 세상을 일으켜 천하를 다스리라.

2. 년 운세 해설

모사불리(謀事不利)
호송신명(虎送身命)

용거천수(龍居淺水)
운중일월(雲中日月)

성심기도(誠心祈禱)
천우신조(天遇神助)

1) 괘 해설

둔(屯)은 태어나기 위한 괴로움, 초목의 싹이 굳은 땅을 뚫지 못하는 상태의 뜻이다.

고민이 많은 젊은 시절이자 앞으로 큰 일을 맡아나갈 힘을 내조하고 있으나 아직은 시기상조이다. 지금 어쩔 수 없는 상태에서 몸부림치고 있다. 결코 단념해서는 안 된다. 무한히 빛나는 장래를 위해서 어떠한 어려움도 달게 받으며 이겨내야 하는 때다.

입학, 직장, 사업, 결혼문제도 말만 있을 뿐 성사가 되지 않는 때이다. 초년의 고생은 돈을 주고도 사서 한다는 격언을 생각하며 때를 기다려라.

2) 년 운세 해설

대단히 고통스런 때다. 하는 일마다 난관에 부딪치고 고통이 뒤따른다. 살을 에어내는 고통을 감안해야 하는 때다. 그러나 그 고통은 어떠한 목적을 달성코자 하는데 어려운 역경과 고통이 먼저 따르고 후에 성취되는 운세이다.

이런 때는 참고 견디어 내는 것밖에 명약이 없다. 그리고 윗사람이나 여자의 힘을 얻으면 크게 도움이 될 것이다. 기대해 볼만한 운세다.

하중급(下中給) 운세다.

6.5 수풍정(水風井)

1. 학문적으로 본 괘의

경제를 원활하게 하여 나라를 부유하게 하려면 백성을 위로하여 근면하게 하고 서로 돕기를 권장하여야 한다.

2. 년 운세 해설

안신보가(安身保家)
전화위복(轉禍爲福)

수심수도(水心修道)
풍진불침(風塵不侵)

논기평생(論期平生)
횡산기우(橫産己遇)

1) 괘 해설

정(井)은 맑은 물이 넘치는 우물을 뜻한다.

우물 속에 두레박을 드리운 상태다. 또 우물은 물 밑에서 끊임없이 솟아오르고 있으며, 때때로 물을 다 퍼내고 새 물을 고이게 해야 한다. 신진대사가 필요하기 때문이다. 그 우물은 옮길 수가 없다.

그리고 고요히 자기 자리를 지키고 있다. 지금은 모든 일을 고치거나 개혁해서는 안 되는 때다. 열심히 두레박으로 물만 퍼올리는 노력을 해야 하는 때이다. 즉 하고있는 한 가지 일에 변동수가 없이 그대로 꾸준히 지켜가게 되면 대성하는 괘다. 용궁기도를 드리면 좋을 수다.

2) 년 운세 해설

두레박으로 부지런히 우물을 퍼내야만 깨끗하고 맑은 우물이 될 수 있다. 그러므로 여러 사람이 힘을 협력해야 한다면 좋은 결실을 맺는다. 밑에서 솟아 올라오는 물과 정비례해서 더욱 부지런히 퍼올려야만 마침내 깨끗한 우물이 될 수 있는 것과 같이 한 가지 일에만 열중해야 하는 때다. 부부간에 심각한 문제가 있을 때나 끝에 가서는 화합이 된다.

중상급(中上給) 운세다.

6.6 감위수(坎爲水)

1. 학문적으로 본 괘의

천도의 운행에 큰 변화가 일고, 사회의 변혁에 큰 어려움이 닥칠 때 군자는 덕행을 떳떳하게 하고 가르치는 일을 익혀야 한다.

2. 년 운세 해설

이인익수(二人溺水)
선섭중난(船涉重난)

일양함음(一陽陷陰)
진퇴양난(進退兩難)

중음흉험(重陰凶險)
의혼경산(義魂驚散)

1) 괘 해설

감(坎)은 이중으로 어려움에 부딪친다는 뜻이다.

홍수가 이중으로 밀려오는 형상이다. 위험과 고난이 이중으로 닥쳐 피할 길이 거의 없는 위기일발의 시기이다. 또 조급한 마음으로 몸부림치면 칠수록 함정으로 들어갈 뿐이다.

둔(屯), 감(坎), 건(蹇), 곤(困)을 사난쾌라 한다. 단 한걸음도 앞으로 나갈 생각을 말아야 하고 오직 마음을 고요히 닦아 가면서 때를 기다리는 길만이 최상의 길이라는 것을 명심할 것.

앞에는 범을 만나고 뒤에는 첩첩산골이니 진퇴양난이다. 산신제를 올릴 수.

2) 년 운세 해설

직장이나 회사 그리고 가정 내에서 분열되어 서로 대립되는 속에 휘말려 들어가는 행동이 없도록 조심해야 할 때다. 부딪히는 일마다 고통스러운 일만 생기게 되며 불의의 재난에도 대비해야 할 때다. 애정관계도 갈등과 혼란이 얽히는 때이므로 스스로 마음을 안정하고, 참, 견디면 어려운 고비를 넘길 수 있는 때다. 자기의 지혜를 발휘하여 현명하게 판단하라.

하하급(下下級) 운세다.

6.7 수산건(水山蹇)

1. 학문적으로 본 괘의
산을 넘고 물을 건너듯이 어려움이 계속되는 상황에서는 몸을 돌이켜 반성하고 덕을 닦으며 때를 기다려라.

2. 년 운세 해설

약비중실(若非重室)
수심공란(愁心空欄)

문전유함(門前有陷)
유재무익(有財無益)

적설산로(積雪山路)
유조불비(有鳥不飛)

1) 괘 해설
건(蹇)은 다리를 못 쓰는 앉은뱅이의 형상을 뜻함이다.
험한 산 위에서 큰 물이 쏟아지고 있는데 바위까지 함께 굴러 내려오고 있어 천지분간을 못하고 있는 상태다. 한발자국도 앞으로 나갈 생각은 하지 말아야 한다. 직장이나 사업이나 가정 그리고 이성관계 등이 한결같이 얽혀 복잡한 상태가 계속되는 운이다. 혼자의 힘으로는 도저히 헤쳐 나갈 능력이 없는 상태며, 그렇다고 주위의 힘을 보조받을 상황도 못된다. 참으로 고통스러운 때다. 정신을 차리고 선령님께 빌고 빌어서 전화위복하라.

2) 년 운세 해설

일확천금(一攫千金)의 꿈을 꾸다가는 패가망신하게 된다.

알맞게 도리를 지키고 절대로 경거망동(輕擧妄動) 해서는 안 되는 때다. 악한 질병은 웬 말이며 인간풍파와 재물풍파가 일어나고 있는 때니, 관제구설을 조심할 때다. 광풍을 이겨내는 길은 그 자리에서 참고 견디며 지혜를 발휘하여 몸과 마음을 안정시키는 게 제일 상책이다. 하는 일마다 잘 안되어 간다.

하중급(下中給) 운세다.

6.8 수지비(水地比)

1. 학문적으로 본 괘의

전쟁이라는 고통을 딛고 천하를 평정하여 나라를 세우니 올바른
재상을 등용하고 지방 제후를 친히 응대하라.

2. 년 운세 해설

수행지상(水行地上)
후은자득(厚恩自得)

오복구전(五福俱全)
명고금문(名高金門)

길성조신(吉星照身)
필생귀자(必生貴子)

1) 괘 해설

비(比)는 인화(人和)이며, 친하다는 뜻이다.

두 사람이 나란히 정답게 서로 돕는 형상이다. 땅 위에는 물이 있
으니 만물을 생(生)하여 성장하게 하고, 또 한 지도자를 여러 사

람이 떠받들어 사모하게 하여 즐겨 따르는 상태이다. 특히 지금은 주위에서 장래가 밝은 인물이 있을 때는 빨리 찾아가서 가르침을 받고 스승으로 모시며 사제지간에 정을 돈독이 해두면 앞으로 장래가 촉망되리라. 우물쭈물 시간만 보내면 좋은 기회를 놓치고마는 결과가 된다. 매사 적극적으로 행하고 입학, 진급, 사업, 관록, 결혼, 동업운세가 대길함.

2) 년 운세 해설

처음에는 다소 어수선하겠으나 나중에는 많은 협력자를 얻을 수 있는 때를 만난 것이다. 서로 협동할 수 있는 일을 도모하는 때다. 남자라면 많은 여성들이 매혹 되어 따르겠으며, 여자라면 경쟁의 틈바구니에서 정신적인 부담이 많은 때가 되겠다. 또 지금부터 당신이 많은 사람들 중에서 돋보이는 우두머리나 지도자급이 되겠으니 겸손한 자세로 실력을 쌓을 것이다. 선거에는 당선될 괘다. 상상급(上上給) 운세다.

7.1 산천대축(山天大畜)

1. 학문적으로 본 괘의

망령됨이 없는 상태에서 하늘이 산 속에 들어가듯이 성인의 언행을 익히고 덕을 크게 쌓아 도를 이루라.

2. 운세로 본 괘 해설, 년 운세 해설

잠용대해(潛龍大海)
적소성대(積小成大)

금재암중(金在岩中)
신고명강(身高名强)

청운득의(靑雲得意)
어변성용(魚變成龍)

1) 괘 해설

대축(大畜)은 크게 저축한다는 뜻이다.

풍년들어 수확한 곡식이 창고에 가득하고 산에는 풀과 나무가 꽉 차있는 상태로 대망의 뜻을 나타내고 있다. 실력을 쌓아 기르고 인재를 가까이 기르고 체력을 단련해야 한다. 기업가라면 자금을 저축해서 장차 큰 목표를 달성할 수 있는 때를 만난 것이다. 어떤 일에나 적극적으로 끈기 있게 밀고 나간다면 고생 끝에 안락을 찾게 된다. 항상 풍년이 드는 것이 아니니 있을 때 조상님과 신령님께 대우하고 선심공덕을 쌓아 백년대계를 확보하라.

2) 년 운세 해설

처음에는 괴로움과 고통이 많다가 마침내 많은 재물이 쌓여져가고 큰 용(龍)이 하늘로 올라가려는 시기요, 하늘의 뜻도 노력한 만큼 댓가를 만들어 주는 좋은 시기에 다다른 것이다. 마치 백만대군을 출병시킬 준비를 가다듬는 시기와도 같이 모든 일을 순서를 가려서 차근차근하게 진행할 시기다. 절대로 덤비거나 서둘러서는 안 되는 때다.

상상급(上上給) 운세다.

7.2 산택손(山澤損)

1. 학문적으로 본 괘의

인생은 항상 이익만 있을 수 없다. 때로는 손해를 보고 또한 베풀어야 할 때도 있다. 인생살이에서 분함을 징계하고 욕심을 막는 것은 수양의 가장 기본적인 것이다.

2. 년 운세 해설

탁마견옥(琢磨見玉)
굴토위산(掘土爲山)

급즉불성(急즉不成)
일조경파(一朝傾破)

서서성취(徐徐成就)
우순풍조(雨順風調)

1) 괘 해설

손(損)은 손해 보고 얻으리라의 뜻이다.

단순한 손해가 아니고 남을 위해서 봉사해 주고 나면 자연히 자기에게 돌아오는 것이 있게 된다. 또 어떤 이익만을 목표로 하지 않고 신념에 의해 다소 손해를 보는 것을 감수하는 것이며, 조상이나 신(神) 앞에 제사를 드릴 때 성의만 있으면 형식에 구애받지 않고 검소하게 행한다는 뜻이 있다. 산기슭에 있는 연못이 스스로 낮춤으로서 산은 더욱 높아진다는 의미를 가지고 있다. 식당, 여관, 노래방 등 서비스업을 하는 운세이다.

2)년 운세 해설

땅을 파서 물을 구하고 흙을 쌓아서 산을 만드는 때로서 머지않아 대단히 보람 있는 결실을 얻기 위하여 지금은 구슬땀을 흘리는 때다. 낚시를 즐기는 태공님들이 이 괘상을 얻었을 때에는 틀림없이 월척이 아니면 많은 수확을 얻게 된다. 결혼에도 대단히 밝은 장래가 약속된다. 욕심을 부리면 큰 손해를 보게 된다는 것을 명심하여야 될 것이다. 분수를 지킬 때다.

하상급(下上給) 운세다.

7.3 산화비(山火賁)

1. 학문적으로 본 괘의
산 아래에 물이 있어 편히 비추고 단풍이 물들면서 아름답게 꾸미듯이 나라를 밝게 다스리고 사회를 아름답게 꾸미며 형벌을 판단할 때는 신중하게 하라.

2. 년 운세 해설

화영산미(火映山美)
입신출세(立身出世)

외출유익(外出有益)
재가불리(在家不利)

동풍해빙(東風解氷)
고목봉춘(枯木逢春)

1) 괘 해설
비(賁)는 겉을 아름답게 꾸민다는 뜻이다. 산 아래 태양이 있으니 석양 저녁 노을이 붉게 물들인 아름다운 산천초목들이며, 말의

겉치레는 감언이설(甘言利說)이기 때문이다. 상거래 관계에서도 주의해야 하는 때이며 남녀 관계에서도 혼담이 생긴다면 무조건 단념해야 된다. 남을 위해 헌신 봉사하는 정신으로 식당, 여관, 운수사업, 비서, 외교관 등 서비스업에 종사하면 적합한 운세라고 본다. 신령님을 모시고 불공을 드리는 제자의 팔자라고 해도 된다. 여자는 순진성과 복종하는 태도로 현모양처라 볼 수 있다.

2) 년 운세 해설

작은 일은 좋으나 큰 일은 계획하지 말라.

또 친구나 아는 사람 사이에 교제가 중단될 염려가 생기며, 겉은 그럴 듯 하지만 속은 겉과 다르고 마치 빛 좋은 개살구와도 같다. 그러나 예술이나 영화, 방송, 종교 관계 등에 진출하면 많은 협력자를 얻어 좋은 결실을 맺을 수 있는 때다. 그리고 원행이나 직장, 이동 등이 활발히 일어날 수 있는 때다.

중중급(中中給) 운세다.

7.4 산뢰이(山雷頤)

1. 학문적으로 본 괘의

만물을 기르고 성인을 기르고 수양을 하는 데는 언어를 삼가고
음식을 조절해야 한다.

2. 년 운세 해설

화발삼산(火發三山)
봉접득의(蜂蝶得意)

동식서숙(東食西宿)
심신다곤(心身多困)

춘광재도(春光再到)
경사영문(慶事盈門)

1) 괘 해설

이(頤)는 턱을 가리키며 기른다는 뜻으로 통한다.
음식을 먹을 때 턱을 움직이는 모양과 같다. 음식물은 우리 몸을
지키고 좋은 영양물은 우리 몸을 기른다.

몸은 영양물을 기르고 정신은 교양을 기르며 천지는 만물을 기르고 성인은 현자를 기르므로 알맞은 정도가 대단히 중요하다. 언어를 조심하고 음식물을 절제하며 마음은 근엄하게 가져야 한다. 웃어른과 아랫사람의 상하를 구별하여 예의를 지키고, 학생은 선생님을 존경하며 하급자는 상급자를 잘 받을 수 있는 상호간의 관계를 말한다.

2) 년 운세 해설

지금은 겉으로는 태연한 것 같지만 속으로는 갈등과 분쟁이 많이 일어나는 때며, 이성관계에 있어서도 말썽이 많이 일어날 때이다. 웃사람과 아랫사람의 뜻이 잘 맞지 않아 고심이 많을 때다. 이럴 때 일수록 말조심을 하여 입으로 짓는 업(業)이 제일 무섭다고 했으니 '천수경' 첫 머리에 정구업진언(淨口業眞言) 한뜻도 되새겨 참고하면 된다. 말 한마디 잘못해서 평생을 망칠 수 있다.

중상급 운세다.

7.5 산풍고(山風蠱)

1. 학문적으로 본 괘의

집안에서나 사회에서나 모든 일은 앞서 행한 사람(조상, 선배)들의 일이 이어지고 있는 것이니, 백성을 진작시키고 덕을 길러 신중하게 하라.

2. 년 운세 해설

문내유적(門內有賊)
난진반희(難進返回)

매사다마(每事多魔)
누여유수(淚如流水)

석상재련(石上載連)
공우필생(共憂必生)

1) 괘 해설

고(蠱)는 벌레들이 파먹고 있다는 뜻이다.

산기슭에 거센 바람이 불어와 큰 재해를 일으키는 형상이며, 중년

부인이 젊은 남자를 유혹하는 형상이다. 부패할 대로 부패한 상태다. 더 이상 견디기 어려운 처지에 놓여 있다. 이런 때는 오직 냉정한 판단력으로 과감한 결단을 내려 새로운 계기를 마련해야 한다. 그렇게 하면 전화위복(轉禍爲福)이 될 수 있다. 시기를 놓치지 말고 단행할 것. 우환, 병환, 근심 끝에 허리병은 생기고 신규사업을 할 운세다.

2) 년 운세 해설

직장과 집안 그리고 사업장에서 어지러운 일들이 꼬리를 무는 참으로 고통스러운 상태다.

인사 문제를 비롯한 이성관계에서도 정조(貞操)를 빼앗기거나 배신행위 등 복잡한 삼관관계 등으로 얽히기 쉬운 때이다. 그렇다고 기분대로 처리한다면 무서운 패가망신을 면하기 어려울 것이므로 그물을 쳐서 고기를 잡는 자세로 다듬어 나가야 한다.

하하급(下下給) 운세다.

7.6 산수몽(山水蒙)

1. 학문적으로 본 괘의

바름을 기르기 위해 과감히 행하고 덕을 길러라.

2. 년 운세 해설

유수당산(流水堂山)
미지거처(未知居處)

범사착잡(凡事錯雜)
종인성사(從人成事)

암험석화(岩險石花)
조명청산(鳥鳴靑山)

1) 괘 해설

몽(蒙)이란 어린아이요, 계몽을 받아야 하는 뜻이다.

학문이나 지능에 관계가 있는 일에는 장래가 촉망되는 때다.

산기슭에서 솟아나는 샘물은 끝내는 바다에까지 도달한다는 가능성을 안고 있다. 또 젊음, 확인하기 어려움, 밝지 않음의 뜻으로 풀이하여 지금은 대단히 몽롱한 상태가 되어 모든 면에서 어려운 때다. 특히 어린이의 장래에 대해서는 대단히 좋은 장래를 말해주고 있는 괘상이다. 전문분야에 기술이나 컴퓨터, 전자제품, 기계 제작, 미용기술, 운전연습 등 배우는 일에는 목적이 달성된다.

2) 년 운세 해설

지금은 모든 일이 답답하게 잘 풀리지 않으며 신령님께서 잘 돌보아 주시지 않은 상태인 것 같아 답답하고 고통스러운 때다. 이 어려움을 이겨나가는 길은 천지신령님께 정성껏 기도하여 주위 사람들의 지도와 협조를 받아야 할 때다. 모든 일을 처음 시작하려는 입장에서 이 괘상을 얻었다면 세밀한 계획을 세워 앞으로 발전의 축배를 들어 볼만한 운세다.

하상급(下上給) 운세.

7.7 간위산(艮爲山)

1. 학문적으로 본 괘의

세상사의 번잡한 소용돌이 속에서도 존재의 의미를 반추하고 삶의 목적을 구현하기 위한 고요함이 있어야 한다. 세상사를 잊고 조용히 머물면서 영혼을 관조하라.

2. 년 운세 해설

진흉퇴길(進凶退吉)
선곤후태(先困後泰)

산상쇄관(山上鎖關)
유어피망(遊魚避網)

적소성대(積小成大)
가근금곡(家近金谷)

1) 괘 해설

간(艮)은 움직이지 않는 산, 꼼짝 못하고 있는 산의 형상이다.
산이 중첩되어 있어 한발자국도 앞으로 나가기 어려운 상태며, 주위의 협력마저 기대할 수 없는 상태다. 기왕 착수해 놓은 일은 축소시켜 마무리 짓고, 새로운 계획은 일체 중단하는 것이 현명한 처사가 될 것이다. 그리하여 실력을 가다듬고 심신을 닦아가며 견인불굴(堅忍不屈)의 정신으로 현상을 지탱해 가며 때를 기다리는 것이 운세의 흐름이다. 사업가나 직장인이나 지도자는 자기가 하는 일을 놓고 당분간 쉬어야 하는 운세다(천지신령님께 기도하면 좋을 운세다).

2) 년 운세 해설

지금은 아무도 자기에게 오지 않으며 아무리 어려운 일이라 할지라도 오직 혼자의 힘으로 해결할 수밖에 없는 입장이다. 어떤 일을 도모할지라도 결과를 맺기가 어려우며, 설령 맺었다 할지라도 아무런 이익도 걷을 수 없는 비색한 운세이므로 옛것을 지켜가는 데 최선을 다할 때다. 절대로 일을 벌이지 말며 분수 밖의 계획을 세워서는 손재수가 따른다.

하상급(下上給) 운세.

7.8 산지박(山地剝)

1. 학문적으로 본 괘의

산이 땅 위에서 내려 보듯 소인이 득세한 세상에서도 군자는 민생을 두텁게 하고 사회를 안정시키는 노력을 한다.

2. 운세로 본 괘 해설, 년 운세 해설

괴월암암(魁月暗暗)
보수난양(寶樹難養)

형살입침(刑殺入侵)
낙상횡사(落傷橫死)

거구생신(去舊生新)
신불기도(神佛祈禱)

1) 괘 해설

박(剝)은 벗기다, 떨어뜨리다, 깎아내린다는 뜻이다.

높은 산이 평지로 된다는 뜻이며, 자각증상이 없는 중병(重病)이며, 실각을 노리는 부하며, 방탕에 의한 파산과 등산 중 절벽에서 떨어지는 등 많은 재단이 밀어닥치며 부부간에도 갈등과 남녀간의 복잡한 문제 등이 얽히는 때며, 주위에서 중상모략과 시비가 빗발치는 때이므로 주위 사람의 호응을 얻는데 최선을 다해야 하는 때다.

장거리 운전과 여행을 하는 사람, 배를 타고 비행기를 타고 높은 산을 정복하는 등산객들은 추락사고를 더욱 조심할 수다.

2) 년 운세 해설

지금은 평온한 직장인이나 기업인 또는 가정인이라 할 때, 앞으로 닥쳐올 무서운 재난과 위기를 어떻게 대비해야 할런지? 참으로 암담한 입장이다.

윗사람이나 선배, 또는 신령님의 제자를 찾아가서 겸손한 자세와 기도하는 간절한 마음으로 방도를 의논한다며 모면할 길이 있을 것이다. 자기의 생각을 주장하지 말고 상의할 것.

하하급(下下給) 운세.

8.1 지천태(地天泰)

1. 학문적으로 본 괘의

천기와 지기가 잘 교류하여 천하가 태평하듯이, 사회 각계각층의
이해관계를 잘 조율하여 국가와 사회의 평화와 안전을 도모하라.

2. 년 운세 해설

천지교통(天地交通)
소왕대래(小往大來)

대저차명(大抵此名)
명진사해(名振四海)

일월화합(日月和合)
우순풍조(雨順豊調)

1) 괘 해설

태(泰)는 편안함이요, 화합의 뜻이다.

만물을 생성하게 만들므로 부진한 사업체를 이끌어 온 사람이나
불화한 가정이나 이성관계에서도 이 괘상을 얻게 되면 곧 안정과

화합이 이루어진다는 것을 말해주고 있다. 방심은 금물이니 근면과 겸손과 인내로서 대망을 성취하기 바란다.

음양의 기가 화합하는 상태로 부부간에 헤어졌던 사람은 만날 수 있고, 출국 중에 있는 사람은 고향에 되돌아올 수이며, 헤어졌던 연인은 재회할 수다. 자손이 창성하고 산업은 발전하고 재수는 대길할 좋은 운세다.

2) 년 운세 해설

지금은 천지의 기운이 화기애애하게 움직이고 있는 때이므로 여기에 인간의 힘이 합쳐진다면 글자 그대로 천지인(天地人) 삼합이 이루어지게 된다. 그야말로 안전 보합세가 이루어지는 운세이므로 한눈을 팔지 말고, 색정에 빠지기도 쉬운 때임을 명심할 것. 금년 한해는 행운의 복권을 한번 사볼만한 운세이다. 분수 밖의 일은 삼가 할 것. 신의 제자가 된다고 하여도 성불하겠다.

상중급(上中給) 운세.

8.2 지택림(地澤臨)

1. 학문적으로 본 괘의

사회를 올바로 이끌어가는 군자는 항상 백성을 올바로 가르치고 끝없이 포용하여야 한다.

2. 운세로 본 괘 해설, 년 운세 해설

석중유옥(石中有玉)
고뇌취득(苦惱取得)

봉황자각(鳳凰紫閣)
광휘찬란(光輝燦爛)

길다흉소(吉多凶小)
종성대공(終成大功)

1) 괘 해설

임(臨)은 위에서 아래로 내려다본다는 뜻이다.

서로 기뻐하고 순종하는 형상이다. 하늘의 뜻에 어긋남이 없으므로 지금까지의 모든 고통을 씻고 점진적으로 크게 발전하게 된다.

그러므로 교제가 많아지고 바쁘게 움직이는 때를 만난 것이며, 두세 가지의 일을 동시에 처리해 나가는 시기에 이른 것이다.

특히 주위 사람의 의견을 참작하여 처리해야만 후환이 없을 것이다. 기회가 왔을 때 분투노력하고 계획을 잘 세워서 하는 일이라면 무슨 일이든지 잘 되어 가고 재수가 대통하다.

2) 년 운세 해설

봄의 기운은 여름을 향하여 점점 왕성해지는 것과 같이 흥성(興盛)과 발전의 시기를 만나고 있다. 그러나 언제까지 여름에서 멈출수가 없는 것이 대자연의 섭리다.

머지않아 닥쳐올 가을과 겨울을 대비하여 만반의 준비도 해야 할때다.

인기업종이나 선거에 출마를 하면 필승이 약속될 수 있는 시기며, 지위가 향상되는 때다.

상상급(上上給) 운세다.

8.3 지화명이(地火明夷)

1. 학문적으로 본 괘의

밝음이 땅 속에 들어가 있듯이 소인이 세를 얻어 폭정을 하는 암울한 시기에는 스스로를 그믐같이 어둡게 하여 무리를 화합시키고 세상을 서서히 밝혀 나가라.

2. 년 운세 해설

일몰지중(日沒地中)
제사파란(諸事波亂)

심신다곤(心身多困)
무득유실(無得有失)

신불기도(神佛祈禱)
만송학소(晚松鶴巢)

1) 괘 해설

명이(明夷)는 옥을 갈아서 그릇으로 만든다는 뜻이다.
태양이 땅속으로 들어가니 암흑의 상태가 지배된다. 어리석은 자가 위에서 재능 있는 부하를 억압하는 상태다.

이런 때는 마음을 단단히 하여 끈기와 인내력으로 마치 강태공이 곧은 낚시를 물에 넣고 때를 기다리듯 지조를 지켜가며 자기의 정체를 감추고 지내야만 가장 현명한 처세라 할 수 있다.

지금 어두워진 상태니 머지않아 먼동이 트는 운이 오게 될 것이다. 남자의 입장에서 볼 때에는 여자의 치마폭 속에서 놀고 있는 꼴이다.

2) 년 운세 해설

지금까지 상당 기간을 고통스럽게 지낸 사람에게는 머지않아 먼동이 터올 것이다. 그러나 그렇지 않은 사람의 경우는 직장의 불안과 사업의 역조현상, 그리고 가정의 불화와 주위 사람과의 갈등과 이성문제 등으로 복잡한 일에 빠질 염려가 많은 때다. 패가망신까지 하게 되는 시기이므로 모든 일에 분수를 지키고 현상을 지키는데 최선을 다해야 하는 때다.

하중급(下中級) 운세다.

8.4 지뢰복(地雷復)

1. 학문적으로 본 괘의

암울하고 어두운 상황에서 상서로운 새로운 기운이 들어올 때에 는 그 기운을 잘 보전하고 크게 지켜라.

2. 년 운세 해설

일양래복(一陽來復)

범사향길(凡事向吉)

상생상합(相生相合)

한천감우(旱天甘雨)

재기번복(再起飜復)

일광득의(日光得意)

1) 괘 해설

복(復)은 동지(冬至)를 나타내는 뜻이다.

음의 기가 강하게 누르고 있는 속에서 양의 기가 싹트기 시작해 서 봄을 맞이하는 때다. 그래서 지금은 동지의 때다. 그 동안 많은 괴로움을 걷어내고 이제 새 기운을 받기 시작한다. 그러나 조급하게 서둘러 뛰쳐나가면 어린 싹은 주위에서 얼어 죽고 만다. 침착하게 맞이해야 한다. 지금부터 모든 것이 융화되고 회복되고 잃었던 것을 다시 찾을 수 있는 때가 왔다. 시작이 절반이다. 개혁, 개척, 변동을 하는 일이라면 서서히 진행하면 좋겠다.

2) 년 운세 해설

계절의 순환을 누가 막겠는가?

지금은 흩어진 것들이 모여들고 있으며, 가던 길을 칠 일만에 돌아온다는 뜻이 있어 일주일이 마치고 새로운 주를 맞이하고 있으며, 칠이란 우주순환의 주기율의 수치다. 그러나 지금 이 순간은 좀 고통스러울 것이나 이미 회복은 약속되어 있는 것이다. 마음의 채비를 해나가야 하는 때다.

중상급(中上給) 운세다.

8.5 지풍승(地風升)

1. 학문적으로 본 괘의

하나의 씨앗에서 아름드리 나무가 이루어지듯 모든 현상은 미미한데서 시작되어 크게 이루어진다. 큰 것을 이루려면 항상 작은 것부터 충실히 하라.

2. 년 운세 해설

영조명상(靈鳥鳴翔)
현달광명(顯達光明)

도덕문장(道德文章)
입신양명(立身揚名)

교상왕래(橋上往來)
일희일비(一喜一悲)

1) 괘 해설

승(升)은 뻗어나는 새싹을 의미한다.

땅 밑에서 싹이 돋아나 어린 나무가 무럭무럭 자라나는 모습이며,

위로 뻗어 올라가는 괘상이다.

진(晉)과 승(升)과 점(漸) 세 가지가 있는데, 이 중에서도 가장 순조로운 성장을 나타내고 있다. 승진과 영전의 기회를 만난 것이요, 적은 자본으로 시작하니 적소성대(績小成大)할 수 있는 때를 만난 것이다.

그러나 투기나 도박 등과 같이 일확천금의 꿈은 삼가라. 확장, 신규, 개혁, 공장 설립 등을 잘 관찰하여 시작하면 대성하리라.

2) 년 운세 해설

산에 나무가 거리낌 없이 쭉쭉 자라나듯이 내부를 충실히 하여 성장 발전해 갈 수 있는 절호의 기회를 만난 것이다. 나무가 자라는 이치와 같이 순서와 질서를 유지하면서 차근차근 진행시켜가야만 된다.

지금은 주거에 다소 불안을 느끼는 때지만 여성에게는 좋은 배필을 만날 수 있는 행운의 기회를 누릴 수 있다.

상상급(上上給) 운세다.

8.6 지수사(地水師)

1. 학문적으로 본 괘의

전쟁 등 큰 일을 수행하기에 앞서 백성을 용납하고 각자의 역할에
맞는 기량을 습득하도록 훈련하라.

2. 년 운세 해설

지세임연(地勢臨淵)
여인모사(輿人謀事)

맹호함정(猛虎陷井)
일시곤경(一時困境)

산두결화(山頭結花)
만인앙시(萬人仰視)

1) 괘 해설

사(師)는 싸움터로 나가는 장군, 사단병력의 힘이다.

대지가 물을 풍부하게 저장하고 있는 상태다. 대단히 그 기세가
당당하니 내부에는 많은 어려움이 깔려 있는 상태라 하겠는데, 전

략수립과 기밀보존 및 전투훈련 등을 충분히 하여 적절한 시기를
보아서 거사를 일으켜야 하기 때문이다.

지금 당신은 대단히 큰 포부와 계획을 세우고 있는 시기이며, 이
성간의 교제도 거의 개방적인 것을 좋아하고 있다. 잘 되면 충신,
못 되면 역적이라는 말을 기억하고 옳은 판단으로 행하라.

2) 년 운세 해설

지금은 모든 일에 포부가 너무 커서 마음의 여러 가지 걱정과 부
담이 많은 때다. 마치 전쟁을 하고 있는 상태와 같다. 대접전을 앞
둔 지휘관의 입장과도 같이 심각한 면이 많을 때다.

그러한 당신의 큰 꿈을 이루려면 천하장군님, 지하장군님, 백마장
군님께 정성껏 기도를 하며 신불의 공덕을 받으면 대성하리라.

중하급(中下給) 운세다.

8.7 지산겸(地山謙)

1. 학문적으로 본 괘의

후덕한 산이 땅 아래에 있듯이 부유함을 덜어서 가난함에 보태어
사회의 평정을 유지하고 상황을 잘 판단하여 공평하게 베풀어라.

2. 년 운세 해설

추월부용(秋月芙蓉)

촌죽일지(寸竹一枝)

선곤후태(先困後泰)

해자은익(害者恩益)

길성조명(吉星照命)

광휘만장(光輝萬丈)

1) 괘 해설

겸(謙)은 익은 벼 이삭이 고개를 숙인 모양이며, 겸손(謙遜), 겸허(謙虛)를 뜻함. 곧 자기 자신을 낮춤을 뜻한다.

고귀하면 고귀할수록 비천(卑賤)한 곳에 봉사하는 마음을 가져야

하며, 뛰어난 재능과 아름다운 용모는 겸허함으로써 더욱 빛나는 것이다. 또 교만한 자기에게는 화를 주고 겸손한 사람에게는 복을 주는 것이 신령님의 도(道)이며, 겸허한 사람이 귀한 자리에 있으면 빛을 내고 비천한 몸이라도 경멸을 받지 않는다. 학생이나 교육자, 지도자나 문관 계통에 종사하면 알맞은 운세다.

2) 년 운세 해설

지금부터도 늦지 않으니 한걸음 뒤로 물러나 겸손한 마음을 가져야 할 때다. 고집을 버리고 사욕을 떠나서 겸허한 태도를 갖지 않는다면 당신의 주변에서 무서운 모략과 중상과 흉계로서 당신을 함정에 몰아넣고자 한다는 사실을 명심하여라. 하던 일을 일단 맡기고 물러나야 할 때다. 다소 불쾌한 이야기를 들어도 시비하지 말고 무조건 겸손하게 참아라.

상하급(上下給) 운세다.

8.8 곤위지(坤爲地)

1. 학문적으로 본 괘의

대지가 모든 만물을 싣고 있듯이 두터운 덕으로 만물을 포용하라.

2. 년 운세 해설

생재만물(生縡萬物)

군창신화(君唱臣和)

우과전원(雨過前園)

잔화갱발(殘花更發)

기호득식(飢虎得食)

필유횡재(必有橫財)

1) 괘 해설

곤(坤)은 대지(大地)이다.

대지는 고요하고 움직이지 않으나 풍부한 힘을 갖추고 있으므로 모든 것을 낳고 육성한다. 유순하고 소극적이고 여성적인 것을 상징한다. 그리고 크게 형통한다.

대지는 그 두터움이 만물을 생성(生盛)시키는 것이다. 그 포용력(包容力)에 의해서 만물은 평화를 유지하고 있다. 하늘의 힘도 땅에서 받아들일 때 비로소 나타나게 되는 것이다. 음양(陰陽)은 대립되어 있으면서도 통일되어 있는 것이다.

2) 년 운세 해설

성실하고 유순한 마음으로 윗사람을 잘 받들어 나가면 윗사람의 큰 배려가 있게 된다. 지금은 여러 가지로 고통스러운 때이지만 겨울을 지나 화창한 봄을 맞게 될 것이다. 특히 여성이 이 괘상을 얻으면 화목하고 순하면서 부지런하게 남편을 도우며 자녀를 길러 가정을 잘 지켜갈 것을 알려주고 있다. 지금부터 3~6개월부터는 활기 있는 발전이 있게 된다.

상중급(上中給) 운세다.

서울시립광진노인종합복지관(2004년 10월 15일)

제14부

명리학(命理學) 강의

-사주 도출 방법, 삼재 도출 방법

명리학(命理學)을 연구하여 명리학의 대가(大家)가 되고 싶다면 대략 10세기 경 송나라 사람인 서자평(徐子平)이 창시한 日干(일간 : 태어난 날) 중심으로 편찬된 연해자평(淵海子平)을 반드시 학습하여야 할 것이다.

자평(子平) 학자는 본래 송대의 대음양학자이고 천문점성에 밝은 대학자인데 '락록자삼명소식부'를 주설하였으며 혹인은 오시대의 사람이라고도 한다. 여하튼 사주학(四柱學)의 비조로 평가받고 있다. 자평 학자 이전에는 생년중심(生年中心)으로 되었던 사주법(四柱法)을 일간위주(日干爲主)로 하는 사주학의 체계를 세운 분이 바로 자평 학자이었던 것이다.

따라서 사주학을 연구하고자 하는 사람은 자평서(子平書)를 독파하지 않으면 안 되고 전문가라 할지라도 사주학에 대한 기초 지식을 확실히 하고 여러 대가의 비전을 연구하기 위해서는 자평서를 완전 독파하는 것은 물론 암송까지라도 하여야 한다.

명리학에서 인간은 누구나 10달 동안의 태아기를 거쳐서 출생을 한다. 이때 시공에 따라서 각기 다른 기(氣)의 영향을 받게 된다.

예를 들어 한여름에 태어난 사람은 양기(陽氣)의 영향을 더 많이 받게 되어서 두 사람간의 성격은 기본적으로 서로 다를 수밖에 없다. 이렇듯 음양오행(陰陽五行)의 기운이 그 당사자에게 어떤 영향을 미쳤는가, 그리고 살아가는 과정에서 어떤 작용을 할 것인가를 파악하여 성격과 육친관계(六親 : 부모, 형제, 배우자, 자식 등의 가족관계), 그리고 직업, 재물, 건강, 질병 등 당사자의 모든 면을 분석하고 해석하게 되는데, 이러한 운명을 논하는 학문을 명리학이라고 한다.

즉 인간 개개인에게 부여된 생년, 월, 일, 시(生年, 月, 日, 時)를 운명론적 입장에서는 흔히 사주팔자(四柱八字 : 4개의 기둥으로 이루어진 여덟 글자)를 연구하는 학문이 명리학이다.

결론적으로 우리가 연구하는 명리학은 송나라 학자인 서자평(徐子平)이 창시한 자평명리학(子平命理學)을 중심으로 연구함이 바람직하겠다.

★六十甲子論

六十甲子와 空亡

納音					空亡
甲 乙 子 丑 海中金 해중금	丙 丁 寅 卯 爐中火 노중화	戊 己 辰 巳 大林木 대림목	庚 辛 午 未 路蒡土 노방토	壬 癸 申 酉 劍鋒金 검봉금	戌 亥
甲 乙 戌 亥 山頭火 산두화	丙 丁 子 丑 澗下水 간하수	戊 己 寅 卯 城頭土 성두토	庚 辛 辰 巳 白鑞金 백납금	壬 癸 午 未 楊柳木 양류목	申 酉
甲 乙 申 酉 泉中水 천중수	丙 丁 戌 亥 屋上土 옥상토	戊 己 子 丑 霹靂火 벽력화	庚 辛 寅 卯 松栢木 송백목	壬 癸 辰 巳 長流水 장류수	午 未
甲 乙 午 未 沙中金 사중금	丙 丁 申 酉 山下火 산하화	戊 己 戌 亥 平地木 평지목	庚 辛 子 丑 壁上土 벽상토	壬 癸 寅 卯 金箔金 금박금	辰 巳
甲 乙 辰 巳 覆燈火 복등화	丙 丁 午 未 天河水 천하수	戊 己 申 酉 大驛土 대역토	庚 辛 戌 亥 叉釧金 차천금	壬 癸 子 丑 桑柘木 상자목	寅 卯
甲 乙 寅 卯 大溪水 대계수	丙 丁 辰 巳 沙中土 사중토	戊 己 午 未 天上火 천상화	庚 辛 申 酉 石榴木 석류목	壬 癸 戌 亥 大海水 대해수	子 丑

★24節期

월별	절기	내용	양력
1월	입춘(立春)	1월이 시작이 되는 첫날 봄이 시작이 되는 날	2월 4, 5일경
2월	경칩(驚蟄)	2월이 시작이 되는 첫날 잠자던 개구리 등이 봄기운에 놀라 잠을 깬다는 날	3월 5일경
3월	청명(淸明)	3월이 시작이 되는 첫날 봄기운이 화창하다는 뜻	4월 5일경
4월	입하(立夏)	4월이 시작이 되는 첫날 여름이 시작이 되는 날	5월 5일경
5월	망종(芒種)	5월이 시작이 되는 첫날 보리 등 깍끌이(털) 있는 곡식을 수확 한다는 날	6월 5일경
6월	소서(小暑)	6월이 시작이 되는 첫날 더위가 발산하는 날	7월 6일경
7월	입추(立秋)	7월이 시작이 되는 첫날 가을이 시작이 되는 날	8월 7일경
8월	백로(白露)	8월이 시작이 되는 첫날 이슬이 보얀 기운이 돈다는 날	9월 7일경
9월	한로(寒露)	9월이 시작이 되는 첫날 찬 이슬이 내린다는 날	10월 8일경
10월	입동(立冬)	10월이 시작이 되는 첫날 겨울이 시작 되는 날	11월 7일경
11월	대설(大雪)	11월이 시작이 되는 첫날 눈이 많이 내린다는 날	12월 6일경
12월	소한(小寒)	12월이 시작이 되는 첫날 아주 추운 날	1월 5일경

*(비고 : 절기 진입 시간 이후에 출생했을 때는 해당 절기 사용하여 절기 진입 시간 이전에 출생하면 이전의 절기를 사용하게 되며, 입춘일 진입 이전에 출생했다면 지난 해의 절기 및 년까지 사용하게 된다.)

★통상적인 시간개념과 현재의 시간 적용

– 통상적인 시간개념

생시	시간	비고
子 時	前日 23時 ~ 當日 01時	
丑 時	當日 01時 ~ 當日 03時	
寅 時	當日 03時 ~ 當日 05時	
卯 時	當日 05時 ~ 當日 07時	
辰 時	當日 07時 ~ 當日 09時	
巳 時	當日 09時 ~ 當日 11時	
午 時	當日 11時 ~ 當日 13時	
未 時	當日 13時 ~ 當日 15時	
申 時	當日 15時 ~ 當日 17時	
酉 時	當日 17時 ~ 當日 19時	
戌 時	當日 19時 ~ 當日 21時	
亥 時	當日 21時 ~ 當日 23時	

★현재의 시간 적용

생시	시간	비고
朝子時	當日 00時 30分 ~ 01時 30分	
丑時	當日 01時 30分 ~ 03時 30分	
寅時	當日 03時 30分 ~ 05時 30分	
卯時	當日 05時 30分 ~ 07時 30分	
辰時	當日 07時 30分 ~ 09時 30分	
巳時	當日 09時 30分 ~ 11時 30分	
午時	當日 11時 30分 ~ 13時 30分	
未時	當日 13時 30分 ~ 15時 30分	
申時	當日 15時 30分 ~ 17時 30分	
酉時	當日 17時 30分 ~ 19時 30分	
戌時	當日 19時 30分 ~ 21時 30分	
亥時	當日 21時 30分 ~ 23時 30分	
夜子時	當日 23時 30分 ~ 24時 30分	

※ 현재의 시간 적용이 평시보다 30분 늦추어 작성된 이유는 지난날 군사정부가 동경시간에 맞추기 위해
　1961년 8월 10일 낮 12:00시를 12:30분으로 30분 빠르게 하였기 때문에 실제 고유한 한국시간으로의
　표출을 -30분 시키게 됨.

1. 사주(四柱)의 도출법

1) 사주(四柱)의 의의

사주란 글자 그대로 네 기둥이라는 뜻으로, 사람이 태어난 생년(生年), 생월(生月), 생일(生日), 생시(生時)를 말한다. 다시 말하면 출생한 연월일시를 음양오행의 부호인 육십갑자로 표시한 것으로서 생년(生年)은 연주(年柱)가 되고, 월(月)은 월주(月柱)가 되고, 일(日)은 일주(日柱)가 되고, 시(時)는 시주(時柱)가 되어 모두 합해 사주(四柱)라 한다. 또 일주(一柱)는 간지(干支) 2자(字)가 되어 사주팔자(四柱八字)라 부른다.

사주의 조직은 음양오행의 조화와 변화작용을 관찰하는데 핵심이 있다. 사주 전체는 물론 각 기둥마다 음양오행의 질량(質量)과 구조의 허실(虛實)을 판단하여 그 자체 능력과 개성 그리고 운세의 길흉화복을 논하는데, 사주팔자가 음양오행을 고루 갖추고 균형과 조화를 이루어 튼튼하고 쓸모 있는 건물과 같이 반듯하게 서있다면, 이 사주의 주인공은 총명하고 인품을 갖춘 유능한 사람으로서 큰 일을 해낼 수 있고 또 행복하게 살 수 있으나, 음양오행이 편중되거나 조화를 이루지 못한다면, 이는 마치 기울어진 건물처럼 신체구조나 생각이 비정상이거나 건전하지 못하며, 행동이나 인품 또한 이와 같아 가정이나 사회생활에 문제점이 있다고 판단하는 것이니, 우리는 이 명리학을 잘 연구하여 한번뿐인 자신의 인생은 물론 가족이나 타인을 위해서도 올바른 방향을 제시해 주어야 하겠다.

2) 이십사 절기(二十四 節氣)와 명리학

명리학에서 사주의 간지를 정하는 데는 반드시 절기를 기준으로 한다. 그것은 명리학이 우주운동에서 일어나는 기상학적인 변화를 파악하고 분석하는 것을 이론적인 근거로 삼기 때문이다.

즉, 연(年)은 태양이 지구에 미치는 힘이고, 월(月)은 달이 지구를 순회하면서 미치는 힘이고, 일(日)은 지구 스스로 일자전(一自轉) 하면서 우주운동을 하는 힘이며, 시(時)는 어느 시간 어느 공간에서 이 같은 우주운동의 일원이 되느냐 하는 것으로서, 인간도 우주의 한 개체와 일원으로 보고 이 끊임없는 자전과 공전의 법칙에 따라 일어나는 그 변화를 추리한 학문인 것이다.

태양은 1일에 1도(度)씩 동에서 서로 움직여 365.242일(=365일 5시간 49분 12초)이 걸려 일주(一周)하는데 이를 보통 일년(一年)이라고 하고, 일 개월은 달이 일자전하는 주기인데, 달은 1일에 13도씩 서에서 동으로 회전하여 약 29일 12시간 44분 정도가 걸린다.

이에 명리학에서는 천체의 자연계 중에 지구가 태양을 중심으로 움직이기 때문에, 태양운동의 척도인 24절기에 의하여 연과 월을 정하는 것이다. 1년은 12개월이고, 12개월 중에는 24절기가 있는데 한 달이 시작될 때를 절(節)이라하고, 한 달의 중간을 기(氣) 또는 후(候)라 한다.

중요한 것은 명리학에서는 연은 입춘(立春)이 시작되는 시각부터 세수(歲首)로 삼고, 월은 월절(月節)이 시작되는 시간부터 정하는 것이다.

3) 四柱를 정하는 법

(1) 연주(年主)

〈 60 갑자표〉

甲子	乙丑	丙寅	丁卯	戊辰	己巳	庚午	辛未	壬申	癸酉
甲戌	乙亥	丙子	丁丑	戊寅	己卯	庚辰	辛巳	壬午	癸未
甲申	乙酉	丙戌	丁亥	戊子	己丑	庚寅	辛卯	壬辰	癸巳
甲午	乙未	丙申	丁酉	戊戌	己亥	庚子	辛丑	壬寅	癸卯
甲辰	乙巳	丙午	丁未	戊申	己酉	庚戌	辛亥	壬子	癸丑
甲寅	乙卯	丙辰	丁巳	戊午	己未	庚申	辛酉	壬戌	癸亥

'연주(年柱)는 태세(太歲)라고도 한다'고 앞에서 설명했다. 태어난 해를 당년 태세라하고, 1세, 2세, 3세 순으로 매년 지나가는 해를 유년(流年) 또는 유년 태세라 한다. 생년(生年)의 간지는 단기(檀紀)나 서기(西紀)로 몇 년도에 출생하였나, 또는 몇 살, 무슨 띠인가를 정확히 알아서 만세력(萬歲曆)을 찾아보면 알게 된다. 단, 주의할 점은 연주(年柱)를 결정하는 것은 양력이나 음력의 정월 초하루를 기준으로 하지 않고, 입춘일(立春日)부터 연을 시작하는 것임을 명심해야 하겠다. 그리고 입춘일에 태어났을 때는 입춘 절입(節入) 시각(時刻)과 출생한 시각을 계산하여서 전년(前年)과 금년(今年)을 구분한다. 입춘은 대개 양력 2월 4일 경에 해당되나, 해에 따라서는 전후 1일 정도의 차이가 나기도 한다. 그러므로 양력으로 2월 초 출생자나 음력으로 12월말에서 정월 초 출생자는 각별히 유념해서 연주(年柱)를 세워야 할 것이다.

〈예〉 1994년 2월 4일 오후 1시 45분 생의 연주(年柱)의 간지는?

음력으로는 닭띠(癸酉年), 12월 24일인데 연주(年柱)는 계유(癸酉)가 아니고 당연히 갑술(甲戌)이 된다. 그 이유는 앞에서 말한 데로 연주의 기준이 되는 입춘(立春)이 2월 4일 오전 10시 31분에 이미 들어왔기 때문이다. 그러나 1994년 1월생은 물론이지만 2월 4일 오전 4시 10분 생은 이날이 입춘일이라도 아직 절입시간이 지나지 않았으므로 연주는 지난해의 계유(癸酉)를 쓰게 된다. 매년 입춘의 절입 시간은 만세력을 참조하면 된다.

(2) 월주(月柱)

月干支早見表

陰曆	節名	年干	甲己年	乙庚年	丙辛年	丁壬年	戊癸年
一月	立春		丙寅	戊寅	庚寅	壬寅	甲寅
二月	驚蟄		丁卯	己卯	辛卯	癸卯	乙卯
三月	淸明		戊辰	庚辰	壬辰	甲辰	丙辰
四月	立夏		己巳	辛巳	癸巳	乙巳	丁巳
五月	芒種		庚午	壬午	甲午	丙午	戊午
六月	小暑		辛未	癸未	乙未	丁未	己未
七月	立秋		壬申	甲申	丙申	戊申	庚申
八月	白露		癸酉	乙酉	丁酉	己酉	辛酉
九月	寒露		甲戌	丙戌	戊戌	庚戌	壬戌
十月	立冬		乙亥	丁亥	己亥	辛亥	癸亥
十一月	大雪		丙子	戊子	庚子	壬子	甲子
十二月	小寒		丁丑	己丑	辛丑	癸丑	乙丑

월주는 월건(月建)이라고도 하는데, 대소월(大小月)이나 윤(閏)달에 관계없이 각 월(月)의 절입을 기준으로 정한다. 태어난 날이 우연히도 절입일에 해당될 때는, 절기가 들어오고 나가는 시간을 정확히 파악하여 연주를 정할 때와 같이 월주도 정하면 된다.

〈예〉 1994년 8월 9일(음 7월 3일) 생의 월주(月柱)의 간지는?

7월 절기인 입추(立秋)가 지났기 때문에 연주는 갑술(甲戌)을 그대로 쓰고, 월주(月柱)는 갑기지년(甲己之年)의 7월인 임신(壬申)을 쓴다. 그러나 1994년 음력 7월 2일 오전 2시 8분 생(양 8월 8일)은 7월 절기인 입추일인데, 절입 시간이 오전 3시 4분이기 때문에 아직 입추가 되지 않아 6월 월건인 신미(辛未)를 쓴다.

(3) 일주(日柱)

일주는 사주의 핵심이며 본체가 되고 기신(己身)이라고도 한다. 생일의 간지는 만세력에서 출생한 날의 일진(日辰0을 확인하여 정한다. 명리학에서 일간(日干)을 주체로 설정하여 사주의 길흉을 추리하는 것은 앞에서도 서술한 바와 같이, 인간이 지구라는 한 테두리 속에서 그 구성원으로서 지구와 함께 우주운동을 하기 때문이다. 즉 이 말은 지구운동의 주체로서 모든 다른 천체와의 관계를 1회 마친 것이 1일인데, 이를 기준 삼아 일주(-日干)을 중심으로 파악하는 것이다.

(4) 時柱

時干支早見表

生時 時間 日干		甲己日	乙庚日	丙辛日	丁壬日	戊癸日
子時	午後 11時부터 午前 1時까지	甲子	丙子	戊子	庚子	壬子
丑時	午前 1時부터 午前 3時까지	乙丑	丁丑	己丑	辛丑	癸丑
寅時	午前 3時부터 午前 5時까지	丙寅	戊寅	庚寅	壬寅	甲寅
卯時	午前 5時부터 午前 7時까지	丁卯	己卯	辛卯	癸卯	乙卯
辰時	午前 7時부터 午前 9時까지	戊辰	庚辰	壬辰	甲辰	丙辰
巳時	午前 9時부터 午前 11時까지	己巳	辛巳	癸巳	乙巳	丁巳
午時	午前 11時부터 午後 1時까지	庚午	壬午	甲午	丙午	戊午
未時	午後 1時부터 午後 3時까지	辛未	癸未	乙未	丁未	己未
申時	午後 3時부터 午後 5時까지	壬申	甲申	丙申	戊申	庚申
酉時	午後 5時부터 午後 7時까지	癸酉	乙酉	丁酉	己酉	辛酉
戌時	午後 7時부터 午後 9時까지	甲戌	丙戌	戊戌	庚戌	壬戌
亥時	午後 9時부터 午後 11時까지	乙亥	丁亥	己亥	辛亥	癸亥

현재 우리가 사용하고 있는 시간은 1일을 24시로 나누어 쓰고 있으나, 옛날부터 동방(東方)에서는 1일을 12시로 나누어 사용해 왔다. 이 12시는 자축인묘진사오미신유술해(子 丑 寅 卯 辰 巳 午 未 申 酉 戌 亥)를 말하는데, 이는 지지(地支) 12자(字)에 시간을 배열한 것이다.

(5) 시간의 표준과 문제점

현재 명리학에서 사용하고 있는 시간과 관련하여 학자들 간의 이견이나 시행착오로 인하여 논쟁이 되고 있는 내용에 다음과 같은 세 종류가 있다.

첫째는, 야자시(夜子時)와 명자시(明子時)를 구분해야 한다는 학설과,

둘째는, 진시설(眞時設)이며,

셋째는, SUMMER TIME(썸머 타임)에 관한 것이다.

첫째, 야자시 설이란 자시(子時)를 둘로 나누어서 밤 11시부터 12시까지는 일진(日辰)을 바꾸지 않고 시간 또한 해시(亥時) 다음에 오는 천간을 그대로 연이어 쓰고, 새벽 0시부터 1시까지의 자시(子時)는 명자시(明子時 = 朝子時)로서 일진을 바꾸어 쓴다는 이론이다.

둘째, 진시설(眞時設)이란 지금 우리가 사용하고 있는 시간은 인위적으로 편의에 따라 표준시간을 정한 것인데, 사주(四柱)에서의 시간이란 지구의 공자전 관계에서 일어나는 기상학상의 일정

한 법칙으로 시간을 산출 적용해야 되므로 명주(命主)의 태생지(胎生地 = 태어난 곳의 위치)에 따라 시간을 정해야 한다는 이론이다. 즉 우리나라가 사용하고 있는 현재의 표준시간은 동경 135도 11분(分)에 위치한 일본 동경(東京) 명석(明石) 천문대 시간을 기준으로 사용하는데, 서울은 동경 126도 59분이므로 그 차이(8度 11分 59秒)에서 오는 32분 47초라는 시간을 늦추어야 된다는 이론이다.

셋째, 썸머 타임(SUMMER TIME) 설(設)은 오래전 우리나라에서는 일의 능률과 여가선용, 그리고 휴양의 효율성을 높이기 위해 여름(대략 5~9월)에 1시간씩 시간을 앞당겨 사용한 적이 있다. 그래서 이 썸머 타임이 적용된 기간 중에 출생한 사람들은 시간을 1시간씩 뒤로 물려서 정해야 된다는 이론인데, 최근에는 이 썸머타임 제도를 사용하지 않고 있다.

사주조직(四柱組織)의 위치별 용어 및 활용법

時柱	日柱	月柱	年主	區分
實	花	苗	根	
貞	利	亨	元	
時 時 上 干	天 己 日 日 元 神 主 干	月 月 上 干	年 歲 年 年 頭 干 上 干	天干 (陽, 男)
時 支	自 坐 日 坐 下 支	月 月 月 建 令 支	歲 歲 年 年 下 支 下 支	地支 (陰, 女)
子	主 我 己 體 身	姉 兄 父 (家庭)	租 先 上 代	六親
女	妻 夫	妹 弟 母 (環境)	基 根	

2. 운로(運路)의 입성(立成)

1) 대운(大運)이란?

세월이 흘러감에 따라 선천적으로 타고난 사주(命)가 후천적으로
돌아오는 시간(運)과의 조화에서 어떻게 길흉화복이 이루어지는
가를 예지 추측할 수 있는 것으로 사주를 보좌하고 또 활동 상태
를 판단하는 중요한 요건이 대운(大運)이다.

이처럼 사주와 대운은 뗄레야 뗄 수 없는 불가분의 관계로서
대운(運)과 사주(命)를 합해서 말 그대로 '운명(運命)'이라 했다.

2) 대운(大運)을 정하는 법

대운은 기후의 연속으로서 출생한 월건(月建)에서부터 시작된다. 모든 만물이 춘하추동의 사계(四季)와 기후의 변화에 따라서 성(盛)하고 쇠(衰)하는 이치 때문이다.

생년 천간이 갑병무경임(甲丙戊庚壬)인 연(年)을 양년(陽年)이라고 하고, 을정기신계(乙丁己辛癸) 연을 음년(陰年)이라 하며, 양년생 남자와 음년생 여자는 미래절(未來節)로 순행하고, 음년생 남자와 양년생 여자는 과거절(過去節)로 역행한다. 음양을 설명할 때 말한 것처럼 남자는 양(陽)이고 여자는 음(陰)으로써 음양상 서로 상반되므로 대운의 흘러감도 역시 남자와 여자는 반대 방향으로 흘러간다. 앞에서 말한 것을 요약해 쓴다면,

陽男 陰女는 順行 未來節이요
陰男 陽女는 逆行 過去節이다

〈예〉 1994년 7월 29일 오후 6시時 30분 출생명의 대운은?

갑술년(甲戌年) 신미월(辛未月) 병진일(丙辰日) 정유시(丁酉時)가 사주이다. 이 주인공이 남자라 한다면 양남(陽男)이 되어 대운은 순행하게 된다. 즉 임신(壬申), 계유(癸酉), 갑술(甲戌), 을해(乙亥), 병자(丙子), 정추(丁丑)이 될 것이며, 만약

에 주인공이 여자라면 양녀(陽女)에 해당되므로 양녀의 대운은 역행이라 경오9庚午), 기사(己巳), 무진(戊辰), 정묘(丁卯), 병인(丙寅), 을축(乙丑)이 된다.

	乾命		坤命
丁丙辛甲　四		丁丙辛甲　四	
酉辰未戊　柱		酉辰未戊　柱	
丁丙乙甲癸壬　大		乙丙丁戊己庚　大	
丑子亥戌酉申　運		丑寅卯辰巳午　運	

3) 대운(大運)의 수(數) 산출법

대운의 수란 행운세수(行運歲數)라고도 하는데, 정해진 대운이 몇 살에서부터 어느 대운에 들어가 몇 살까지 해당하는가를 말해주는 것으로서, 운명을 판별하는데 기초적인 것이면서도 대단히 중요하다.

　대운수는 생일로부터 절기일까지 계산한 일수를 3으로 나누어 얻는데, 순행(順行)하는 명과 역행(逆行)하는 명의 산출방법이 다르다.

　양남음녀의 행운세수는 생일부터 다음 달 절입일까지의 날짜를 계산하여 나오는 날의 수를 3으로 나누어, 남는 수가 1이면 버리고 2이면 반올림해서 1을 더해 준다. 그러나 음남양녀의 행운세수는 반대로 태어난 날부터 지난 과거 절입일까지의 날짜를 계산하여 3으로 나누고 나머지 처리는 마찬가지이다.

〈예〉

앞에 제시한 사주(24쪽 예문)가 건명(乾命, = 남자)이라면 양남 음녀에 속하므로 태어난 날 7월 29일부터 미래 절입일인 입추(立秋)까지의 날 수를 먼저 뽑는다. 입추는 8월 8일이기 때문에 10일이 나오는데, 그 다음 10일을 3으로 나누면 3이 되고 나머지 1이 남기 때문에 1은 버리므로 행운세수는 3이 된다. 따라서 행운세수는 다음과 같다.

53	43	33	23	13	3
丁	丙	乙	甲	癸	壬
丑	子	亥	戌	酉	申

고로 임신(壬申) 대운은 3세부터 12세까지 10년간을 관장하고, 다음 계유(癸酉) 대운은 13세부터 22세까지 10년간 등 그 후 차례대로 관장한다.

만약에 예를 든 사주가 곤명(坤命, = 여자)이라면, 당연히 행운세수는 달라지게 된다. 계산 방법은 음남(陰男) 양녀(陽女)에 해당하므로 태어난 날 7월 29일부터 지난 절입일인 소서9(小暑), 즉 7월 7일까지 날 수를 역으로 계산하면 22일이 나온다. 22를 다시 3으로 나누면 7이 되고 1이 남기 때문에 역시 1은 버리고 7을 행

운세수로 한다. 따라서 대운과 행운세수는 다음과 같으며, 나머지
대운의 관장법은 마찬가지이다.

```
57  47  37  27  17  7
乙   丙   丁   戊   己   庚
丑   寅   卯   辰   巳   午
```

4) 대운(大運)의 작용력과 활용법

　　대운이나 연운(年運, = 歲運)의 작용과 활용방법에 관하여는
후에 상세히 공부하겠지만 여기서 우선 간략히 설명한다면, 대운
은 사주의 연속으로서 혹자는 그 당시에 해당하는 대운 일주(一
柱)를 사주와 합하여 오주(五柱)라 부르는 일도 있다. 이것은 대운
의 비중이 운명을 감정하는데 있어서 그만큼 중요하다는 것을 역
설적으로 한 이야기인데, 대운이란 때의 흐름과 명주(命主)가 머
물고 있는 장소를 파악할 수 있는 것으로서, 대운 일주(一柱)는 10
양 간의 길흉을 보는 것이다.

　　천간은 대운의 수로부터 선(先) 5년간을 보고, 지지는 후 5년
을 보는데, 대운은 역시 지지가 더욱 중요한 역할을 한다. 고로 지
지의 흐름을 잘 관찰해야 하는데, 천간을 판단할 때도 지지의 작
용력이 30% 정도 가산된다고 생각하면서 추리하고 지지도 마찬
가지이다. 그러나 굳이 간지의 비중을 나누라면, 천간 대 지지의
비율이 3:7 정도의 작용력을 가진다 하겠다. 그렇다고 천간을 절

대 무시해서는 안 된다.

3. 삼재(三災)

우리나라 사람들 중에는 삼재의 진의는 몰라도 삼재가 시작되는
시기나 끝나는 시기와 그 길흉에 대해서는 대단한 관심을 가지고
염려하는 사람들이 많다. 그만큼 삼재는 많이 알려진 신살(神殺)
중의 하나라 해도 과언이 아닌데, 그렇다면 삼재란 과연
무엇인가 알아본다.

1) 삼재(三災)의 의의

삼재 조견표

年支	寅午戌 生	巳酉丑 生	申子辰 生	亥卯未 生
三災年	申酉戌 生	亥子丑 生	寅卯辰 生	巳午未 生

삼재란 계절에 비유하면 혹한기와 같아서, 만물의 성장이 위
축이 되고 정지상태에 있는 것과 같이 매사에 활동이 부자연스럽
고 자칫하면 사고가 일어나는 시기인 것이다. 부(富)와 명예를 가
지고 있는 사람이나 평범한 시민, 그리고 건강한 사람이나 병약한
사람 모두가 마찬가지인데, 행운이 흉하면 더욱 심한 흉액(凶厄)이
일어난다. 삼재의 화(禍)는 이러하다.

첫째, 관재(官災)로서 형액(形厄)이나 송사(訟事)가 발생하고,

둘째, 손재(損災)로써 사업의 실패나 부진으로 인한 손해 또

는 금전거래를 하다가 빌려준 돈을 받지 못하거나, 보증·담보로 인한 손재나 실재(失財), 그리고 투자한 자본이 묶이거나 회전이 되지 않아 애를 먹거나 사기를 당하고 부도나 파산에 이르는 지경을 말한다.

셋째는 인재(人災)로서 본인이 사고나 그 밖의 일로 부상을 당하거나 질병으로 인한 수술 등 신액(身厄)을 겪는 경우가 있거나, 또는 가족 중에 위와 같은 우환이나 사망이 발생하는 것을 말한다.

2) 삼재의 성립

삼재는 사주의 연지(年支)를 위주로 행운(行運)의 태세(太歲) 지지를 참고하여 정하는데, 연지가 삼합하는 오행의 병사묘(病死墓)에 해당하는 3년간이 삼재에 해당하는 것이다. 즉,

寅午戌生은   申酉戌年
巳酉丑生은   亥子丑年
申子辰生은   寅卯辰年
亥卯未生은   巳午未年 이 삼재에 해당된다.

이 말은 인오술(寅午戌) 연생은 삼합된 오행이 화(火, (丙)) 국(局)에 속하는데 병화(丙火)는 인(寅)에서 장생(長生)하여 신(申)에 병지(病地)가 되고, 유(酉)에서 사지(死地)가 되며, 술(戌)에는 묘(墓, 庫)지가 되어, 마치 병들어 죽은 뒤 땅속에 묻히는 시기와 같은

현상으로 이해하면 되겠다.

3) 삼재의 작용과 특성

(1) 삼재는 앞서 말한 대로 해당하는 명의 80~90% 정도가 최소한 한가지 정도의 재난을 경험한다. 물론 개인의 명조(命造)와 행운의 길흉에 따라서 그 피해 정도가 다르니 잘 살펴야겠다.

특히 대운·연운이 모두 길하고 명조가 잘 짜여져 있으면 흔히 말하는 '복삼재(福三災)'라 하여 흉사(凶事)보다는 오히려 3배 정도의 길경사(吉慶事)가 생기는 경우도 있다. 행운이 흉하더라도 명조가 생생불식(生生不息)하거나 구신(求神) 또는 은성(恩星)이 있으면 흉함이 적고, 원명에 악살(惡殺)이 있고 행운이 흉한데, 또 삼재가 겹치면 극심한 재난(災難)이 따르게 된다.

(2) 삼재가 시작되는 첫 해를 입삼재(入三災, 들삼재)라 하고, 둘째 해를 복삼재(伏三災, 묵은 삼재) 또는 중삼재(中三災)라 하며, 마지막 셋째 해를 출삼재(出三災, 날삼재)라 칭한다.

(3) 입삼재(入三災) 년은 역마(驛馬) 삼재로서 이동이나 변동이 많은 해인데, 대체로 인신사해생(寅申巳亥生)에게 화(禍)가 많이 온다. 입삼재(入三災)년에는 누구를 막론하고 객식구를 늘리거나 장기간(한 달 이상) 동거할 경우 집안에 우환이 생기고 재액(災厄)이 발생할 염려가 있으니 삼가는 게 좋다. 특히 같은 삼재에 해당하는 사람은 절대 피해야 된다. 사무실이나 점포, 공장 등의 직

원이나 종업원을 채용할 때도 마찬가지인데, 많은 인원이 필요하거나 이동이 잦은 곳에서는 핵심인물이나 측근·중요 부서에만 적용한다.

(4) 삼재의 두 번째 해인 복삼재(伏三災) 때에 대부분의 사람들이 화(禍)가 심한데, 특히 자오묘유(子午卯酉) 사정년생(四正年生)들은 더욱 조심해야 한다. 역시 식구를 늘리는 것은 좋지 않다.

(5) 출삼재(出三災) 연인 마지막 삼재해에는 가족 중 출타하는 사람이 있으면 흉중길(凶中吉)하고, 여러 사람이 모이는 행사, 즉 회갑(回甲)이나 칠순잔치 또는 결혼 등은 삼가는 것이 좋다. 사람이 많이 모이면 길중흉사(吉中凶事)가 발생할 우려가 있다. 고로 진술축미(辰戌丑未) 사고년생(四庫年生)은 마지막 출살재(出三災) 연이 필히 회갑에 해당되어 '불환갑(不還甲)'이라하며 잔치를 하지 않는 것이 통례로 전해 내려오고 있다. 역시 출삼재년에는 다른 띠보다 진술축미생(辰戌丑未生)들이 변화가 많고 재해가 많이 생기니 주의해야 하겠다.

(6) 일가족 중에 3인 이상이 삼재이거나 과반수가 삼재에 해당하면, 화가 더욱더 크게 미치니 이 점을 참작하여 집안의 대소사에 활용해야 하겠다.

三災 십이운성(十二運星)에 의한 조견표

日干 十二運星	丙 : 寅午戌生 (火局)	庚 : 巳酉丑生 (金局)	壬 : 申子辰生 (水局)	甲 : 亥卯未生 (木局)
病	申年	亥年	寅年	巳年
死	酉年	子年	卯年	午年
墓	戌年	丑年	辰年	未年

제15부

작명반세기

스포츠조선 기고와 20여만명 작명

앞에서 나의 외할아버지께 정감록이나 사서삼경을 비롯하여 온
갖 경전이나 학문서에 통달하신 유학자이시라고 소개해 드린바
있다. 나는 어렸을 때부터 교회에 나가고 있었지만 외할아버지의
영향을 받아 동양철학에도 많은 관심을 가지게 되고 결국에는 성
명학(姓名學)에까지 연구를 하게 되었다.

성명학에 대한 나의 생각은 이렇다. 사람들은 성명학이 학문
의 이름을 빌리고는 있지만 비과학적이고 구복적(求福的)인 경향
이 강하며 미신적인 측면이 너무 많아 믿을 게 못된다고 단정적으
로 말하곤 하는데 꼭 그러하지만은 않다. 인간에게는 정신과 육
체를 연결해 주는 보이지 않는 힘의 작용이 존재한다. 이 보이지

않는 존재라는 영적 생명력은 정신과 육체적 활동의 중계 작용을 한다고 볼 수 있다. 생각함이 육체의 의해 실행되기까지의 회로에서 그러한 힘이 존재한다고 보는 것이다. 그것은 단순한 전달체계만을 의미하는 것이 아니라 그 짧은 순간에 말로는 설명할 수 없는 의지가 스며들어 동시에 전달되는 것을 의미한다.

불러서 좋은 이름이 있거나 듣기에 거북한 이름이 분명히 존재한다. 이것은 그 이름의 본인의 부모나 어른들이 의미를 담아 세상에 통용하게 한 것이다. 이것이 의지나 희망이나 작용한다는 것이다.

좀더 과학적으로 설명하면 이렇다. 이름을 부르고 쓰고 하는 과정을 통해 개인의 정신에 영향을 미치게 되고 정신을 통하여 발생하는 생명력은 육체에 충격을 주고 육체적 에너지는 다시 정신에 도달하여 활동이 이루어지게 되므로 여기에서 기운이 발생하게 되는 것이다. 소리, 음파가 식물, 물체에 미치는 영향은 많은 방송에서 실험에서 입증되었다.

물, 밥, 꽃 등등의 물질과 식물에게 사랑한다, 등의 긍정적인 표현을 했을 경우, 물의 경우 분자구조가 육각수로 존재하거나 변화한다는 것이 과학적으로 증명이 되었다. 일본의 과학자 에모토 마사루 박사가 쓴 〈물은 답을 알고 있다〉라는 책에서 입증이 되었다. 반면에 밉다, 싫다 등의 부정적 표현을 했을 경우 쉽게 부패하거나 나쁜 쪽으로 변화 한다는 것이다.

우리의 일상의 삶속에서도 그것은 자연스러운 현상이다. 부정적인 언어에는 파괴적인 에너지나 파동이 생겨 좋지 않은 영향을 주고 인간관계의 측면에서도 좋지 않은 결과를 가져오게 된다. 이처럼 이름은 육체에서 정신으로의 유도 작용을 통하여 선천적인 운의 범위 내에서 어느 정도의 변화나 조절이 가능하게 되므로 좋은 이름은 좋은 운과 기운을 자연스럽게 발생시키게 된다. 당연히 부르고 듣기 거북한 이름은 자신에게 불리하게 운으로 작용하게 다. 이것이 성명학의 효용이라고 할 있다.

1967년에 우연히 성명학에 관한 책을 입수하게 공부를 하게 되었다.

성명학은 배울수록 오묘한 경지로 나를 인도했다. 사람들이 흔히 비과학적이라는 편견으로 치부해 버리는 수도 있었지만 정말 그런 것은 아니었다. 오히려 과학적이면서도 영(靈)적인 부분과 기(氣)적인 부분을 강조하고 가미하여 사람들의 일신의 안위를 독려하는 인간적인 학문이었다.

공부가 조금 무르익어 가면서 이름을 짓는 성명학의 성명법칙에 준수하여 주위의 사람들에게 작명하여 주기 시작했는데 비교적 결과에 만족을 하는 사람이 많아지면서 나의 이름이 조금씩 번져나간 모양이었다. 1999년에는 스포츠조선으로부터 성명에 대한 기고를 요청해 왔다. 6개월의 시간 동안 스포츠조선의 독자들로부터 신청을 받아 그 이름을 분석하고 충고를 하며 나의 의견을 솔직하게 제시하였다. 많은 독자들이 자기 이름에 그렇게 관심이 많은 줄을 새삼 알게 되는 소중한 기회였다. 이로 인해 내가 어느 정도 유명해져서 참 보람있는 작명을 많이도 하게 되었다. 현재까지 20여만 명에게 작명을 해주었는데 특별한 일화를 소개하고자 한다.

2007년이었다. 당시 프로 축구선수 이동국의 부친이라고 어떤 분이 자기소개를 하면서 전화가 왔다. 며느리가 쌍둥이를 임신하여 곧 해산하게 되어 있는데 손주의 이름을 나에게 의뢰하겠다는 것이었다. 병원에서는 제왕절개 수술로 아이들이 태어나게 된다고 말했다고 한다. 이동국 선수의 부친은 출생일시부터 도움을 주셨으면 좋겠다고 말했다. 그러고나서 이름까지 지어달라는 것이었다. 나는 성명함의 법칙을 면밀히 검토하여 복수의 일시를 적어 서명을 하고 포항으로 팩스로 보내주었다.

그렇게 첫 번째 쌍둥이의 이름이 만들어졌다. 우리 이름이기도 하고 외국식 이름으로도 손색이 없는 이름이었다. 글로벌이란 문화가 확산되면서 그것을 염두에 두고 그런 곳까지 신경을 쓴 나의 센스라면 너무 자화자찬일까, 이 선수의 부친은 대단히 만족해 하셨다. 역시 2년쯤 지나 다시 이 선수의 부친으로부터 전화가 와서 같은 방법으로 이름을 지어 보냈다. 이동국 선수는 축구뿐만 아니라 출산에 있어서도 대단한 선수가 아닐 수 없었다. 두 번째 손녀도 역시 쌍둥이였다. 글 확률이 얼마인지는 미처 알아보지 않앉지만 대단한 일인 것만은 확실할 것이다. 또 2년이 지나 같은 전화가 왔다. 이번에는 손자라는 것이었다. 무척이나 기뻐하시는 목소리였다. 그리고 이번에는 '시안'이라는 이름을 이 선수가 부르고 싶으니 방법을 찾아달라는 것이었다. 나는 가장 우수한 조합으로 시안의 한문을 찾아내어 전달해 드렸다. 시안이라는 이름은 나와 이동국 선수의 합작품인 셈이다.

국방부 공무원으로 재직하고 있을 때였다. 하루는 옆자리의 동료가 약간 경직된 자세로 전화를 받더니 나에게 국방부 인사국장님 전화라고 하면서 바꾸어 주었다. 내가 수화기를 인계 받고 직급과 이름을 말했더니 국방부에 재직중인 인사국장이라고 하시면서 자기 소개를 하는 것이었다. 자신이 이번에 손주를 보았는데 여러 가지를 물어볼 것이 있다면서 사무실로 차 한 잔 하러 오지 않겠느냐고 말씀하셨다. 곧바로 대답을 하고 바로 사무실로 찾아가 뵈었다. 앉으시라고 자리를 권하시면서 나에 대한 이야기를 많은 사람들에게 들었다고 하시며 간단하게 정리된 손주에 대한 자료를 건네주시는 것이었다.

사무실을 나와서 꼬박 1주일을 연구해서 이름을 작성했다. 그리고 큰 종이에 붓으로 이름을 쓰고 그 뜻의 해석까지 자세하게 덧붙여 정성스럽게 전해드렸다. 인사국장님은 너무 감사하다고, 수고하셨다고 하시며 진정으로 고마워하시는 것이었다. 사무실을 나오는데 작은 성의라고 하시며 봉투 하나를 주머니에 넣어주시는 것이었다. 상사의 정중한 부탁이고 손주에 관한 특별한 부탁이라 거절할 수도 없었다. 그저 고맙게 받았을 뿐이었다.

역시 국방부에 근무할 때의 일이다. 한 부사관 중사가 태어난 아들의 이름을 부탁해 작명해 주었는데, 이 녀석이 아주 똑똑하고 씩씩하게 자란다는 뒷얘기를 들었다. 거기에다 운동에도 소질이 있어 태권도까지 익혀서 조종사 아파트 관사의 자녀들을 휘어잡고 있다고 이야기해 주었다.

한번은 전무송 배우의 부인이 외손주를 보았는데 작명의뢰를 해왔다. 나는 전 배우와 머리를 맞대고 작명을 하여 그와의 조율을 거쳐 작명을 확정했다. 가끔씩 그 아들과 같이 손주가 TV에 나온 방송을 보았다며, 두 사람이 모두 아주 똑똑하더라고 일러주었다.

한번은 이런 일도 있었다. 34년의 일이다. 한 아주머니가 오셔서 자기는 집의 형편이 좋지 않아 사례를 할 수가 없다면서 딸의 작명을 부탁하는 것이었다. 나는 앞뒤를 재지 않고 정성을 다해 이름을 지어 주었다. 비록 가정형편은 어려워도 딸의 뒷바라지를 위해 최선을 다하고자 하는 아주머니의 성의가 곧 진심으로 느껴졌기 때문이었다. 어머니의 자식을 향한 무조건적인 헌신은 그 누구를 막론하고 고귀한 일이다. 뒤에 가서야 그 사정을 전해들을 수 있었다. 그 딸은 간호대학교를 졸업하고 미국으로 건너가 간호사 시험에 합격하여 켈리포니아에 있는 한 대학병원에 간호사로 근무하고 있다는 소식을 전해 들었다. 그리고 한국교포와 만나 결혼하여 아들을 낳았는데 그 딸이 자기의 이름을 직접 지어준 나의 주소와 전화번호를 확인하여 내게 전화를 한 것이었다. 그러니까 그 아주머니의 손주의 이름을 부탁하려고 직접 전화한 것이었다. 그러니까 대를 이어서 작명을 해준, 내게는 고맙고 귀한 인연이 되었던 것이다.

나는 1967년도에 처음 성명학에 관한 책을 입수하여 연구하며 지금까지 그 학문을 공부하고 있다. 그러다보니 지금은 이사할 때 16박스 분량의 작명 관련 서적을 확보하고 있다. 그동안의 연구는 참 길고 멀었다. 그만큼 보람있는 일도 많았음에 오직 감사한 마음뿐이다. 반세기가 넘은 시점에 이르러 돌아보니 20여만 명에게 작명을 해주었다. 최초 작명 그룹은 지금은 벌써 40대로 진입했고, 모두 100% 대학에 진학했다고 한다. 지금은 사회의 여러 방면에서 골고루 활약하고 있다 하니 그 뿌듯한 마음을 감출 수가 없다. 비록 내가 갖춘 능력이 일천하나 모두가 각자의 능력대로 사회에 봉사하고 있다 하니, 그 이름 하나하나가 소중하지 않을 수 없다.

그 이름을 불러주었을 때, 내게 와서 꽃이 되었다는 시 구절이 문득 떠오른다.

이름은 그냥 단순한 이름이 아니라 그 사람의 영혼과 철학이 깃들어 있다. 이름값을 한다는 말을 우리는 한다. 가장 중요한 것은 내가 지어준 이름으로 그 이름값을 한다는 사실을 직시할 때, 내 삶은 결코 헛되지 않았음을 오롯하게 느낀다.

성명학에는 많은 종류뿐만 아니라 공부의 방법도 너무나 많다. 상식적으로도 도움이 될 뿐만 약간의 관심만으로도 좋은 철학을 가질 수 있다. 여유가 있어서 공부하는 것이 아니라 공부를 함으로 여유가 생기는 것이다. 그래서 대표적인 것들을 소개하고자 한다.

수리성명학(數理姓名學)은 원(元) 형(亨) 이(利) 정(貞)의 사격(四格)을 가지고 81수리(數理)의 조견표에 비교하여 운명을 풀어가는 방법과 오격(五格)을 가지고 81수리(數理) 조견표에 비교하여 운명(運命)을 풀어 가는 방법인 일본식(日本式) 수리성명학(數理姓名學)의 두 가지 방법(方法)이 있다.

음양성명학(陰陽姓名學)은 성명(성명)은 성명(姓名)의 획수(劃數)가 짝수인 2,4,6,8,10획은 음(陰)이고 1,3,5,7,9획은 양(陽)으로 음양(陰陽)이 조화(調和)가 이루어지도록 작명하는 방법을 말한다.

용신성명학(用神姓名學)은 타고난 사주팔자(四柱八字)에 필요한 오행(五行)을 찾아 이 필요한 오행(五行)을 자원오행(字原五行)이나 발음오행(發音五行)으로 성명(姓名)을 작명(作名)하는 방법이다.

측자 파자 성명학(測字破字姓名學)은 성명(姓名)의 글자 한자 한자를 측자(測字)하거나 파자(破字)해 나가면서 길흉(吉凶)을 판단해 나가는 방법이다.

성격성명학(性格姓名學)은 사주학(四柱學)의 육신(六神)은 비견(比肩) 비겁(比劫) 식신(食神) 상관(像官) 편재(偏財) 정재(正財) 편관(偏官) 편인(偏印) 정인(正印)의 10가지 유형(類型)을 음양(陰陽)으로 나누어 20가지 유형(類型)의 운명을 분류하여 이에 따라 작명(作名)하는 방법이다

오행성명학(五行姓名學)은 성명(姓名)을 자원오행(字源五行)이나 발음오행(發音五行)이나 수리오행(數理五行) 등을 가지고 오행(五行)의 상생(相生)과 상극(相剋) 비화(比和)의 원리(原理)를 살펴 가는 방법이다.

육효성명학(六爻姓名學)은 운명(運命)의 순간적인 점(占)을 치는 육효(六爻)인 청룡(靑龍) 주작(朱雀) 구진(句陳) 등사(騰蛇) 백호(白虎) 현무(玄武)등 여섯 가지의 육수를 가지고 작명(作名)하는 방법(方法)이다.

주역성명학(周易姓名學)은 주역(周易)의 육사괘(六四卦)를 활용하여 성명(姓名)의 획수(劃數)를 주역(周易)의 팔괘(八卦)인 건

(건) 태(兌) 리(離)진(震)손(巽)감(坎)곤(坤)으로 바꾸고 이것을 64괘(六四卦)로 바꾸어 운명을 풀어 가는 방법이다.

성명을 분석할 때 가장 많이 사용하는 방법으로 성명 글자 중 획수를 조합하여 그 수의 의미를 밝혀낸 것이며, 그 이름 자체에 내포되어 있는 吉凶禍福(길흉화복)과 喜怒哀樂(희노애락)을 해석하는 것이다.

성명 세 글자에서 각 두 자씩의 획수를 조합하여 세가지 운(주운, 부운, 외운)을 만들고, 세 글자의 획수를 모두 합하여 총운을 만든다. 이렇게 만든 운을 주운(원격), 부운(형격), 외운(이격), 총운(정격)이라 한다.

元格(원격), 亨格(형격), 利格(이격), 貞格(정격)의 四格(사격)은 독립해서 해당하는 시기에만 영향력을 가지는 것이 아니라 상호 간에 연관성을 갖고 서로 영향력을 미치며, 이름의 주인공이 능력을 발휘하는 운세를 담을 수 있는 그릇이라 할 수 있다.

이 원리는 통계학의 원리인데 2개 이상의 흉수가 겹치면 흉작용이 더욱 가중되므로, 元格(원격), 亨格(형격), 利格(이격), 貞格(정격)의 四格(사격)이 전부 좋은 격으로 구성하면 좋다.

성명학을 공부하면 사람이 보인다. 사람이 보이면 성공이 보인다. 성공은 물질적인 것을 초월하여 인간을 완성시킨다.

나의 철학이다.

국방부 근무(1990년 11월 16일)

스포츠 조선 이름 연재기념(1999년 5월~)

중앙일보

joongang.co.kr

"북한 붕괴 대비
한·미·중 협의를"

이동국 선수 인생 상담기념(2007년 8월 27일)

역학자 이원식의

박지하(朴志夏)
98년 9월29일 오후4시15분생

세심하고 원만한 성격 … 청년기 영예누려

사주는 무인(戊寅) 계해(癸亥) 무진(戊辰) 경신(庚申)으로 구성. 성격은 세심하고 원만하면서도 고집이 센 편. 직업은 교육자나 사업가가 좋으며 고향을 떠나 외국으로 나갈 기회가 많았다.

주역의 성명괘상은 산천대축으로 이름자를 분석해 볼때 발음이나 느낌상 '지하'라고 하면 무언가 밑으로 가라앉는 느낌이 드는·만큼 쓰지 않는 것이 좋았을 듯.

이런 사람은 유년에는 건창운이 들어 천성적으로 강직한 기품으로 초지관철하여 대지대업을 달성할 기틀을 마련하며 청년기에는 이지운으로 명석한 두뇌와 임기응변의 솜씨로 큰 일을 벌여 영예를 한몸에 받는 운세.

또 장년기운은 덕망운으로 온순정직한 성품으로 가운을 중흥시키고 부귀공명하는 대길운이나 말년운(집합운)은 공명운으로 특히 여성의 경우에는 남편을 잃고 혼자 살 가능성이 있어 전체적인 이름의 수준은 '미'정도로 평가할 수 있다.

이원식 소장 약력
▲44년 강릉출생 ▲77~96년 국방부사무관 재직 ▲67년 역학연구 시작해 5만여회 작명 ▲현재 한국역리학회 중앙 학술위원

역학자 이원식의

김진환(金鎭煥)
73년 9월30일 오후9시생

종교인- 교육자 바람직…아버지 잘 보살펴야

사주는 계축(癸丑) 임술(壬戌) 갑오(甲午) 갑술(甲戌)로 구성되며 성격은 급하고 눈치가 빠르다. 직업은 교육자나 성직자, 또는 의약계통이 좋으며 사업을 한다면 요식업이나 전자제품업체가 좋을 듯.

태어난 연월이 상형살로 이루어져 조상과 부모사이가 좋지 않다.

또 편재 백호대살이 있어 부친이 위험한 경우를 많이 당하니 부친봉양에 힘써야 한다.

이런 사람은 유년에는 기운은 용창운으로 자립하게 되며 청년기운은 '파멸운'으로 일시적으로는 성공하지만 끝 파탄이 오겠다.

장년기운은 두령운으로 대지대며 살중에는 화개살이 있어 종교적 활동과 예술적 소질이 있고 또 비인살이 있어 모험을 좋아하며 요행수로 일시적 성공도 볼 수 있업을 완수하며 말년운은 인격적으로 담대하면서도 과담성이어 크게 명예를 떨치게 되는 운세로 이름의 수준은 '미'로 평가한다.

이원식 소장 약력
▲44년 강릉출생 ▲77~96년 국방부사무관 재직 ▲67년 역학연구 시작해 5만여회 작명 ▲현재 한국역리학회 중앙 학술위원

제16부

이원식 박사
필기체 한자 교본

개요: 한국인은 한자 필적에 많은 애로를 겪고 있어 저자가 이 문제를 해결하기 위해 실제 쓰는 필기체 형태로 2,000여자의 자필 필기체 한자교본과 학습비법 수록하여 초등학생부터 성인에 이르기까지 모두 명필가 될 수 있게 저술하였음.

학습 비법: 본문 이원식 박사 2,000여자 자필 필기체 한자교본 위에 문방구에서 구매한 투명지를 한자교본 위에 씌우고 볼펜으로 그대로 꾸준히 쓰는 노력하면 어느 시점부터는 별지에 교본과 같은 명필 글씨로 쓸 수 있게됨.

一部	一 한일	丁 고무래 정	七 일곱 칠	三 석 삼	上 위 상	丈 어른 장	下 아래 하	不 아니 불
丑 소 축	丘 언덕 구	丙 남녘 병	世 대 세	且 또 차	丨部 뚫을 곤	中 가운데 중	丶部 점	丸 알 환
丹 붉을 단	主 주인 주	丿部 삐침	乃 이에 내	之 갈 지	乎 온 호	乘 탈 승	乙(乚)部 새 을	乙 새 을
九 아홉 구	也 어조사 야	乳 젖 유	乾 하늘 건	亂 어지러울 란	亅部 갈구리 궐	了 마칠 료	予 나 여	事 일 사
二部 두 이	二 두 이	于 어조사 우	五 다섯 오	云 이를 운	井 우물 정	互 서로 호	亞 버금 아	亠部 돼지해머리
交 사귈 교	亡 망할 망	亦 또 역	亥 돼지 해	亨 형통할 형	京 서울 경	享 누릴 향	亭 정자 정	人(亻)部 사람 인
人 사람 인	介 끼일 개	今 이제 금	仁 어질 인	代 대신할 대	令 명령할 령	付 줄 부	仕 벼슬 사	仙 신선 선
以 써 이	他 다를 타	件 사건 건	企 꾀할 기	伐 칠 벌	伏 엎드릴 복	仰 우러를 앙	任 맡길 임	仲 버금 중

休	但	伯	佛	似	伸	余	位	作
쉴 휴	다만 단	맏 백	부처 불	같을 사	펼 신	나 여	자리 위	지을 작
低	佐	住	何	佳	供	來	例	使
낮을 저	도울 좌	살 주	어찌 하	아름다울 가	이바지할 공	올 래	법식 례	하여금 사
侍	依	係	保	俗	信	俊	促	侵
모실 시	의지할 의	걸릴 계	보호할 보	풍속 속	믿을 신	준걸 준	재촉할 촉	침노할 침
便	侯	個	俱	倒	倫	倣	倍	修
편할 편 오줌 변	제후 후	낱 개	함께 구	넘어질 도	인륜 륜	본받을 방	곱 배	닦을 수
借	倉	値	候	假	健	偶	偉	停
빌 차	곳집 창	값 치	기후 후	거짓 가	건강할 건	짝 우	위대할 위	머무를 정
側	傑	傍	備	傾	僅	傷	傲	傳
곁 측	뛰어날 걸	곁 방	갖출 비	기울어질 경	겨우 근	상할 상	거만할 오	전할 전
債	催	像	僧	僞	價	儉	億	儀
빚 채	재촉할 최	형상 상	중 승	거짓 위	값 가	검소할 검	억 억	거동 의
儒	償	優	儿 部	元	兄	光	先	兆
선비 유	갚을 상	넉넉할 우	어진사람 인발	으뜸 원	맏 형	빛 광	먼저 선	조 조
充	克	免	兒	兎	入 部	內	全	冖 部
가득할 충	이길 극	면할 면	아이 아	토끼 토	들 입	안 내	온전할 전	민갓머리

冠	冥	冫部	冬	冷	凍	几部	凡	凵部
갓 관	어두울 명	이수 변	겨울 동	찰 랭	얼 동	안석 궤	무릇 범	위튼입구 변
凶	出	刀(刂)部	刀	刃	分	切	刊	列
흉할 흉	날 출	칼 도	칼 도	칼날 인	나눌 분	끊을 절 모두 체	책펴낼 간	벌일 렬
刑	利	別	初	刻	券	到	刷	刺
형벌 형	이로울 리	다를 별	처음 초	새길 각	문서 권	이를 도	인쇄할 쇄	찌를 자 찌를 척
制	削	前	則	剛	副	創	割	劃
억제할 제	깎을 삭	앞 전	곧 즉 법 칙	굳셀 강	버금 부	비롯할 창	나눌 할	그을 획
劍	劇	力部	力	加	功	劣	努	助
칼 검	심할 극	힘 력	힘 력	더할 가	공 공	용렬할 렬	힘쓸 노	도울 조
勉	勇	動	務	勞	勝	勤	募	勢
힘쓸 면	날랠 용	움직일 동	힘쓸 무	수고로울 로	이길 승	부지런할 근	모을 모	기세 세
勵	勹部	勿	包	匕部	化	北	匕	匸部
힘쓸 려	쌀포 몸	말 물	쌀 포	비수 비	화할 화	북녘 북 달아날 배	비수 비	튼입구 몸
匸部	匹	區	十部	十	千	升	午	半
감출혜 몸	짝 필	구역 구	열 십	열 십	일천 천	되 승	낮 오	반 반
卑	卒	協	南	博	卜部	占	卜	卩(巴)部
낮을 비	군사 졸	화할 협	남녘 남	넓을 박	점 복	점 점	점 복	병부 절

卯	危	印	却	卿	又部	又	及	反
토끼 묘	위태할 위	도장 인	물리칠 각	벼슬 경	또 우	또 우	미칠 급	돌이킬 반 뒤칠 번
友	受	叔	取	叛	口部	口	可	古
벗 우	받을 수	아재비 숙	취할 취	배반할 반	입 구	입 구	옳을 가	예 고
句	叫	司	史	召	只	各	吉	同
글귀 귀	부르짖을 규	말씀 사	역사 사	부를 소	다만 지	각 각	길할 길	한가지 동
吏	名	吐	合	向	告	君	否	吾
관리 리	이름 명	토할 토	합할 합	향할 향	알릴 고	임금 군	아니 부 막힐 비	나 오
吟	舍	吸	命	味	周	呼	和	哀
읊을 음	머금을 함	숨들이쉴 흡	목숨 명	맛 미	두루 주	부를 호	화할 화	슬플 애
哉	品	咸	哭	唐	員	哲	啓	問
어조사 재	품수 품	다 함	울 곡	당나라 당	관원 원	밝을 철	열 계	물을 문
商	唯	唱	單	喪	善	喉	喜	噫
장사 상	오직 유	노래 창	홀 단	복입을 상	착할 선	목구멍 후	기쁠 희	탄식할 희
嚴	口部	四	囚	因	回	困	固	國
엄할 엄	큰입구 몸	넉 사	가둘 수	인할 인	돌아올 희	곤할 곤	굳을 고	나라 국
圍	圓	園	團	圖	土部	土	在	地
둘레 위	둥글 원	동산 원	둥글 단	그림 도	흙 토	흙 토	있을 재	땅 지

均	坐	坤	埋	堅	基	堂	培	域
고를 균	앉을 좌	땅 곤	묻을 매	굳을 견	터 기	집 당	북돋을 배	지경 역
執	報	場	堤	塊	壓	士部	士	壬
잡을 집	갚을 보	마당 장	방죽 제	덩어리 괴	누를 압	선비 사	선비 사	아홉재 천간 임
壯	壹	壽	夂部	夊部	夏	夕部	夕	外
씩씩할 장	한 일	목숨 수	뒤져올 치	천천히걸을 쇠 발	여름 하	저녁 석	저녁 석	바깥 외
多	夜	夢	大部	大	夫	天	太	失
많을 다	밤 야	꿈 몽	큰 대	클 대	사내 부	하늘 천	클 태	잃을 실
夾	夷	奇	奈	奉	契	奔	奚	獎
가운데 앙	오랑캐 이	기이할 기	어찌 내	받들 봉	맺을 계	달아날 분	어찌 해	권면할 장
奪	奮	女部	女	奴	妄	妃	如	好
빼앗을 탈	떨칠 분	계집 녀	계집 녀	종 노	망령될 망	왕비 비	같을 여	좋을 호
妙	妨	妥	姑	妹	姓	始	委	姉
묘할 묘	방해할 방	온당할 타	시어머니 고	손아랫누이 매	성 성	비로소 시	맡길 위	누이 자
妻	妾	姦	威	姻	姿	姪	娘	娛
아내 처	첩 첩	간음할 간	위엄 위	혼인 인	맵시 자	조카 질	각시 낭	즐거워할 오
婦	婢	婚	媒	子部	子	孔	字	存
며느리 부	계집종 비	혼인할 혼	중매 매	아들 자	아들 자	구멍 공	글자 자	있을 존

孝	季	孤	孟	孫	孰	學	广部	守
효도 효	끝 계	외로울 고	맏 맹	손자 손	누구 숙	배울 학	갓머리	지킬 수
安	宇	宅	完	官	宜	定	宗	宙
편안 안	집 우	집 택 댁 댁	완전할 완	벼슬 관	마땅할 의	정할 정	마루 종	하늘 주
客	宣	室	宮	宴	容	害	寄	密
손 객	베풀 선	집 실	집 궁	잔치 연	얼굴 용	해칠 해	부칠 기	빽빽할 밀
宿	寅	寂	富	寒	寡	寧	實	察
잘 숙	동방 인	고요할 적	넉넉할 부	찰 한	적을 과	편안할 녕	열매 실	살필 찰
寢	寬	寫	審	寶	寸部	寸	寺	封
잠잘 침	너그러울 관	베낄 사	살필 심	보배 보	마디 촌	마디 촌	절 사	봉할 봉
射	將	專	尋	尊	對	導	小部	小
쏠 사 벼슬이름 야	장수 장	오로지 전	찾을 심	높을 존	대답할 대	인도할 도	작을 소	작을 소
少	尖	尙	尪部	尤	就	尸部	尺	局
젊을 소	뾰족할 첨	오히려 상	절름발이 왕	더욱 우	나아갈 취	주검시 엄	자 척	판 국
尾	居	屈	屋	展	屛	屢	履	屮部
꼬리 미	살 거	굽을 굴	집 옥	펼 전	병풍 병	자주 루	신 리	왼손 좌
山部	山	岳	岸	島	峯	崩	崇	嶺
메산	메 산	큰산 악	언덕 안	섬 도	봉우리 봉	산무너질 붕	높일 숭	재 령

巖	巛(川)部	川	州	巡	工部	工	巨	巧
바위 암	개미허리	내 천	고을 주	순행할 순	장인 공	장인 공	클 거	공교로울 교
左	差	己部	己	巳	已	巷	巾部	市
왼 좌	어긋날 차	몸 기	몸 기	뱀 사	이미 이	거리 항	수건 건	저자 시
布	帥	希	師	帝	席	帶	幹	幺部
베 포	장수 수	바랄 희	스승 사	임금 제	자리 석	띠 대	줄기 간	작을 요
幼	幽	幾	广部	床	序	庚	府	底
어릴 유	그윽할 유	몇 기	엄 호	평상 상	차례 서	일곱째 천간 경	마을 부	밑 저
店	度	庫	庭	座	康	庶	庸	廊
가게 점	법도 도 헤아릴 탁	곳집 고	뜰 정	자리 좌	편안할 강	여러 서	떳떳할 용	행랑 랑
廉	廣	廟	廢	廳	廴部	廷	延	建
청렴할 렴	넓을 광	사당 묘	폐할 폐	관청 청	민책받침	조정 정	끌 연	세울 건
廿	弄	弊	弋部	式	弓部	弓	引	弔
스물입 발	희롱할 롱	폐단 폐	주살 익	법 식	활 궁	활 궁	끌 인	조상할 조
弗	弘	弟	弦	弱	強	張	彈	크(彑)部
아닐 불	넓을 홍	아우 제	활시위 현	약할 약	굳셀 강	베풀 장	탄알 탄	튼가로 왈
彡部	形	彩	影	彳部	役	往	征	彼
터럭삼 방	형상 형	채색 채	그림자 영	두인 변	부릴 역	갈 왕	칠 정	저 피

待	律	後	徑	徒	徐	得	御	從
기다릴 대	법률	뒤 후	지름길 경	무리 도	천천히할 서	얻을 득	어거할 어	좇을 종
復	微	德	徹	徵	心(小)部	心	必	忌
회복할복	작을 미	큰 덕	뚫을 철	부를 징	심방 변	마음 심	반드시 필	꺼릴 기
忙	忘	忍	志	念	忠	快	忽	怪
바쁠 망	잊을 망	참을 인	뜻 지	생각 념	충성 충	쾌할 쾌	문득 홀	괴이할 괴
急	怒	思	性	怨	怠	恐	恭	恕
급할 급	성낼 노	생각할 사	성품 성	원망할 원	게으를 태	두려울 공	공손할 공	용서할 서
息	恩	恣	恥	恨	恒	悅	悟	悠
숨쉴 식	은혜 은	방자할 자	부끄러울 치	한할 한	항상 항	기쁠 열	깨달을 오	멀 유
患	悔	悲	惜	惡	惟	情	悽	惠
근심 환	뉘우칠 회	슬플 비	아낄 석	악할악 미워할 오	생각할 유	뜻 정	슬퍼할 처	은혜 혜
惑	感	惱	想	愁	愛	愚	愈	意
미혹할 혹	느낄 감	괴로워할 뇌	생각할 상	근심 수	사랑 애	어리석을 우	더욱 유	뜻 의
愧	愼	慈	態	慨	慶	慣	慮	慢
부끄러워할 괴	삼갈 신	사랑 자	태도 태	슬퍼할 개	경사 경	익숙할 관	생각할 려	거만할 만
慕	慾	憂	慰	慘	慙	慧	憩	憐
사모할 모	욕심 욕	근심 우	위로할 위	참혹할 참	부끄러워 할 참	지혜 혜	쉴 게	불쌍히 여길 련

憫	憤	憎	憲	懇	應	懲	懸	懷
불쌍히 여길 민	분할 분	미워할 증	법 헌	간절할 간	응할 응	징계할 징	매달 현	품을 회
懼	戀	戈部	戈	戊	戌	戒	成	我
두려워할 구	사모할 련	창 과	창 과	다섯째 천간 무	개 술	경계할 계	이룰 성	나 아
或	戚	戰	戲	戶部	戶	房	所	手(扌)部
혹 혹	겨레 척	싸울 전	희롱할 희	지게 호	지게 호	방 방	바 소	손 수
手	才	打	托	技	扶	批	承	抑
손 수	재주 재	칠 타	받칠 탁	재주 기	도울 부	비평할 비	이을 승	누를 억
折	抄	投	抗	拒	拘	拍	拔	拜
꺾을 절	베낄 초	던질 투	대항할 항	막을 거	거리낄 구	손뼉칠 박	뺄 발	절 배
拂	抵	拙	拓	招	抽	抱	拳	挑
떨칠 불	막을 저	졸할 졸	열 척	부를 초	뽑을 추	안을 포	주먹 권	돋을 도
拾	持	指	振	捉	捕	掛	掠	排
주을 습 열 십	가질 지	손가락 지	떨칠 진	잡을 착	잡을 포	걸 괘	노략질할 략	물리칠 배
捨	掃	授	掌	接	採	推	探	揚
버릴 사	쓸 소	줄 수	손바닥 장	댈 접	캘 채	밀 추	찾을 탐	날릴 양
揮	援	提	換	損	搖	携	摘	播
휘두를 휘	도울 원	끌 제	바꿀 환	덜 손	흔들 요	가질 휴	딸 적	씨뿌릴 파

據	擊	擔	操	擇	擧	擴	支部	支
의지할 거	칠 격	멜 담	잡을 조	가릴 택	들 거	늘릴 확	지탱할 지	지탱할 지
支(攵)部	收	改	攻	放	政	故	效	敎
등근월문	거둘 수	고칠 개	칠 공	놓을 방	정사 정	연고 고	본받을 효	가르칠 교
救	敏	敍	敗	敢	敦	散	敬	數
구원할 구	민첩할 민	펼 서	패할 패	감히 감	도타울 돈	흩을 산	공경할 경	셀수 자주삭
敵	整	文部	文	斗部	斗	料	斜	斤部
대적할 적	가지런할 정	글월문	글월 문	말 두	말 두	헤아릴 료	비낄 사	날근
斤	斥	斯	新	斷	方部	方	於	施
근 근	내릴 척	이 사	새 신	끊을 단	모 방	모 방	어조사 어 탄식소리 오	베풀 시 좋아하는 이
旅	旋	族	旗	无部	旣	日部	日	旦
나그네 려	돌 선	겨레 족	기 기	이미기 방	이미 기	날 일	날 일	아침 단
旬	早	旱	明	昔	昇	易	昌	昏
열흘 순	일찍 조	가물 한	밝을 명	옛 석	오를 승	바꿀 역 쉬울 이	창성할 창	어두울 혼
星	昭	是	映	昨	春	時	晩	晨
별 성	밝을 소	이 시	비칠 영	어제 작	봄 춘	때 시	늦을 만	새벽 신
晝	景	普	智	晴	暖	暑	暗	暢
낮 주	볕 경	넓을 보	슬기 지	갤 청	따뜻할 난	더울 서	어두울 암	화창할 창

暮	暫	暴	曆	曉	曰部	曰	曲	更
저물 모	잠깐 잠	사나울 폭	책력 력	새벽 효	가로 왈	가로 왈	굽을 곡	고칠 경 다시 갱
書	曾	替	最	月部	月	有	服	朋
글 서	일찍 증	바꿀 체	가장 최	달 월	달 월	있을 유	옷 복	벗 붕
朔	朗	望	期	朝	木部	木	末	未
초하루 삭	밝을 랑	바랄 망	기약할 기	아침 조	나무 목	나무 목	끝 말	아닐 미
本	朴	朱	李	束	材	村	果	林
근본 본	순박할 박	붉을 주	오얏 리	묶을 속	재목 재	마을 촌	과실 과	수풀 림
杯	析	東	松	枝	枕	板	架	枯
잔 배	쪼갤 석	동녘 동	솔 송	가지 지	베개 침	널 판	시렁 가	마를 고
柳	某	柏	査	染	柔	柱	格	校
버들 류	아무 모	측백나무 백	사실할 사	물들일 염	부드러울 유	기둥 주	격식 격	학교 교
桂	根	桃	桐	栗	桑	案	栽	株
계수나무 계	뿌리 근	복숭아 도	오동나무 동	밤 률	뽕나무 상	책상 안	심을 재	그루 주
核	械	梁	梨	梅	梧	條	棄	森
씨 핵	기계 계	들보 량	배 리	매화 매	오동나무 오	가지 조	버릴 기	나무빽 빽할 삼
植	極	楊	業	楓	構	榮	槪	樓
심을 식	자극할 극	버들 양	업 업	단풍나무 풍	얽을 구	영화로울 영	대개 개	다락 루

模	樂	樣	標	橋	機	樹	横	檢
법모	풍류 악 즐길 락	모양 양	표 표	다리 교	베틀 기	나무 수	가로 횡	검사할 검
檀	欄	權	欠部	次	欲	欺	歌	歎
박달나무 단	난간 란	권세 권	하품흠 방	버금 차	하고자할 욕	속일 기	노래 가	탄식할 탄
歡	止部	止	正	此	步	歲	歷	歹部
기뻐할 환	그칠 지	그칠 지	바를 정	이 차	걸음 보	해 세	지낼 력	죽을사 변
死	殃	殆	殊	殉	殘	歺部	段	殺
죽을 사	재앙 앙	위태로울 태	다를 수	따라죽을 순	남을 잔	갖은등글 월 윤	층계 단	죽일 살
毀	母部	母	每	毒	比部	比	毛部	毛
헐 훼	말 무	어머니 모	매양 매	독할 독	견줄 비	견줄 비	터럭 모	털 모
毫	氏部	氏	民	气部	氣	水(氵)部	水	氷
가늘털 호	각시 씨	각시 씨	백성 민	기운기 엄	기운 기	물 수	물 수	얼을 빙
永	求	江	汎	汝	汚	池	汗	決
길 영	구할 구	강 강	뜰 범	너 여	더러울 오	못 지	땀 한	정할 결
沐	沒	沙	沈	泥	泊	法	沿	泳
머리감을 목	빠질 몰	모래 사	잠길 침 성 심	진흙 니	배댈 박	법 법	물따라갈 연	헤엄칠 영
油	泣	注	泉	治	泰	波	河	況
기름 유	울 읍	물댈 주	샘 천	다스릴 치	클 태	물결 파	물 하	하물며 황

洛	洗	洋	洲	派	洪	活	浪	流
물 락	씻을 세	큰바다 양	물가 주	물갈래 파	넓을 홍	살 활	물결 랑	흐를 류
浮	涉	消	涓	浴	浸	浦	海	浩
뜰 부	건널 섭	끌 소	가릴 연	목욕 욕	적실 침	물가 포	바다 해	넓을 호
淡	涼	淚	淑	深	涯	淫	淨	淺
묽을 담	서늘할 량	눈물 루	맑을 숙	깊을 심	물가 애	음란할 음	깨끗할 정	얕을 천
添	清	混	渴	減	渡	測	湯	港
더할 첨	맑을 청	섞을 혼	목마를 갈	덜 감	건널 도	측량할 측	끓일 탕	항구 항
湖	溪	滅	溫	源	準	滄	漏	漠
호수 호	시내 계	멸망할 멸	따뜻할 온	근원 원	법도 준	푸를 창	샐 루	사막 막
滿	漫	漁	演	滴	漸	漆	漂	潔
찰 만	부질없을 만	고기잡을 어	연역할 연	물방울 적	점점 점	옻칠할 칠	뜰 표	깨끗할 결
潭	潤	潛	潮	激	濃	濁	澤	濫
못 담	윤택할 윤	잠길 잠	조수 조	과격할 격	짙을 농	흐릴 탁	못 택	넘칠 람
濕	濟	濯	火(灬)部	火	灰	災	炎	炭
젖을 습	건널 제	빨래할 탁	불 화	불 화	재 회	재앙 재	불꽃 염	숯 탄
烈	烏	焉	無	然	煖	煩	煙	照
매울 렬	까마귀 오	어조사 언	없을 무	그럴 연	따뜻할 난	번거로울 번	연기 연	비출 조

巸	熟	熱	燈	燒	燃	燕	營	燥
빛날 희	익을 숙	더울 열	등잔 등	불사를 소	불탈 연	제비 연	경영할 영	마를 조
燭	爆	爐	爛	爪(爫)部	爭	爲	爵	父部
촛불 촉	폭발할 폭	화로 로	빛날 란	손톱조머리	다툴 쟁	하 위	벼슬 작	아비 부
父	爻部	爿部	牀	牆	片部	片	版	牙部
아비 부	점괘 효	장수장 변	평상 상	담 장	조각 편	조각 편	판목 판	어금니 아
牙	牛(牛)部	牛	牧	物	特	犬(犭)部	犬	犯
어금니 아	소우변	소 우	칠 목	만물 물	특별할 특	개견	개 견	범할 범
狀	狗	猛	猶	獄	獨	獲	獸	獻
문서 장	개 구	사나울 맹	오히려 유	옥 옥	홀로 독	얻을 획	짐승 수	드릴 헌
玄部	玄	率	玉(王)部	王	玉	珍	班	球
검을현	검을 현	거느릴 솔 비율 률	구슬옥변	임금 왕	옥 옥	보배 진	나눌 반	구슬 구
理	現	琴	琢	環	瓜部	瓜	瓦部	瓦
다스릴리	나타날현	거문고금	쫄탁	고리환	외과	오이과	기와와	기와와
甘部	甘	甚	生部	生	産	用部	用	田部
달 감	달 감	심할 심	날 생	날 생	낳을 산	쓸 용	쓸 용	밭 전
田	甲	申	由	男	界	畓	畏	留
밭 전	갑옷 갑	납 신	말미암을 유	사내 남	지경 계	논답	두려워할 외	머무를 류

畜	略	異	畢	番	畫	當	畿	疋(正)部
가축 축	간략할 략	다를 이	마칠 필	차례 번	그을 획 그림 화	마땅할 당	경기 기	필 필
疏	疑	疒部	疫	病	症	疾	疲	痛
성길 소	의심할 의	병질 엄	염병 역	병들 병	병증세 증	병 질	피곤할 피	아플 통
癶部	癸	登	發	白部	白	百	的	皆
필발머리	열째천간 계	오를 등	필 발	흰백	흰 백	일백 백	적실할 적	다 개
皇	皮部	皮	皿部	益	盜	盛	盟	監
임금 황	가죽 피	가죽 피	그릇 명	더할 익	도둑 도	성할 성	명세할 맹	볼 감
盡	盤	目部	目	盲	直	看	眉	相
다할 진	쟁반 반	눈 목	눈 목	소경 맹	곧을 직	볼 간	눈썹 미	서로 상
省	盾	眠	眞	眼	着	督	睦	睡
살필 성 덜 생	방패 순	잠잘 면	참 진	눈 안	붙을 착	감독할 독	화목할 목	졸 수
矛部	矛	矢部	矢	矣	知	短	矯	石部
창 모	창 모	화살 시	화살 시	어조사 의	알 지	짧을 단	바로잡을 교	돌 석
破	研	硬	硯	碑	碧	確	磨	礎
깨뜨릴 파	갈 연	굳을 경	벼루 연	비석 비	푸를 벽	확실할 확	갈 마	주춧돌 초
礦	禾(示)部	示	祀	社	祈	祕	神	祖
쇳돌 광	보일 시	보일 시	제사 사	모일 사	빌 기	숨길 비	귀신 신	할아비 조

祝	祥	祭	票	禁	祿	福	禪	禮
빌 축	상서러울 상	제사 제	표 표	금할 금	녹 록	복 복	사양할 선	예도 례
內部	禽	禾部	禾	私	秀	科	秋	租
짐승발자국 유	날짐승 금	벼 화	벼 화	사사 사	빼어날 수	과목 과	가을 추	구실 조
秩	移	稅	程	稀	稚	種	稱	稿
차례 질	옮길 이	세금 세 볏을 탈	법 정	드믈 희	어릴 치	씨 종	일컬을 칭	볏짚 고
穀	稻	積	穫	穴部	穴	究	空	突
곡식 곡	벼 도	쌓을 적	거둘 확	구멍 혈	구멍 혈	궁구할 구	빌 공	부딪칠 돌
窓	窮	立部	立	竝	竟	章	童	端
창 창	궁할 궁	설 립	설 립	아울를 병	마침내 경	글 장	아이 동	끝 단
競	竹部	竹	笑	符	笛	第	答	等
다툴 경	대 죽	대 죽	웃을 소	부신 부	저 적	차례 제	대답할 답	무리 등
策	筆	箇	管	算	範	節	篇	篤
꾀 책	붓 필	낱 개	대롱 관	셈할 산	법 범	마디 절	책 편	도타울 독
築	簡	簿	籍	米部	米	粉	粟	粧
쌓을 축	편지 간	장부 부	서적 적	쌀 미	쌀 미	가루 분	조 속	단장할 장
精	糖	糧	糸	系	紀	約	紅	級
정할 정	사탕 당	양식 량	실 사	이을 계	벼리 기	대략 약	붉을 홍	등급 급

納	紛	索	素	純	紙	累	細	紫
들입 납	어지러울 분	동아줄 삭 찾을 색	흴 소	순수할 순	종이 지	여러 루	가늘 세	자줏빛 자
組	終	絃	結	給	絡	絲	絶	統
짤 조	마칠 종	악기줄 현	맺을 결	줄 급	이을 락	실 사	끊을 절	거느릴 통
絹	經	綱	緊	綠	綿	維	練	緖
비단 견	경서 경	벼리 강	긴요할 긴	푸를 록	솜 면	맬 유	익힐 련	실마리 서
線	緣	緩	緯	編	縣	繁	績	縱
줄 선	인연 연	느릴 완	씨 위	엮을 편	고을 현	번성할 번	길쌈할 적	세로 종
總	縮	織	繼	續	缶部	缺	网部(四)	罔
거느릴 총	오구라들 축	짤 직	이을 계	이을 속	장군 부	어지러질 결	그물 망	없을 망
罪	置	罰	署	罷	羅	羊部(主)	羊	美
허물 죄	둘 치	벌줄 벌	관청 서	파할 파	벌일 라	양 양	양 양	아름다울 미
群	義	羽部	羽	翁	習	翼	翻	老部(耂)
무리 군	옳을 의	깃 우	깃 우	늙은이 옹	익힐 습	날개 익	펄럭일 번	늙을 로
而部	而	耐	耒部	耕	耳部	耶	聘	聖
말이을 이	말이을 이	견딜 내	가래 뢰	밭갈 경	귀 이	어조사 야	부를 빙	성인 성
聞	聯	聲	聰	職	聽	聿部	肅	肇
들을 문	잇닿을 련	소리 성	귀밝을 총	직분 직	들을 청	오직 율	엄숙할 숙	시작할 조

肉(月)部	肉	肝	肖	肩	肯	肥	育	肺
고기육	고기육	간간	같을초	어깨견	즐길긍	살찔비	기를육	허파폐
背	胃	胞	胡	能	脈	脅	胸	脚
등배	밥통위	태보포	오랑케호	능할능	맥맥	으를협	가슴흉	다리각
脣	脫	腐	腦	腹	腰	腸	膚	臟
입술순	벗을탈	썩을부	뇌뇌	배복	허리요	창자장	살갗부	오장장
臣部	臣	臥	臨	臮	自	臭	至部	至
신하신	신하신	누을와	임할림	스스로자	스스로자	냄새취	이를지	이를지
致	臺	臼部	與	興	舊	舌	舌	舍
이를치	돈대대	절구구	줄여	일어날흥	예구	혀설	혀설	집사
舛部	舞	舟部	舟	般	航	船	艮部	良
어그러질천	춤출무	배주	배주	옮길반	물건널항	배선	배이름간	어질량
色部	色	艸(艹)部	芳	芽	花	苦	苟	苗
빛색	빛색	초두	꽃다울방	싹아	꽃화	괴로울고	진실로구	싹묘
茂	若	英	茶	茫	玆	草	荒	莫
무성할무	같을약	꽃부리영	차(차.다)	망망할망	이자	풀초	거칠황	아닐막
莊	荷	菊	菌	華	落	萬	葉	葬
장중할장	연하	국화국	버섯균	빛날화	떨어질락	일만만	잎엽	장사장

著	蓋	蒙	蒸	蒼	蓄	蓮	蔬	蔽
나타날 저 붙을 착	덮을 개	어릴 몽	찔 증	푸를 창	쌓을 축	연 련	나물 소	가릴 폐
薄	薦	藍	藏	藥	藝	蘇	蘭	虍部
엷을 박	천거할 천	쪽 람	감출 장	약 약	재주 예	깨어날 소	난초 란	범호 엄
虎	處	虛	號	蛇	蜂	蜜	蝶	螢
범 호	곳 처	빌 허	부르짖을 호	뱀 사	벌 봉	꿀 밀	나비 접	개똥벌레 형
蟲	蠶	蠻	血部	血	衆	行部	術	街
벌레 충	누에 잠	오랑케 만	피 혈	피 혈	무리 중	다닐 행	재주 술	거리 가
衝	衛	行	衣(衤)部	衣	表	衰	被	裂
찌를 충	호위할 위	다닐 행	옷 의	옷 의	거죽 표	쇠잔할 쇄	이불 피	찢을 렬
裁	裏	補	裕	裝	裳	製	複	襲
마를 재	속 리	기울 보	넉넉할 유	꾸밀 장	치마 상	지을 제	겹칠 복	엄슬할 습
襾部	西	要	覃部	見	規	親	視	覺
덮을 아	서녁 서	구할 요	볼 견	볼견 뵈을현	법 규	친할 친	볼 시	깨달을 각
覽	觀	角部	角	解	觸	言部	言	計
볼 람	볼 관	뿔 각	뿔 각	풀 해	닿을 촉	말씀 언	말씀 언	셈할 계
訂	記	討	訓	訪	設	訟	許	詐
끊을 정	기록할 기	칠 토	가르칠 훈	찾을 방	베풀 설	송사할 송	허락할 허	속일 사

詞	訴	詠	評	誇	詳	詩	試	該
말 사	하소연할 소	읊을 영	평론할 평	자랑할 과	자세할 상	귀글 시	시험할 시	그 해
話	說	誠	誦	語	誤	誘	認	誌
말할 화	말씀 설 달랠 세	정성 성	욀 송	말씀 어	그를칠 오	꾈 유	인정할 인	기록할 지
課	談	諒	論	誰	調	請	諾	謀
부과할 과	말씀 담	살필 량	논의할 론	누구 수	고루 조	청할 청	대답할 낙	꾀할 모
謁	謂	諸	講	謙	謝	謠	謹	識
아뢸 알	이를 위	모든 제	익힐 강	겸손할 손	사례할 사	노래 요	삼갈 근	알 식 기록할 지
證	警	譜	譯	議	譽	護	讀	變
증거 증	경계할 경	계보 보	통변할 역	의논할 의	기릴 예	보호할 호	읽을 독 귀절 두	변할 변
讓	讚	谷 部	谷	谿	豆 部	豆	豈	豐
사양할 양	기릴 찬	골 곡	골 곡	시내 계	콩 두	콩 두	어찌 기	풍성할 풍
豕 部	豚	象	豪	豫	多 部	貌	貝 部	負
돼지 시	돼지 돈	코끼리 상	호걸 호	미리 예	발없는 벌레 치	모양 모	조개 패	짐질 부
貞	貢	財	貫	貧	責	貪	販	貨
곧을 정	바칠 공	재물 재	꿸 관	가난할 빈	꾸짖을 책	탐낼 탐	팔 판	재화 화
貴	貸	買	貿	費	貳	貯	賀	賃
귀할 귀	빌릴 대	살 매	무역할 무	소비할 비	두 이	쌓을 저	하례할 하	품팔이 임

資	賊	賓	賣	賦	賜	賞	質	賤
재물 자	도둑 적	손 빈	팔 매	구실 부	줄 사	상줄 상	바탕 질	천할 천
賢	賴	贈	贊	赤	赤	走	走	赴
어질 현	의지할 뢰	줄 증	찬성할 찬	붉을 적	붉을 적	달아날 주	달아날 주	다다를 부
起	越	超	趣	足	足	距	路	跡
일어날 기	넘을 월	뛰어넘을 초	추창할 취	발 족	발 족	떨어질 거	길 로	발자취 적
跳	踏	踐	蹟	身	身	車	軍	軒
뛸 도	밟을 답	밟을 천	자취 적	몸 신	몸 신	수레 거	군사 군	추녀 헌
軟	較	載	輕	輪	輩	輝	輸	輿
연할 연	비교할 교	실을 재	가벼울 경	바퀴 륜	무리 배	빛날 휘	실어낼 수	수레 여
轉	辛	辛	辨	辭	辯	辰	辰	辱
구를 전	매울 신	매울 신	분별할 변	말 사	말잘할 변	별 신	별(신.진)	욕 욕
農	辵(辶)	近	返	迎	迫	述	逃	迷
농사 농	책받침	가까울 근	돌이킬 반	맞을 영	핍박할 박	지을 술	달아날 도	미혹할 미
送	逆	追	退	途	連	逢	速	造
보낼 송	거스를 역	따를 추	물러날 퇴	길 도	연할 련	만날 봉	빠를 속	지을 조
逐	通	透	逸	進	過	達	道	遂
쫓을 축	통할 통	통할 투	편안할 일	나아갈 진	지날 과	통달할 달	길 도	드디어 수

遇	運	違	遊	遍	遣	遙	遠	適
만날 우	운전할 운	어길 위	놀 유	두루 편	보낼 견	멀 요	멀 원	맞을 적
選	遺	遵	遲	遷	避	還	邊	邑(阝)
가릴 선	끼칠 유	쫓을 준	더딜 지	옮길 천	피할 피	돌아올 환	가 변	고을 읍
邑	邪	邦	邪	郊	郡	郎	郭	部
고을 읍	어찌 나	나라 방	간사할 사	들 교	고을 군	사내 랑	외성 곽	떼 부
郵	都	鄕	西部	西	配	酌	酒	酸
우편 우	도읍 도	시골 향	닭 유	닭 유	짝 배	잔질할 작	술 주	실 산
醉	醜	醫	采部	釋	里部	里	重	野
술취할 취	더러울 추	의원 의	분별할 채	풀 석	마을 리	마을 리	무거울 중	들 야
量	金	金	針	鈍	鉛	銅	銘	銀
헤아릴 량	쇠 금	쇠금 성김	바늘 침	둔할 둔	납 연	구리 동	새길 명	은 은
銃	銳	鋼	錦	錄	錢	錯	鍊	鎖
총 총	날카로울 예	강철 강	비단 금	기록할 록	돈 전	섞일 착 둘 조	단련할 련	쇠사슬 쇄
鎭	鏡	鐘	鐵	鑑	鑛	長部	長	門部
진압할 진	거울 경	쇠북 종	쇠 철	거울 감	쇳돌 광	길 장	길 장	문 문
門	閉	間	開	閏	閑	閣	閨	關
문 문	닫을 폐	사이 간	열 개	윤달 윤	한가할 한	누각 각	안방 규	빗장 관

阜(阝)部	附	阿	限	降	院	除	陣	陶
언덕 부	붙을 부	언덕 아	한정할 한	항복할 항 내릴 강	집 원	덜 제	진칠 진	질그릇 도
陸	陵	陰	陳	陷	階	隊	隆	陽
물 륙	언덕 릉	그늘 음	베풀 진	빠질 함	섬돌 계	떼 대	높을 륭	볕 양
障	際	隨	隣	險	隱	隶部	佳部	雅
막힐 장	가 제	따를 수	이웃 린	험할 험	숨을 은	미칠 이	새 추	아담할 아
雁	雄	集	雌	雖	雙	雜	難	離
기러기 안	수컷 웅	모을 집	암 자	비록 수	쌍 쌍	썪일 잡	어려울 난	떠날 리
雨部	雪	雲	零	電	雷	需	霜	霧
비 우	눈 설	구름 운	떨어질 령	번개 전	우뢰 뢰	구할 수	서리 상	안개 무
露	靈	靑部	靑	靜	非部	非	面部	面
이슬 로	신령 령	푸를 청	푸를 청	고요할 정	아닐 비	아닐 비	낯 면	낯 면
革部	革	韋部	韓	韭部	音部	音	韻	響
가죽 혁	가죽 혁	다른가죽 위	나라이름 한	부추 구	소리 음	소리 음	운 운	울릴 향
頁部	頃	頂	須	順	項	頌	領	頗
머리 혈	잠깐 경	정수리 정	모름지기 수	순할 순	목 항	칭송할 송	옷깃 령	자못 파
頭	頻	顔	額	題	類	願	顧	顯
머리 두	자주 빈	얼굴 안	이마 액	제목 제	무리 류	원할 원	돌아볼 고	나타날 현

風部	風	飛部	飛	食(食)部	食	飢	飯	飮
바람 풍	바람 풍	날 비	날 비	밥 식	밥 식	주릴 기	밥 반	마실 음
飾	飽	養	餓	餘	館	首部	首	香部
꾸밀 식	배부를 포	기를 양	주릴 아	남을 여	집 관	머리 수	머리 수	향기 향
香	馬部	馬	騎	騷	驅	驚	驛	驗
향기 향	말 마	말 마	말탈 기	시끄러울 소	몰 구	놀랄 경	역말 역	시험할 험
骨部	骨	體	高部	高	髟部	髮	鬥部	鬪
뼈 골	뼈 골	몸 체	높을 고	높을 고	긴털드리울 표	터럭 발	싸울 투	싸울 투
鬼部	鬼	魂	魚部	魚	鮮	鳥部	鳥	鳴
귀신 귀	귀신 귀	넋 혼	물고기 어	물고기 어	고을 선	새 조	새 조	울 명
鳳	鴻	鷄	鶴	鷗	鹵部	鹽	鹿部	鹿
봉새 봉	큰기러기 홍	닭 계	두루미 학	갈매기 구	짠땅 로	소금 염	사슴 록	사슴 록
麗	麥部	麥	麻部	麻	黃部	黃	黑部	黑
고울 려	보리 맥	보리 맥	삼 마	삼 마	누를 황	누를 황	검을 흑	검을 흑
默	點	黨	鼓部	鼓	鼻部	鼻	齊部	齊
말없을 묵	점 점	무리 당	북 고	북 고	코 비	코 비	가지런할 제	가지런할 제
齒部	齒	龍部	龍	龜部	龜			
이 치	이 치	용 룡	용 룡	거북 귀	거북 귀 터질 균			

지혜로 세계 최우수 한국인 개척사

지은이   이원식
펴낸이   성상건
편집디자인 자연DPS

펴낸날   2024년 4월 25일
펴낸곳   도서출판 나눔사
주소   (우) 10270 경기도 고양시 덕양구 푸른마을로 15
             301동 1505호
전화   02)359-3429   팩스 02)355-3429
등록번호   2-489호(1988년 2월 16일)
이 메 일   nanumsa@hanmail.net

ⓒ 이원식, 2024

ISBN : ISBN 978-89-7027-892-6 03810

값 29,000원

잘못된 책은 바꾸어 드립니다.